U0934303

北京汉阅传播
Beijing Han-read Culture

佐佐木让

SASAKI JO

七曜文库

吉林出版集团有限责任公司

天下城

上

宋嘉淇 译

Original Japanese edition published by SHINCHOSHA Publishing Co., Ltd.

This Simplified Chinese language edition is published by arrangement with SHINCHOSHA Publishing Co., Ltd., Tokyo in care of Tuttle-Mori Agency, Inc., Tokyo through Beijing GW Culture Communications Co., Ltd., Beijing.

吉林省版权局著作权合同登记 图字：07-2010-2920号

图书在版编目(CIP)数据

天下城. 上 / (日) 佐佐木让著；宋嘉淇译. — 长春：吉林出版集团有限责任公司, 2012.1
(七曜文库)
ISBN 978-7-5463-8048-3

Ⅰ. ①天… Ⅱ. ①佐… ②宋… Ⅲ. ①长篇小说—日本—现代 Ⅳ. ①I313.45

中国版本图书馆CIP数据核字(2011)第270205号

天下城（上）

作　　者　[日]佐佐木让
译　　者　宋嘉淇
出 品 人　刘丛星
创　　意　吉林出版集团・北京汉阅传播
策划编辑　塞纳河左岸
责任编辑　周海莉　曹文静
封面设计　未　氓
开　　本　655mm×960mm　1/16
印　　张　19.5
版　　次　2012年4月第1版
印　　次　2017年1月第2次印刷

出　　版　吉林出版集团有限责任公司
发　　行　北京吉版图书有限责任公司
地　　址　北京市宣武区椿树园15－18号底商A222
　　　　　邮编：100052
电　　话　总编办：010－63109462－1104
　　　　　发行部：010－63104979
网　　址　http://www.beijinghanyue.com/
邮　　箱　jlpg-bj@vip.sina.com
印　　刷　北京航天伟业印刷有限公司

ISBN　978-7-5463-8048-3　　定价　43.80元

　投稿热线：010—63109462—1040

如果要问自己是个什么样，也只能勉勉强强地这样回答：我在金山那边挖过洞穴，对石头很熟悉。即使是修砌石墙，姑且不论现在的力气，也因为技术不错而能帮上一些忙。如果在穴太的话，也可以像修一乘谷和观音寺城的石墙一样，多少能从事一些关于城楼建造方面的工作吧。

序章

整个安十城都烧起来了。

屹立在小山上的天守阁，底部已被层层火焰包围。天守阁中层附近，大火隔着城壁的内侧也开始燃烧。

前端的火焰慢慢冷却下来，转而变成黑色的浓烟。盘旋在天守阁上空的黑色浓烟，如同不断涌出的泥水一样，不断地向琵琶湖东岸的上空扩散。被重重火焰包围的天守阁，恐怕过不了多久就要被大火吞噬燃烧殆尽。从黑烟的浓度可以推测，天守阁东侧的中心内殿大概也燃烧起来了。

户波市郎太朝着安土城方向，一边奔跑在东近江的下街道，一边傻傻地问自己：“谁？谁点的火？谁在安土城点火？为什么要烧毁安土城？”

天正十年（1582 年）六月十五日傍晚。距离织田信长在本能寺被明智光秀讨伐已经过去十三天了。

“是谁？为什么要在安土城点火？”

虽然市郎太一边跑一边努力思考，但他还是找不到问题的答案。

安土城，修建在琵琶湖东岸的一个突出的半岛上。形成半岛的小山是安土山。安土山距离湖面的相对高度最多只有三十三丈[①]。与之相对，山顶上的天守阁，把石砌部分也算进去的话，高度大概是十五丈。在安土山的山顶，耸立着一座近半山高的建筑物。

市郎太跑过安土的城下街。城下几乎没有人了。仿佛被掠夺过一样，每一家都破败不堪，一个人影都看不到。大概是织田家族和从歧阜搬过来的居民们，听说了本能寺之变的消息以后，立即搬离安土城，躲进了附近山里的缘故。

市郎太穿过城下，从下街道拐进百百桥对面的小路。过了百百桥，有一个通向安土城城墙的入口。途中有一条穿过捴见寺境内的小路，这是与正门相对的侧门。

百百桥前面，有一队骑马的武士和步兵[②]。从白底木瓜家纹的旗帜上可以看出，他们是织田信雄的家臣。步兵们在石阶上慌忙地上上下下。石阶下面的士兵们全部举着长枪，长枪的前端对着山的方向。看起来似乎正在与城内的敌人对峙。百百桥口为何会出现这样的情形，大概织田信雄的军队控制了正门和侧门，正在团团包围整个安土山。

但是，还有谁在城里呢？

---

① 大约一百米，后文中的十五丈大约四十五米。

② 日本中世以来的杂役、步兵，在江户时代的地位处于武士之下。

当市郎太靠近百百桥的时候，两个步兵举着长枪，从桥的前面跑过来。

“你是谁？”

“来干什么？”

市郎太停下脚步，大声地报上自己的名字。

“在下是穴太的户波市郎太，前来拜见将军。”

他们身后跑过来一位看上去像是领头的武士。

“户波市郎太？原来在丹羽长秀殿下手下做事的？”

“正是在下，鄙人曾经参与了安土城的建造工程。”

“久仰大名。我们的将军是织田信雄殿下。为了替信长殿下复仇，刚刚来到这里。您找信雄殿下所为何事？

“安土城烧起来了。请想办法扑灭这场大火吧。”

“为时已晚，中心内殿连同天守阁都烧起来了，已经没有办法阻止了。”

市郎太虽然很慌张但还是说道：“是军队纵的火吗？我听说昨日明智秀满殿下的军队已经弃城离开了。”

“你从何处听说的此事？”

“从堺城过来的途中，今早刚好与军队相遇。从他们那听说城里已经空了。”

“似乎还有伏兵。如此用心攻下这座城，却被人放火烧了。”

“难道此处还有明智殿下的残留军队？”

对面的武士急躁地说道：“不知道。不管怎样，现在这里就是修罗场。不要靠近，立即退下吧！”

武士对着步兵们点点头。步兵们立刻把长枪挡在前面，闯了过来。

将士们怒不可遏。现在要进入城内似乎不可能，市郎太也放弃了进城的打算，从百百桥退下，穿过下街道向正门那边跑去。这里也有大量的军队，长枪指着安土山的方向，严阵以待。同百百桥口的军队一样杀气腾腾。

天守阁的火势越来越盛。就连天守阁双层的八角台阶也被大火重重包围。

市郎太累倒在路边，再次凝视着燃烧的安土城天守阁。

这是市郎太担任现场总负责人所建造出来的城堡，从最初的现场放线，到具体的石墙堆砌，他全程都在现场指挥。单单只是主体部分，从测量到竣工就用了整整三年。利用山麓的沼泽，部分被水沟围绕，靠水来守护这座城楼，这在日本本土还是首创。另外，五层七重的塔状建筑耸立在山顶，这也是史无前例的。当然，这一切得归功于那个拥有罕见想象力的叫做织田信长的男人，作为城主，他首开先河，建造了这座独创性的雄伟的安土城。对市郎太自身来讲，这也是集结了他建筑生涯的所有技术成果的一座里程碑。

然而这座安土城现在正在燃烧。血红的火焰包围了天守阁，就连主殿上空也开始升起黑色的浓烟。里面没有驻守的士兵，应该是座空城，也就是说，不存在围城战争引起的大火，尽管如此，它却烧起来了。安土城就要坍塌了。

“为什么？”市郎太再次发出疑问，“究竟是为什么呢？”

一瞬间。

天守阁最上层的屋顶似乎一下子就倾斜了。市郎太想：可能是看错了。有时候黑烟会给人一种建筑物歪曲的错觉。

原来是围绕朱漆栏杆的八角台阶坍塌了。照这个态势发展下去的话，上一层的墙壁、屋顶就会被拖倒在下一层歇山屋顶①上。燃烧的木料像是要撕裂天空一样四处飞散。

“塌了！”市郎太小声嘟囔着，无力地摇头，“烧塌了。安土城烧塌了。”

暮色降临，天空也渐渐没了光亮。此时，安土山山顶已经只是一团黑影，只有天守阁中层的骨架暴露在外面，还在继续燃烧。然而火势已经渐渐小下去了。因为能烧的都烧得差不多了。残留的柱子，细长的一根根柱子，立在那里等待燃尽最后一点。偶尔横梁会掉下来，激起一团火焰落下来，火花四溅。

市郎太凝视着燃烧殆尽的安土城天守阁，忆起了自己作为石砌工匠的梦想和誓言。

总有一天，要亲自建造一座永远不会倒塌的城楼……

这是自己在还没穿上元服②前，还是一个孩子时的梦想。要建一座不会被轻易攻陷的城楼。

就在佐久的志贺城陷落的那一天，信浓就再也不是梦想中的那个样子了吧。之后的三十五年，自己的那个梦想究竟实

① 和式建筑的屋顶，上部山形，下部四角竖有栋柱。

② 日本古时男子的成人仪式。此处为“幼时”之委婉说法。

现了吗？迄今为止用石头堆砌的那些城楼真的很难攻陷吗？例如安土城？就要烧毁的安土城，本来应该是无论如何都不会被攻陷的，但为什么会烧起来呢？为什么就要从地上消失了呢？

难道整个工匠生涯就连一个不能被攻破的城楼都建造不了吗？不对，安土城有着比无法攻破更远大的目标。这本来是织田信长寄予厚望，充满了对终结乱世的渴望而用石头建造的城楼。

燃烧中的安土城天守阁，又有一根横梁倒下来了。在这完全暗下来的东近江的夜里，火花四溅，飞舞在空中。

万籁俱寂的城墙中央，立着一位武将。穿着 身陈旧的铠甲，他，就是城主——笠原清繁。

守城的一百五十名将士，加之百余名的女孩子，都耷拉着脑袋，注视着笠原清繁。

清繁慢慢地扫视过满门家眷，开始发言。

“事到如今，”声音嘶哑无力，“事到如今，就到此为止吧。现在只有打开城门，让武田军队进入城中进行战斗，在此地与武田军队进行对抗。如若万一，我也活不长久的。既然如此，起码要让他们见识一下我们佐久武士的精神。”

另一名武将从横着的折凳上慢吞吞地站起来。这位是与笠原清繁有姻亲关系的高田右门卫左。他是前几日作为援军过来据城抵抗的高田家族的将军。

“我们没有异议，”高田右门卫左也无力地答道，“我觉得即便力量微薄，也要尽力取下武田的首级。”

城里的人已经两天没吃任何东西了。不仅如此，这五天以来，由于河流上游被武田军控制，将士们滴水未进。声音有气无力的不仅仅是高田右门卫左、笠原清繁。被围困在这个狭小城墙里的二百五十多名男男女女，又饥又渴。有些女孩子甚至到了连站都站不稳的地步。

笠原清繁对着高田右门卫左点点头，然后望向族人说道："可以赎身的女人们，不用自尽。即使被甲斐带走了，总有一天也可能回到亲人的身边。但是，既不能赎身，也无路可走的人，那就自杀吧。不要期望武田的侍卫们会有怜悯之心。他们就连小孩子也会贩卖。作为城主，我清繁对不起你们。原谅我吧。"

天文十六年（1547 年）八月十一日早上，信浓是佐久郡北部，志贺城的一个城墙。

志贺城是建在东西延伸小山山脊上的一座山城。南侧是断崖，东侧和北侧都是陡峭的斜面。

西侧山脊瘦长，并且有一条很深的水渠。进攻一方就不得不从东侧一个一个攻下呈阶梯状排列的城墙，才能登上去。作为枝城[①]功能建立的小城堡，如果被大军攻击，就不易防守。

靠近山顶处的一个城墙内，修建了一个固守城池的小房子和一个井楼[②]。将士们大部分都紧贴着栅栏，女人们却大部

① 防护城，为保卫主城而建立的附城。

② 观察敌军情况的观望台。

分集中在城内的小房子里或周围。年仅十三岁的市郎太也混在这群女人中间。

市郎太由于身体有些虚弱，脑袋昏昏沉沉地听着笠原清繁和高田右门卫左的对话。

感觉越来越麻木，甚至连恐惧都感觉不到。

市郎太半眯着眼睛一边注视着笠原清繁一边思考。总之，这场战争就要结束了。总算要解决困守的问题了。

换言之，我们要在这里被杀害，或是被人贩子卖掉？我们的命运会怎么样呢？还没成年，不仅没有身披铠甲，而且手上连一把战刀都没有的自己，会被杀掉，还是被卖掉呢？到底会怎样？我们的家庭，到底会变成什么样子呢？

市郎太身旁站的是和他同年的中尾辰四郎，他们是居住在同一个村子里的表兄弟，他是中尾一族的嫡长子。在他旁边，辰四郎的妹妹千草疲倦地闭着眼睛，被她妈妈抱在怀里，这个比市郎太小两岁的漂亮的小姑娘，是同市郎太一起长大的表妹。

市郎太侧目看着千草和辰四郎，再次陷入沉思。千草到底会怎样呢？会被卖掉吗？那个年纪，会被那些粗鄙的男人们当做什么呢？

难道生在乱世之中，我们的宿命就当如此悲惨吗？爸爸妈妈说过在武田进信浓以前,那些混乱和战争并没有这么残酷。

又有一名穿着盔甲的男人从围困的将士中站起来，是与市郎太关系较为亲近的平左卫门尉。包括他在内的平兄弟八人，都是以英勇著称的勇士。

平左卫门尉，拔出刀说道：“那么，在场的各位，即使打开城门，我们兄弟也要与敌人殊死搏斗。横竖都是死，倒不如在城门打开之前出城与敌人交锋。”

平家兄弟中的二哥催促着其他兄弟说道：“来吧。我们就是死都要一起。”

从箭楼上走下一个人，接着从观望台上也走下一个人，有几个守护圆木栅栏的男人也走了出来。在第一个城墙的城门内侧，与平家兄弟并排着。笠原父子、高田父子拔刀站在他们后面。第一个城墙的城门就是进攻方能长驱直入的平虎口。男人们虽然都只残留一点点斗志，但还是举着枪并排站在平家兄弟和笠原父子的后面。

武田军队已经在昨天攻陷了外围城墙，已经到达第二个城墙了,并放火烧了那里。现在外围城墙已经布满他们的人马，士兵已经攻到了第二个城墙的土墙下面，仿佛随时都会拥入内城。可能他们的粮食和水十分充足，气势也很旺盛。一旦被他们攻进来，内城城墙明显不堪一击。

不，早在五天前的八月六日，受托过来援助的上杉家金井秀景军队，在志贺城北部一个叫小田井原的地方与武田军队的主力发生了激烈的冲突，结果上杉家金井秀景军队大败。那个时候,武田军队估计已经取下五百多个首级了。六日午后，围城部队把这些人的首级挂在长枪的前面，在志贺城的围困部队面前示众。此时，战争的结局不言自明。既然后援部队在战争中已经输掉，那么被围困部队的胜算几乎为零。

笠原清繁说:“打开城门！”

站在城门前的男人们，降低腰身摆好架势。大门一下子朝内被打开了。

平左卫门尉一边叫喊一边向前冲:“冲啊！”

另外的平家兄弟也一下子从城门处飞奔出去。平家一族的小辈中大概十个人，也跟在他们后面。城门外传来一片呐喊声。不久混杂着金属互相撞击的声音，尖叫声、呻吟声也阵阵传来。下层的第二个城墙的土墙附近，已经厮杀成一片。平家兄弟攻其不备，让对方陷入一片混乱。

然而，市郎太产生这样的想法仅仅是昙花一现，顿时响起一阵轰鸣声。或许是武田军队已经冲上第二个城墙的土墙，拥到城门处了。

同猜想的一样。不一会儿，武田军队就从城门冲进来了。

保卫城门的长枪部队一瞬间就被击垮了。

举着长枪冲进城门的武田军队的步兵们的后面跟着一群武士。他们拥向笠原清繁父子、高田右门卫左父子等一干武将，瞬间就砍倒他们并取下了他们的首级。

武田军队继续冲进里面，被围困的部队一个接着一个被砍倒在地。女孩的悲鸣声里，夹杂着被刺杀、砍倒、杀害的男人们的尖叫声和痛苦的叫声。这座小城城墙附近的地面，一下子就被染成一片鲜红。

这个场面，已经不能称之为战争了，这是单方面的杀戮。

断粮缺水的被困部队，几乎没有任何抵抗能力。在蜂拥而至的武田军队面前，好像稻草人一样被杀得精光。

市郎太和同族的女人们紧紧地靠在一起，全程目睹了这次的杀戮。饥饿状态下的混沌意识里，眼前展开的场景，几乎分不清这是不是现实中的场景，或许称之为梦更为接近。而且还是白日噩梦。

尽管如此,市郎太明显意识到这是一个事实。很小的时候，他曾经从修行中的和尚那里看到过地狱图，但是他一直认为那都不是真的。

真的有地狱吗？如有的话，就是这样的场景吧。就在这一瞬间，信浓、佐久郡志贺城的第一个城墙就是一个地狱。

终于悲鸣声、呻吟声逐渐消失了。被围困军队的抵抗也结束了。几乎已经没有站着的人。武田军队又开始刺向那些还活着的人们的喉咙。

骑马武士冲了过来。

“终于拿下了！”马上的年轻武士呼喊着，“把武田的旗帜插在观望台上！”

三名步兵手举旗帜爬上观望台的梯子。另外在城门的观望楼上，也站着正在寻找旗帜的步兵们。鲜红的大地上飘扬着染成武田菱纹样的幡和旗帜。从山麓那边传来一阵阵的欢呼声。进攻的将士们也知道志贺城终于被拿下了。

看起来杀戮到高潮的时候，进攻方的人数有两三百人之多，却是一点点地从第一个城墙那边调过来的。剩下的大概只有百余名步兵和少数武士。他们感兴趣的是聚集在里面正瑟瑟发抖的女人们。有几个步兵，手上拿着沾满鲜血的刺刀长枪，两眼放光地朝着女人们走去。

走到市郎太眼前的也是一名年轻的步兵。他的手上提着沾满鲜血的刺刀。

这位步兵说道："这场战役结束了，夏天的战役也就不用再打了。"

步兵的视线对着市郎太旁边的千草。千草和她的母亲紧紧地靠在一起。

"很可爱的女孩子啊！"步兵边说边把手伸出来，"给我抱抱！"

步兵抓着千草的手把她拽过来。千草大声哭喊。市郎太不假思索地挡在了步兵和千草的中间，想要甩开步兵的手。

"不要碍事！"步兵怒吼道，同时举起手上的刺刀。

就在这时，留守在城墙内的一名武士拔刀冲了过来。威风凛凛地走过来，刀刃在阳光的照耀下闪闪发光。

步兵大叫一声"啊"然后向后倒去。背上似乎被深深地砍了一刀。步兵倒在地上痛得直翻滚。

武士怒吼道："女人是战利品！和钱财是一样，不能随便处置！"

倒在地上的步兵，越发惨烈地叫喊着，在地上不停地翻滚。

武士一副腻烦的表情，回头看向其余的步兵们。

"真烦人！让他见鬼去吧！"

两名步兵立马跑上前来。市郎太还来不及做出吃惊的表情，就看到两名步兵举着长枪向地上的步兵刺去。叫喊声越来越小，不一会儿就没有声音了。

这个年轻的武士，向千草的方向走过来，是一个肤色白皙、睫毛微长的温柔的男子。

年轻武士蹲在千草的面前，目不转睛地看着千草的姣好面容，然后起身说道："真是可爱的小姑娘。你放心，我绝不会把你交给那些身份低下的人。做我的女人吧！"

年轻武士把刀收回刀鞘，走到城门处。

武田军队正在清理战场。他们把砍掉的头集中在一起，然后把长枪、刺刀、弓箭等战利品聚集在一起，并从战死的人身上扒下他们的铠甲。这个时候，市郎太和第一道城墙里的女孩子们不发一言，只能屏住呼吸，看着眼前发生的一切。刚刚砍倒步兵的那位年轻武士，一边向女人这边走过来，一边清点人数。步兵们则跟在他的后面，收缴女人们手里的兵器。

城墙的中央，尸体堆积如山。一个声音从观望台上传来："首领大人，首领大人来了！"

第一道城墙里的武田军队的将士们匆忙地跑到城门前，并排在一起。不久传来一阵马蹄声，从城门外跑进来四匹战马。背上驮着身穿红色母衣[①]的武士。这些骑马武士在第一道城墙的中间转了一圈，然后加入城门前的队列中。

---

① 装在铠甲的后背，用于防御流箭或装饰的布。

接着又传来一阵马蹄声，一名武将从城门外冲进来。是一个头戴一之谷[①]头盔的男人，那头盔好似船上挂着的帆一样。铠甲因为是庄重的黑色皮革制成所以显得特别威严。右手拿着巨大的麾令旗。后面另外跟着四名骑马武士。

戴着一之谷头盔的武将策马在第一道城墙的中间转了一圈，然后在城墙的正中间停了下来。

市郎太注视着这个男人的脸。因为他手里拿着巨大的麾令旗，市郎太心想这个男人就是武田军队的首领大人——武田晴信[②]吧。他二十六七岁，是一个无论是眼睛、鼻子还是嘴巴都很大，拥有与众不同的相貌的男人。

武田晴信满意地看着堆积如山的尸体和脑袋，对着跟在他后面的武将中的一人大声说道："辛苦了，小山田。多亏了小田井原那边的行动。"

被称做小山田的中年武将恭敬地低下头。

刚刚砍倒步兵的年轻武士说道："首领大人，这是笠原清繁父子和高田右卫门左之徒的脑袋，请确认。"

一种很亲密的腔调。

武田晴信说道："待会儿检查也行。源四郎，全部都杀掉了吗？"那个叫做源四郎的年轻武士回答道："困在第一道城墙里的男人们，全部都身首异处。总共一百五十人左右。"

"加上下面的人，共四百人吗？没想到这么少啊！"武田

---

① 原文一ノ谷，神户市须磨区西部的地名。
② 武田信玄之本名，信玄是其法名。

晴信看了一眼聚集在城墙里面的女孩子们然后说，“那里好像还有一个男的。”

“只是个孩子，在人贩子那里也值半个人的钱吧。”

“如果有怨恨的话就是个麻烦，一定要把笠原一族的男人们斩草除根。”

“留下的不过是一些小鬼们。”

武田晴信，再一次扭过脸去，朝女人们的方向看了一眼。市郎太在与武田晴信目光交错的瞬间一下子移开视线。市郎太害怕与他对视。这样的一个男人在这里，仿佛宣示着他就是终结者。然而武田晴信在移开视线的瞬间，好像并没有注意到市郎太的脸。

“是啊。”武田晴信把女孩子们环视一周，然后对着源四郎说道，“倒也不用怎么担心吧。”

武田晴信再次将目光转向刚刚被叫做小山田的武将，说道：“小山田，把女人们集中起来卖了，在这之前，你先挑一个喜欢的女人吧！”

那个叫小山田的武将，两眼放光地说道：“对您取得的成功，恭喜之至，但是让我先挑一个？”

“难道一个还不够？”

“怎么会？是要置第一个立功的人和首领于不顾吗？”

聚成一排的将士中传来一阵压抑的笑声。

武田晴信说道：“言行不一致的佐久啊，也分给其他人吧！”

小山田说道：“那么不用担心。听说笠原清繁的夫人是位颇有才气的女子。如果名声、文采真如传闻中的那样的话，我希望大人能把她赏赐给我。”

“没问题。你把她带走吧。”

源四郎说道：“大人，那我呢？”

一种撒娇的口吻。

“你也想要女人？”

武田晴信用一种不明所以的语调说道。

听着似乎是连你也想要女人了？

源四郎回答道：“想要。现在想要了。”

“既然这样,那你就从剩下的女人中间挑一个你喜欢的吧。”

源四郎高兴地说道：“我已经有目标了。”

“下手真快。”

“还没出手呢。”

将士们这次大声地笑了起来。

市郎太无意识地看着旁边的千草。不知道千草是否听到了刚才的对话，只是闭着眼睛无力地瘫在那里。

武田晴信对着源四郎咧嘴笑着点点头，轻轻地踢了一下马腹说道：“剩下的就交给你们了！”

说完，武田晴信跟前立马出现了四名身穿红色母衣的骑马武士，赶在晴信前面穿过城门。那个被称做小山田的武将和其他武将们随即在后。

等武田晴信出了第一道城墙，源四郎就对着剩下的步兵们大声喊道：“把女孩子带走，放下去。不要太粗暴哦。女人可比你们娇贵多了！”

步兵们拿着长枪，命令靠在一起的女人和孩子们站起来。市郎太也跟着站起来。又饿又渴，仅存的阳光也特别残酷，市郎太一站起来就立刻感到头晕目眩。

好不容易站好以后，市郎太回过头去。千草正被祖母催促着痛苦地站起来。市郎太靠近千草，撑起她的一个肩膀。辰四郎与市郎太一样，抓住千草的右手腕。

源四郎大声地说道："快点。快点放下去。放下去以后，给他们喝水吃东西。别磨磨蹭蹭的。"

站起来的女人和孩子们，被长枪抵着，慢吞吞地向城门方向走去。市郎太一边搀扶着千草向前走，一边不停地往回看。

看到自己的妈妈和姐姐站在笠原清繁夫人的旁边，两个人都无力地垂着脑袋。刚刚还有一百多个女人孩子聚集在一起的地方，现在一下子就空了。就在空出来的地方，还有几个无法动弹的女人的身体。看起来有七八个人的样子。身体下面，有一摊血液。有因为衰弱而死亡的人，还有自杀身亡的人。

步兵们怒吼道："动作快点！快点下去！"

市郎太抬头看着面前的惨景。

出了第一道城墙，进入第一层下面的第二道城墙以后，这里的尸体也是堆积成山。是昨天奋战到深夜的被困成员。就在刚刚打开城门的时候，冲在最前面的平左卫门尉和平家兄弟们，估计现在也是这堆尸体中的一员了吧。

武田军队的步兵们包围着这堆积成山的尸体。

穿过第二道城墙的城门，跨过外面的水渠，走下坡度极大的斜坡。千草不停地摇晃。每当摇晃的时候，市郎太和辰四郎就艰难地撑起千草。那个叫源四郎的武士骑马技术高超，毫不费力地走下那个坡度极大的斜坡。爬上这条小路以后，连武田晴信也夸他骑术了得。

不久就进到志贺城的外围城墙。这里的尸体也是堆积成山。尸体的旁边，有三个僧侣打扮的人，正在那儿合掌诵经。好像是跟随武田军队而来的祈祷僧人。似乎是天台宗[①]的僧人。

出了外围城墙，穿过曾经有过下城门的地方。用坚固材质建造的下城门，和旁边的瞭望台一起被火烧得坍塌了。

穿过下城门以后，就到了笠原清繁的宅第大院的地盘，不过现在已经是一块平地了。土墙中间的那些建筑物，也全部化为灰烬。有些残骸还在冒烟，空气中飘荡着一股微弱的臭气。宅第到处都是窟窿，估计是那些小卒们搜刮财物以后留下的。

出了府邸，有数千人的武田军队在那里展开包围之势。然后就在刚才战争结束后，无论是阵容，还是将士们的行动，都完全涣散下来。

市郎太队伍的前面，跑过来一个骑马武士。这个武士背上背着一面染有蜈蚣图案的战争指挥旗。

“饭富！”这个骑马武士对着叫源四郎的武士大声喊道，

---

① 日本佛教宗派之一。

“首领大人叫你把女孩子送到古府中[1]。要在白天把军队撤离。”

饭富大概就是那个叫源四郎的武士的名字。饭富源四郎对那个背着指挥旗的武士说道：

“我知道了。等他们喝水吃饭以后，立刻向古府中出发。”

市郎太他们和笠原家族的女孩子们，被聚集在队伍后面的空地上。

市郎太他们一蹲下来，就有人从武田军队的里面搬过来装有水的大桶和三个大铁锅。市郎太凝视着铁锅陷入沉思，总算要结束这种又饥又渴的状态了。

正午过后，一部分武田军队集结在一起准备撤退。笠原一方的女孩子们也被命令站起来。饭富源四郎和他的一队人马则把市郎太和一群女孩子集中在一起，准备把他们押回甲斐去。

源四郎把队伍分成两组，一组是女人和幼儿，一组则是男孩子。

辰四郎对着旁边的一个步兵问道：“到了古府中，我们会受到什么样的处置？”

步兵讽刺地说道：“那里有买卖人口的集市。你们在那里会被卖出去哟，无论是女人还是孩子。”

“有亲人赎身的女人也会被卖吗？”

---

① 地名，今甲府附近。

“如果有亲人在甲斐的话就另当别论了吧。如果以住在信浓北边的郊区为由提出申请，也不是不可以。但是，如果有亲人在甲斐的话，最少一个人也要三贯[①]钱。如果是笠原的夫人的话，就值二十贯钱了。能轻易地拿出这些钱的亲人应该没有几个吧。”

市郎太想着母亲、姐姐和千草的事情。在战争开始之前，就有听到大人们在谈论。如果输给武田的话，笠原一族及他的手下将会面临怎样的灾难性的命运呢？尤其是女人们，会变成怎样？对十三岁的市郎太来说，虽然还不是很清楚大人的世界，但是笠原清繁劝女人们自杀绝对不是过于残酷的话。所以母亲和姐姐们，只要她们有用匕首刺向喉咙的坚定的决心，在被带到这里之前她们就会自杀。然而，身为武士都不能轻易地切腹。知道是一回事，实际操作起来又另当别论。母亲和姐姐们，也不见得会比男人更有胆识。

辰四郎接着向那位步兵打听：“男的会变成什么样子呢？”

那个步兵看看市郎太又看看辰四郎，愉快地说：“可能各地的矿山过来买人吧。你们有可能会被卖去当矿工。”

队伍开始移动。

排在最前头的是一队背上飘着武田菱旗印的骑马武士。他们身后，跟着手持长枪的士兵。

他们是这个夏天进攻北佐久归来的七千武田军队中的一

① 这时期的日本，一贯折合一千文钱。

部分。饭富源四郎以及他的手下则插在作为战利品的女人和孩子中间，尾随着军队前行。

市郎太、被抓的笠原家族的女人、数十个男孩子排在前面，后面九十多个女人小孩排在一起，拖着沉重的步伐向前走。

从志贺城到甲斐的古府中，沿着千曲川途经一个叫佐久往还的街道。往佐久往还的南边继续前进，没多久就告别了佐久的平原地带，开始进入八岳山[①]的山麓。去往山麓地带的登山口就是佐久海之口。佐久的平原好像海一样壮阔，所以才得以此名。从佐久往还穿过八岳山东侧的山腰，就到了甲斐的韮崎地区。

从前年开始，志贺城到南部的佐久往还一带都是武田控制的领域。也就是说，武田从十多年前就开始不停地进攻佐久，然而直到前年，也就是天文十五年，才终于打败占据内山城[②]的大井氏[③]，使其俯首称臣。从这里到南部的佐久，已经完全属于武田的势力范围。内山城，离志贺城的南部只有半里路。就是说从前年开始，往志贺城南部再多走一步，就走到武田的势力范围里去了。

从志贺城到古府中，要花几天的时间呢？三天？还是五天呢？

对从出生开始就没出过城的市郎太来说，光凭想象就能

---

① 原文八ヶ岳，日本的山名。

② 地名，属佐久境内。

③ 天文十五年（1546年）时，内山城守将名大井贞清，战败被俘。

感觉到这是一段通向世界尽头的旅程。

队伍出发不久，走在旁边的辰四郎说："市郎太，看后面！"

市郎太边走边回头看。群山就像牛屈膝伏在地上一样，不怎么大，却真真切切地立在身后。黑色的浓烟不断地往上升。第一道城墙上的井楼，正被火焰重重包围。这是武田军队攻下志贺城后纵火的成果。估计是他们往堆积成山的尸体上盖上木柴，然后点火造成的。尸体烧焦的臭味竟然夹杂在风中慢慢飘了过来。那是一种让人不由自主地想要捂住嘴巴、令人恶心的腥臭味。

旁边的步兵怒吼道："不要回头，小心摔倒，看着前面走！"

即便如此，市郎太还是不停地回头看，凝视着正在燃烧的城市。南部半里的这一片区域，不光是被武田攻陷的地方，更是自己赖以生存的小城。如果没有战争，这一道一道的城墙毫无疑问将一直是孩子们的游乐场。不，它不只是城市，是将来再也看不到的故乡之景。

被赶着向前走的大部分女人和孩子们，也同市郎太一样不停地回头看。看着燃烧的城楼，凝视着越来越远的故乡。被武田的旗帜和指挥旗包围着的，这个小小的村落和城山一样也在市郎太的眼睛里燃烧。如果没有武田的侵略，信浓和其他的村落没什么两样，也会是一个美丽宁静的佐久小乡村。

"走快点！"步兵喊道，"甲斐还远得很呢，不要磨磨蹭蹭的！"

饭富源四郎也把马停在路旁，望向燃烧的城山的方向。

一副满意又愉悦的表情，眼神中流露出一种“这样的风景看了多遍不会腻”的表情。

市郎太不由得小声嘀咕：“够了，再也不想看了。”

走在旁边的辰四郎“唉”的一声询问道：“什么？”

市郎太，与其说是回答，倒更像是自言自语地说道：“我再也不想看到城楼燃烧，也不想看到城市陷落了。”

市郎太到达甲斐国的古府中已经是五天后的下午的事情了。如果是军队的话，大概三个日夜就可以走完这段路程，然而他们却还要带着这些虚弱的女人和孩子们翻过八岳山的山腰。五天则是必需的。

古府中位于甲斐国的正中央的盆地，是甲斐国的行政中心即首都，也简称为甲府。以前武田家族把根据地建在这个地区以东的石和，晴信的父亲——信虎把宅院从石和迁到了这个地方。宅院位于市区北边的边缘——一个靠山的关键位置，其形状呈扇形。这个公馆被叫做踟蹰崎馆。公馆的南面是武田家臣们的宅院，往南去有职人街[①]和商业街。这一系列的宅院街道的整体就被称做古府中。当然，也是甲斐国最繁华的城市。

市郎太以及在志贺城被抓的一百多个女人和孩子，就被带到了古府中一个叫八日市的商业街。路过的市民和农民，嘲笑地看向市郎太他们。孩子们也在嘲笑他们，甚至说一些

---

① 手艺人聚集的地方。

难堪的话。市郎太耷拉着眼皮，默默地走在整齐的队列里。

走到半路的时候，饭富源四郎让女人儿童的一列队伍停住。然后叫男孩子那一列队伍继续跟着其他的武士和步兵向前走。

莫非……

市郎太突然感到一阵不安，回头看着女人的那一列队伍。

难道自己就要跟母亲、姐姐以及表妹千草诀别了吗？连离别的话语都还来不及说，就这样被迫分离了？

母亲她们的那列队伍，正沿着大道向北拐。市郎太站在队伍的中间，搜寻着母亲的身影，一下子就找到了。母亲也边走边往这边看，姐姐也一样，却看不到千草的身影。或许已经走到大道的前面去了。

眼神交织在一起，母亲和姐姐只好用目光与市郎太话别。

市郎太，或许这是最后一次见面了吧。再见了！保重！

步兵用长枪的枪尖对着市郎太的腹部轻轻地刺了过来。

“快走，赶快往前走！”

看到站在旁边的辰四郎，他的脸色依旧苍白。辰四郎也意识到这就是与亲人的最后一面了。

步兵也越加愤怒地吼道：“走啊！再走一会儿，就让你们休息！”

被抓的男孩子们被带到另一个商人的家里。市郎太一群人并排坐在地上以后，一个满脸皱纹的红脸中年男子出现在他们面前。

男子打量了一周，然后对着带领市郎太他们过来的武士说道："全是孩子啊。看起来根本就不能用啊。"

武士说道："这次笠原一族的人全部被杀掉了，壮年男子也全部被砍头了。"

"都是小孩子，买主买回去也没用，卖不了好价钱。"

"不要贪得无厌，前年你们赚了很多吧。"

"哪里赚什么钱，也就刚刚保本。"

"这可是我们冒着生命危险进行的买卖。你要这样说的话，我就让上州军队的士兵们把他们带到其他地方去卖了。"

男子咂着嘴摇摇头说道："没办法啊。武士大人，这个生意真的没钱赚。"

"价钱的话你待会儿去跟藏前众[①]谈。总之现在把人数清点好了就带走吧。"

"嗯。"

武士们一走开，红脸男子就俯视着市郎太和辰四郎，悔恨地说道："也就你们两个可以卖到山里去，其他的都太小了。"

这群男孩子中间，市郎太和辰四郎是最年长的，再过两年他们就到及冠[②]的年龄了。其他的男孩子都是十岁以下，甚至还有未满五岁的孩子。

但是，对只有自己和辰四郎可以被卖这一事实，市郎太

---

① 地方长官。其中众指由几个或更多人组成的小团体，后文中提到的会合众、町众、穴太众等均为此意。

② 指男子年满20岁。此时的男子20岁行冠礼。

不知道应不应该感到高兴。可以卖出去的话，就是说被买去干活。也就是意味着要在矿山被任意驱使，直到生命最后一刻。

等到红脸男子一走开，市郎太就对着辰四郎小声说道："在人口贩卖市场，应该会和女人一起被卖掉。或许还能再见一次母亲和姐姐呢。"

辰四郎摇摇头说道："女人们都等着被赎身。并不是马上就被带到市场上去卖的。说不定在某个武士的府里面作人质。"

"我们这个家族里，在甲斐可以为他们赎身的亲人应该没有的吧。"

"没有听说过。"辰四郎突然皱起眉头，生气地说道，"妈的，战争落败，什么东西都没有了。多么可悲的家族啊！"

不一会儿，刚才的武士又回来了。后面跟着一名体格健壮的三十岁的男子。

男子腰上虽然佩着刀，但是一身町众[①]打扮。红脸男子又从屋里走出来，上前迎接武士们。

武士对着那个红脸男子说道："将军大人说给金山众[②]两个男的。虽然他们还是孩子，但还是给吾助看一下吧。"

红脸男子问武士："白送给他？"

"嗯。这次进攻志贺城的时候，金山众发现并切断了水源。这是给他们的奖赏。除了这两人，其他的就要花钱买了。"

---

① 日本中世纪末期在京都、大阪等城市中组成自治共同体的人们，以商人、手工业者为中心，也包括下级武士和步卒，形成独特的生活圈子。

② 矿山里挖黄金的人。

武士对着跟来的男人说道："吾助，选好了就带走吧！"

那个叫吾助的男人，"嗯"的一声低下了头。

所谓的金山众，就是指在甲斐的矿山上挖黄金的男人。从武士刚刚的话里可以知道，在进攻志贺城的时候，发现了地下水的水脉并切断水脉的似乎就是金山众。武田晴信在攻城的时候让挖矿山的工匠也参加了战斗。

金山众的吾助，快速瞥过孩子们，径直走到市郎太面前。市郎太全身变得僵硬起来。

吾助俯视着市郎太说道："给我看看你的牙齿！"

市郎太不知为何只是那样静静地坐在地上。

吾助突然向市郎太的腹部踢过来。

"你这小子！没听到吗？"

市郎太这才慌慌忙忙地站了起来。

吾助猛地抓着市郎太的下腭，手上越来越用力。市郎太忍受不了疼痛，张开嘴巴。吾助用力地抓住下巴，看向市郎太的口里。

"不错！"吾助拿开手，对着辰四郎说道，"你也一样。"

辰四郎也站起来，老实地张开嘴巴。

验完两人以后，吾助回头对着武士说道："这两个孩子，我要了。我带走了啊。"

武士点点头。

吾助再次对着市郎太他们说道："听着，从现在起，我就是你们的主人。不要违背我说的话。如果你们听话，就会过得轻松点。不然的话，你们只会后悔在志贺城没有被杀掉。明白了吧！”

在一阵沉默之后，吾助突然再次向市郎太踢了过来。市郎太顿时感到小腿一阵剧痛。

“明白了吗？听到没有？”

市郎太拼命地回答：“我知道了，我知道了。”

吾助又问辰四郎：“你呢？”

“听到了吗？”

“明白了吗？”

辰四郎稍微犹豫了一下答道：“我明白了。”

“明白就好。过来！”

他们又重新被带到城市边缘的主干道的一块空地上。三十多个穿着兜裆布几乎半裸的男人，在炎炎烈日下，抱着膝盖坐在地上，好像是吾助的矿山里的矿工们。矿工们全部累得筋疲力尽，脸色暗淡，面无表情。让人不由得感觉到，深深的虚无感和绝望的乌云正飘浮在男人们的头顶。

市郎太沉思着。可能这些矿工也是吾助从市场上买来的。也是被武田歼灭的某个村里的村民们，诹访[①]或者南佐久的。自己被带到矿山以后，很快就会变得和这些男人一样，没有感觉，没有梦想。连拥有人类应有的生活方式这点期望都没有。

矿工的周围，有大约十个手持刀、棍棒的身强力壮的男人。

---

① 地名，日本本州中部城市。下文中的南佐久亦同。

这些就是在矿山上监督矿工们，被称做棒头的男人。还有大概十匹运输队的马被绑在旁边的树上。

吾助说道:“马上就出发。虽然没套绳子，但是千万不要有任何逃跑的念头。不是我自吹，在我的矿山上，还没有工人跑得掉的。为了对付那些想要逃跑的工人，我专门准备了一个挖完金子以后腾空了的洞穴。”

辰四郎问:“所谓的山，在什么地方呢？”

“这不是你该知道的事。不过，知道也无所谓。知道有座叫大菩萨的山吗？”

“不知道。”

“这座山在甲斐和武藏的边境上。那里有个叫黑川的山谷，我们的矿山就在那里。”

说完以后，吾助对着半裸的矿工们怒吼道:“喂，站起来，你们几个小子也是一样。我们回矿山。”

拥有红铜色肌肤的矿工们慢吞吞地站起来。每人手里都拿着一把铁锹。矿工们把它扛在肩上，脚上仿佛戴着脚镣一样迈着沉重的步子往前走。市郎太和辰四郎被吾助赶着走在矿工的最后面。

队伍在街道上走着。棒头们跟在队伍的后面。再后面就是运输马队。吾助骑在最前面的那匹马上。

吾助在马上大声地说道:“距离黑川还很远哪。趁着天没黑，尽量往前赶。明白了吗？”

到达黑川矿山已经是第三天的午后了。穿过一个叫大菩萨山的山口，然后进入由黑川[1]形成的一个溪谷，总算到了。这个地方在远离村落的遥远的深山里面。

沿着河流进入溪谷以后，不久就到了一个小小的盆地形状的地方。周围的斜坡上被挖成梯田形状，上面修建了很多小房子，有数百间吧。

被铲平的梯田的边缘上，用石头堆砌了三尺到五尺高。这个溪谷真的非常狭窄。如果只是想要在斜坡建小屋的宽度，那么边缘就不得不像悬崖一样近乎垂直。但是，即便是推土建好了垂直的壁面，一场雨下来也极有可能崩塌。就只有像这样在边缘用石头堆砌的方法来加固了。不过，好在这里是矿山，成堆的石头可以随意使用。

市郎太沉思着。这个地方的设计，看起来宛如巨大的山城城墙的重叠。唯一不同的是边缘不是土墙，而是石头堆积而成。

吾助对着市郎太一群人说道："这就是黑川千轩，是你们今后住的地方。住在这里受矿主恩惠的男人女人们，加起来有两三千。"

市郎太和辰四郎被矿山的规模惊呆的同时，环视着四周。

建在梯田上面的就是工人居住的小屋吧。梯田下方，小河旁边并排建造了像是操作间的房子。小河上突起几个小桥

---

① 日本战国时一条河的名字，现在位置已不详。

一样的建筑，还有一个磨坊。似乎正在从挖出来的石头里挑选金子吧，一大群工人正在河道里碾磨，因此看起来特别醒目。另外，斜坡上到处都能看到横洞的入口。每一个横洞的入口都用石头堆砌加固。

吾助指着山谷的前面说道："山的对面就是矿山。那边是露天挖掘场。"

矿工们在棒头的指示下沿着小河走进延伸的小路。市郎太和辰四郎则跟在矿工的后面。穿过并排建立房子的一角后，道路就变成了曲折的羊肠小道。离开小河以后，就开始登上几乎垂直的陡坡。

气喘吁吁地登上去以后，陡坡又变成了缓坡。道路穿过前面的杂树林，左右两侧则是下滑斜坡。他们现在正行走在山脊上吧。前方看起来稍微明朗一些。刚这么想，就在一瞬间，眼前一下子柳暗花明。

"啊！"市郎太不由得叫出声来。

前方本应该出现的山脊突然消失，出现在面前的是一条巨大的水渠。不，在城市的话，才可以叫做水渠。在这种情况下，或许应该称之为水沟，它完全把山脊切断了。

水沟里面，无论是正面的墙壁还是底部都完全裸露在外面。没有一棵树，也没有一点泥土。岩石裸露在外面。水沟有五町[①]左右宽。纵深也和宽度差不多。深度怎么看都有四十

---

① 长度单位，一町等于60间，约合109米。

间[1]那么深吧。

这个水沟的底部以及前后的墙壁，有无数东西在蠕动。看起来像虫子一样，实际上全部都是人。粗略估算了一下，有一千多人。

吾助似乎很享受市郎太他们的惊讶，说道：“这是岩石地狱哦。一直挖一直挖没有一刻是轻松的。”

市郎太吃惊地张开嘴巴，目不转睛地看着从事露天挖掘的矿工们的身影。

他们全部裸着上半身，只穿着一块兜裆布。只是默默地盯着地面，挥着铁锹。背着簸箕的男人们的视线也停留在脚下。干活的工人们全部动作缓慢，四肢仿佛被无形的枷锁束缚一样沉重。周围的高处，能够看到棒头的身影。他们正在监视矿工的行动吧。他们不是拿着棍棒就是腰上插着刺刀。还有牵着黑犬的男人。另外，采掘的现场也有插着刺刀的棒头们。他们在矿工中间迈着大步走来走去，或者发出某种指示，或者挥舞着棍棒催促着。

市郎太目睹了一个矿工慢慢地倒在地上。他看起来似乎是因为累到极点，又或许是八月的酷暑所导致，总之是筋疲力尽地趴下了。两个棒头走到那个矿工旁边，把他提起来。市郎太以为他们是要帮助矿工站起来，但是棒头们只是随意地把矿工移到旁边。如果矿工不能自己起来的话，估计这个

---

① 约合1.818米。

矿工再也回不到自己的被窝里了。

吾助似乎察觉到市郎太的表情，点头说道:“对了。到了这个山里，没有一个男的能活过五年。但是你们最起码可以活七年。因为你们是特意从将军大人那里要过来的。我们不会让你们做这个程度的活儿的。”

吾助对着旁边的斜坡上的棒头大喊。那个棒头立马爬上斜坡，站到吾助的面前。这是一个留着浓密胡须的男人，大概三十岁，看起来比吾助稍微年轻一点。

“吉山，”吾助对着那个胡须男说道，“这两个小子，从今天开始就跟着你的那组做事。但是他们身体还太瘦小，不要让他们做太重的活儿。要让他们干重活的话得先把身体养好了才行。”

“嗯，知道了。”被叫做吉山的男人望了一眼市郎太他们说道，“我会好好帮助他们的。对了，佐久那边现在进展如何？”

“将军大人在小田井原与上州军队的对峙中取得大胜。志贺城在我们金山众切断水源以后就拿下了。”

“大胜上州军队？那么，不止是信浓，还有上州，都成了将军大人的囊中物了啊。”

“照这样的局势发展下去的话……”

吉山再一次用一种鄙视的眼神看着市郎太他们，然后说道:“安置好这两个人。我要立刻用他们。”

当天日落以后，市郎太和辰四郎被带到黑川千轩矿山的村落的一间小屋里。这个小屋就是市郎太他们的宿舍。另外还有十名左右的矿工也和他们住在同一个小屋里。

吉山发给市郎太他们每人一张草席。这可能就是他们这一年的被子了吧。

市郎太和辰四郎，抱着裹好的草席，跨过横躺着的矿工们，走进昏暗的小屋。

墙壁的一侧，摆放着一根圆木。矿工们都把头放在原木上，横躺在上面。圆木就是枕头的代替品。

市郎太和辰四郎，模仿其他的矿工，把头放在圆木上，直直地躺在草席上。

市郎太闭着眼睛把手放在胸口上，强忍着悲伤，旁边传来辰四郎小声说话的声音。

“市郎太，你在哭吗？”

市郎太睁开眼睛，注视着黑夜小声地答道：“不要哭。”

“哭吧。今晚哭一下就好了。明天开始就不要哭了。”

“不要哭了？”

“听着。”辰四郎小声地说道，“我们要活下去。一定要活下去。所以，不要放弃，也不要自弃，要保重身体。一天一天，好好地活下去，要活着回去。”

“我们还能回佐久吗？”

“到底能不能回佐久现在还不知道。但是，我们不会永远都在这里的。在这里只会生不如死。”

他说的意思是逃跑。但是，真的能逃掉吗？

吾助不是也讲过吗？说他的矿山里还没有过工人逃跑的

事情。也就是说，没有从这里成功逃离的矿工。从苦役被解放之前，都被杀掉丢进废坑里了吧。这里的数千名矿工，没有一个人不想从这里逃出去的吧，只是难度超出想象之外。更何况，他们自己还是孩子呢。

即使是这样，市郎太为了让辰四郎安心，继续说道："我知道，我不哭，我要活下去，一直活下去。"

"那么，睡觉吧！"

"嗯。"市郎太躺在代替枕头的圆木上，稍微调整了一下头部的位置以后，回答道。

"嗯，晚安！"

圆木咚咚咚地震动着。

市郎太一下子从睡梦中惊醒过来，爬起床。

原来是吉山站在小屋入口处，踢开了圆木。为了叫醒累得筋疲力尽熟睡中的矿工们，所以就踢开了代替枕头的圆木。矿工们不得已，一齐醒过来。在经历了三年的黑川千轩生活以后，这样一种被叫醒、起床的方式，已经成为市郎太的一种习惯了。

“起床了！”吉山怒吼道，“今天吃过早饭以后就下山，要加入将军大人的军队，动作快点。”

市郎太看着躺在旁边的辰四郎，辰四郎又看回市郎太，眼里闪烁着异乎寻常的亮光。

天文十九年（1550 年）九月。市郎太他们从陷落的志贺城被带到黑川的金山，已经过去整整三年了。无论是市郎太还是辰四郎，今年都已经十六岁。两人都已经长成像矿工一样拥有结实身板和粗壮手臂的年轻人。

吉山说道:“赶快上完厕所去吃饭。准备好以后,马上出发。这是将军大人的命令。动作快点。”

吃过早饭以后，矿工们就开始匆匆忙忙地准备出发了。这次轮到的是吾助下属里，以吉山为头目的那一组人去参战。大概三十名矿工，十名左右的棒头和挖洞的高级工匠。对市郎太他们来说，这是第一次参军。据说吾助也跟着一起去。十二匹运输的马背上驮着挖洞用的錾子、槌子等工具。另外，每名矿工都扛着一把铁锹。

市郎太他们在黑川千轩的路上站好以后，包括吉山在内的棒头们用粗草绳子把市郎太等矿工的脚踝绑起来，像念珠一样连在一起。

吾助骑到马背上以后，说道:“将军大人好像在诹访。先去诹访吧。”

棒头的吉山问吾助:“诹访以后去哪里？又是佐久吗？还是筑摩呢？”

“不知道！”吾助答道，“就连将军大人，好像也厌烦了对佐久的出兵了。”

佐久，再一次与武田晴信背道而驰。去年秋天，北佐久的布引城城主——乐岩寺光氏和尾台城主——尾台又六举旗造反，最后败给武田。黑川金山里也有买来的两家的家臣和居民，从他们那里，市郎太也多少知道了一些事情。

吉山说道:“那么,是筑摩吧。今年就把小笠原长时给灭了。”

吾助说道:“不知道。废话少说，总之叫你先过去。”

金山众和矿工们的队伍开始出发。吾助打头阵，吉山跟在队伍的最后面。市郎太回头看辰四郎。辰四郎稍微动了动嘴角，轻轻地点了点头。

眼睛似乎在说:逃吧!

等待了三年的机会终于来了。与以往相比，虽然这次被十多个棒头监视，脚上也绑着绳子，而且一到战场上，周围就全是武田的武士和小兵们。当然他们也知道逃跑并不是件简单的事情。

但是，如果错过了这个机会，好机会还会不会再来就不知道了。市郎太决心已定，对着辰四郎也点点头。

逃吧!

从黑川金山出发以后的第七天，市郎太一行人抵达诹访。

在诹访的高岛城后门处，吾助对守城的士兵说道:“在下黑山金山众的田边吾助。为了跟随将军大人，特率挖洞的工匠们来此地。”

守城士兵的头目走出来，对吾助说道:“将军大人现在正在小县里。那个地方叫海野的户石原。翻过和田山，那个地方就对着海野。”

吾助说道:“我觉得应该是对着筑摩的方向吧。”

“我们已经拿下东筑摩了。小笠原长时似乎往北边逃走了。将军大人一回到诹访,就把矛头对准植科（地名）的村上义清，出兵讨伐。”

“也就是说，已经从小县开始向葛尾城进军了吗？”

“葛尾城主村上义清，现在可能就在小县的户石城里。”

从小头目的话里知道，早在两年前，村上义清就和武田的军队在上田原打了一仗，据说武田军队遭到惨败。因此，佐久的土豪地主们也开始动摇，纷纷叛离。武田晴信为了收复付出了血的代价才好不容易到手的佐久，再次向村上义清发动了战争。把小笠原长时驱逐出林城的武田晴信，一回到诹访，就重新把军队集结在小县的户石城周围。从上个月月末开始，就一直包围户石城，直到九号才开始发动强攻。

吾助说道：“这里，不是派得上用场的重要的地方吧。”

头目说道：“拿下户石城以后，就是将军大人的事了。下一个就是葛尾城了。对你们而言反正都是工作的地方。但是，不用急着赶过去。”

一队步兵，护送他们一起去部队的大本营。

和田山上新设了一个小型的堡垒。

因为是对着小县方向的一个小小的木栅堡垒，所以只有三十名左右的步兵驻守在山口。金山众一到山口，山口的守兵头目说：“户石城现在还没拿下。将军大人已经放弃强攻，就等着村上的部队弹尽粮绝。”

吾助问道：“包围几天了？”

“将军大人到达这个山口的时候差不多是一个多月以前。确切地说，形成包围应该有一个月了。”

“看来这个城的水源很充足啊。”

“所以叫了新的金山众过来。快点，现在秋天都快结束了，所以将军大人不希望这种状态持续下去。”

从和田山往户石城海野方向走，下到一个叫武石通道的山路。下去以后就会看到千曲川，从那里到市郎太的故乡——佐久郡的志贺城只有一天的路程。

志贺城，武田晴信的家臣们应该已经驻扎在里面了吧，虽然身处队伍的最中间，但是市郎太却兴奋不已。

自己现在已经远离黑川矿山,正慢慢接近三年不见的故乡。

剩下的只要一鼓作气，解开绳子，就可以再次看到故乡的模样。一鼓作气！

短暂休息的时候，市郎太看到了辰四郎。辰四郎应该也是同样的想法。紧绷的脸上有着一种异乎寻常的认真的表情。他现在肯定在拼命地思考逃跑的计划。

渡过千曲川，进入海野。从道路前面，快速跑过来六个骑马武士。手持长枪突然冲到市郎太队伍的面前。充当护卫的步兵头目，用力地挥挥手，告诉他们是自己的人马。

骑马武士们把马停在市郎太队伍周围形成包围圈。个个都不寻常，眼睛泛红。

步兵的头目，对着骑马武士说道:“是板垣信宪大人的部下，带领金山众前来此地，正打算去大本营报到。”

吾助也说道:“在下金山众的田边吾助，带领四十名挖洞的工匠，听您差遣。”

一名骑马武士说道:“你来得太慢了。”

“一接到消息我就立马赶过来了。”

“不管怎样先跟过来吧。”

市郎太他们在这名骑马武士的带领下，来到一个小型的台地上。这个地方叫做弥吾平。武田晴信的大部队就驻扎在这里。

正面左手边能看到一座叫东太郎山的山峰。从那里到面前延伸着一条小山脊，另一侧山脊上，有一个观望户石城众城楼的地方。

市郎太环视四周。从台地下面扩展的平地上，能看到好几个军营。正好形成围攻户石城山脚的态势。从密密麻麻飘扬的旗印和幡上可以判断，这里有超过五千人的军队。或许在肉眼看不到的地方，也布置了许多的兵力。加起来有近万人吧。

台地的西端，只是大幕拉开的一角。周围林立着黑底上染着某种文字的旗帜，武田晴信或许就在那里。

吾助命令金山众和矿工们蹲在那个地方。市郎太们老实地照着他的命令蹲下来。

从那边走过来一名武士。头盔的护颈上系着一个小巧的半月形的装饰物。

武士对着吾助说道：“田边吾助，你来得可真慢。”

这是一张熟悉的面孔。市郎太吓了一跳，重新注视着这个武士的脸。

走过来的正是在志贺城第一道城墙见过的那个男人，就是那个死皮赖脸的跟武田晴信讨要千草的武士，是叫饭富源四郎吧。对那个黑底白桔梗的旗印也很眼熟。

“真的很不好意思。”吾助低下头，“接到消息后我立马就赶过来了。”

“我们已经围了一个多月了，就这样到现在都还没拿下。”

“你们的强攻我也听说了。”

“是有强攻过。反复攻了八天，抵抗太强硬了，所以转变策略改成了围城。”

“已经有其他的金山众过来了吧？”

“汤之奥的金山众，”饭富源四郎指着前面的户石城说道，“他们从山脊的另一侧，试着想要切断水源，但是还没有成功。”

“困在里面的大概有多少人？”

“有一两千吧。”

“是个很棘手的城楼啊。”

饭富源四郎点点头问道：“能切断水源吗？”

吾助也看看户石城，顿了一会儿回答道：“多多少少需要几天时间吧。”

“大概几天？”

吾助看着棒头的吉山问道：“你认为呢？”

吉山，把手放在下巴上回答道：“我还要看一下这座山，但最起码也要十天左右。”

“后天就是十月了。再磨蹭下去的话信浓就要到冬天了，并且……”

饭富源四郎没有继续说下去。市郎太看着饭富源四郎竖起耳朵偷听他们的讲话。

饭富源四郎说道:“村上义清并不像探子所报的那样，他现在并不在户石城里面。他联合北信浓的高梨政赖，带着部队正向这边赶过来。”

吾助问:“意思是？”

“也就是说十天太长了，我们等不了那么久。”

吉山说道。

“山脊的最右边的山峰上有城墙吧。”

饭富源四郎说道:“那个地方叫户石米山城。”

“如果要切断那个地方的水源的话，可能需要几天时间。山峰是独立的，我认为不需要切断其他地方的水源。”

“没关系。只要拿下米山城，靠近主城就容易多了。就这么干吧。”

吾助和吉山同时说道:“遵命。”

饭富源四郎叫人在他的军队后面建造了金山众的工棚。

“跟上来！”饭富说完就骑上马，市郎太立马站了起来。

从武田晴信的军营所在的弥吾平下到平地的时候，市郎太发现，军营的边缘站着一队手持奇怪兵器的步兵。

地上盘腿坐着十来个步兵，打横抱着一个木柄上绑着铁棒的东西。看起来像是某种兵器，以前却从未见过。

吾助似乎也注意到这个东西。抬头看着饭富源四郎问道:“饭富大人，那个工具是什么东西啊？”

饭富源四郎让马停下来回头答道："火绳枪，也叫火枪。以前听过吗？"

"哦，就是那些南蛮[①]人使用的射击武器吗？"

"是的。把火药制成的铅弹射出去。本来是川义元殿下送给我们将军大人狩猎野猪的。既然能够狩猎野猪，那么在战争中应该也可以使用，所以将军大人就收集了一些火枪，并长时间训练步兵们使用火枪。说是运用好了，就可以取代弓箭了。因为子弹的射程是弓箭的三倍。"

"能飞出弓箭的三倍那么远？那不就是战无不胜啦？"

"如果只有武田军队拥有的话就战无不胜了。现在只要集中少数的火枪和火枪手，就能在这样的攻城行动中发挥作用。遗憾的是这东西贵得很啊。"

火绳枪、火枪。

还在佐久的时候，他就已经听说过这个东西了。

一个游行僧来到村里的时候，讲他在首都的见闻中提到过。大概是天文十二、十三年的时候，火绳枪作为猎枪传了过来。好像是南蛮人漂洋过海带过来的。作为狩猎工具，堺、近江、国友等地的锻造工匠们制作出了同样的物品，据说各国的大名都很珍视这个东西。堺、近江的商人们也在各诸侯国四处叫卖铅弹和火药。

市郎太现在终于在步兵的手里看到了火枪。把火药制成

---

① 日本近代用于称葡萄牙人和西班牙人。

的子弹射出去的是看起来像铁棒的铁筒吧。子弹以弓箭三倍的速度飞出去的话，在对手弓箭所不能到达的地方，就可以使用这种射击工具。这样的话我方就可以在安全的情况下打击敌人。不光是武田晴信，各诸侯国的诸侯、大名们在战争中也是首先考虑使用的工具吧。

吾助说："如果广泛使用火绳枪的话，战争的样子就会变得完全不一样了吧。"

"不可能。只有取下首级才是战争，不是吗？依靠火绳枪助长了气势之后，才是真正的战争的开始。"

队伍继续往前走，刚要走出大本营所在的台地的时候，穿着母衣的两名武士，气势汹汹地登上台地。市郎太们慌忙地避开，让骑马武士通过。

饭富源四郎充满不安地目送着骑马武士，自言自语道："村上军队参加了后方预备队了吗？"

当然，没有一个人回应他。饭富源四郎轻轻地摇着头，对着吾助说："跟上来。"

走下台地，金山众的一行人走到正面对着米山城的河滩。途中的村落、农居全都被武田军队的人接手了，四周旗帜林立。一个农民的影子都看不到。可能大家一听到武田要进攻的消息就立马逃到山里去了，留在城里的估计只有村上的步兵。当然有逃跑的人，也有固守的人。

武田与上州军队的战争里，经常有自由练习的抓俘虏的行动。不光是成年男子，女人孩子们也会遭受凌辱，被当做猎物抓起来然后卖掉。就像志贺城的女人孩子们一样。作为攻击对象的农民，对步兵来说是战争的犒赏。武田的步兵们正是有了这个期待才从的军。

更何况这是一场农忙时期的战争。所以，武田军队攻入上州以后，当地的农民不是逃跑就是打仗，根本不可能漠然地继续耕作。

金山众在包围圈的后方张挂帐篷，然后在上面用平张[①]覆盖，工棚搭好后，紧贴着旁边的小山。吾助和吉山把矿工们带过来，开始全面勘察米山城的山麓。拿着盾牌的步兵们跟在后面。庆幸的是，从城墙开始的地方，整个山麓都在斜坡的背面，根本不能向下看，靠近山路的地方也在弓箭的射程之外。金山众得到的挖洞的地方，看起来并不是很难。

只巡视了短短一小时，吾助和吉山发现了所谓的目标场所——东边的山麓就在米山城和户石主城之间的山坳下面。

吾助对着棒头和矿工们说："从这里开始挖进去。扒下一块岩石，就能知道石头的走向。今天就做这些吧。"

矿工们立即开始挖洞。

队伍分成两组，一组是砸碎岩石的人，一组把砸碎了的岩石搬到后方，他们都在吉山的指示下交替作业。吾助频繁地检查挖掘面，不时地对挖掘方向进行修改。

虽然已经是晚上了，但是市郎太们还是被命令在篝火下

---

① 充当屋梁的东西。

继续作业。第一天收工的时候，已经四点半了。

和开始的时候一样，从被步兵们包围的山麓开始撤退，穿过军营，回到后面的工棚里。

第二天早上，吃过早饭，再次出发去挖洞的时候。

前方传来一阵马蹄声。原来是四个背后挂着母衣的骑马武士快速冲了过来。好像是从武田晴信的大本营所在的弥吾平过来的。骑兵们以最快的速度从市郎太他们面前通过，向包围户石城的军营那边冲过去。他们的策马方式并不寻常。

辰四郎斜眼看着市郎太，压低声音说："机会来了，不要犹豫哦。错过这个机会，以后就没有了哦！"

市郎太看了看周围，轻轻地点点头："我明白了。"

"出发！"吉山大声地说，"无论如何今天要把水源找到。"

市郎太站起来，扛着铁锹。

晚上，虽然待在工棚的下面，包围的军队却平静不下来。快马不停地走来走去。军营中间一阵骚乱。可能是村上的部队有什么行动吧。虽然早就听说有预备部队的加入，意外的是军队进来了。

翌日的十月一日，太阳刚刚升起来。饭富源四郎策马向金山众的工棚奔过来。

"部队撤退了，做好准备。"

市郎太他们刚好醒过来，走到帐篷外面。

吾助则边穿衣服边问："户石城的进攻进展得怎么样？"

饭富源四郎说："下次吧。长时间包围已经一个月了，将军大人在昨夜召开军队会议，决定撤退。全军立即撤回小县。”

“是今天吗？”

“马上。准备好以后立马向甲斐出发。”

“走哪条道？走佐久那里吗？还是穿过和田山呢？”

“跟着我们就可以了。”

饭富源四郎策马返回自己的阵营。

吉山指着西方说：“将军大人出发了，他回去了。”

市郎太也看着吉山所指的台地方向。武田晴信的大本营的大部分旗帜都在移动。军队帐篷似乎已经被撤掉了。武田晴信走在全军的最前面，带领军队往回撤。

吾助回过头对市郎太他们说：“收拾帐篷，准备回去了。不要磨磨蹭蹭的，动作快点！”

还不到半小时，包围户石城的武田军队已经全部撤离。武田晴信的主要部队，已经渡过千曲川，从上田平地的南部进入延伸至大门山的街道里。途中，有一条通往北佐久郡的望月城旁边直达诹访的路。

户田城里面也行动起来了。狼烟四起，钟鼓声开始响起来。观望台和城楼上的守城士兵们也匆匆忙忙地行动起来。

辰四郎，看着户石城的形势对市郎太小声地说：“村上的军队出来了哦。战争，在敌人撤退的时候是个好机会。他们从后面开始攻过来了！”

市郎太看着北方说：“村上的大部队在坂城吧，从旁边也可以攻过来。”

“那狼烟，恐怕是进攻的信号吧。没想到村上的军队已经到这附近了。”

跟着大部队的武田军队的士兵们，在千曲川河岸边停下来。这么多人并不能一起过河。军队滞留在千曲川东岸，金山众也被迫推迟过河。

就在这时，后面开始骚动起来。市郎太他们回过头去，看见户石城的山麓有一大片军队。守城的村上军队，看到武田军队的撤退，一下子从侧门和后门跑出来。充当殿后的部队慌慌忙忙地整好队形。骑马武士在河岸的上野原，开始左右跑动，已经到达河岸的军队也开始不安起来，一部分步兵们跳下河中往前面冲去。

饭富源四郎一边往岸边冲一边大叫：“不要慌张。殿后部队横田准备防守，不用惧怕村上的部队，冷静下来渡过去。”

但是，千曲川下流方向也开始骚动起来。许多的旗帜从北方开始聚集过来。

轰鸣般的马蹄声也渐渐传来，好像是村上势力的大部队，似乎就在附近十町远的地方。

骑马武士和大将们大叫起来：“不要害怕！不要乱了队形！”

但是，金山众在排队等待徒涉的时候，殿后部队和户石城的村上势力终于打起来了。伴随着轰轰声，金属碰触在一起的声音也剧烈地响起来。接着，北侧的合战也开始了。村山势力的大部队，冲进准备撤退的武田的军队。

河岸边上，武田的军队越来越混乱。负责运输的马匹也在河里被追赶着，亢奋地横冲直撞。

吾助对工匠和矿工们怒吼道:“快点过去，快点！”

棒头们挥舞着刺刀和棍棒，催促着矿工们。矿工们的脚全部被草绳绑在一起。市郎太他们因为和其他矿工绑在一起，所以只有跟着他们冲进河中。

好不容易走到千曲川的沙洲地带，市郎太回过头去。右岸边上已经是一片混战。

就连刚刚过河的部队里面，也有再次渡回去的人。相反，仿佛没有听到停下来的指令，冲进河里的步兵们也很多。形势好像偏向进攻一方的村上的军队，而不是正在撤退的武田的军队。

吾助拼命地怒吼道:“动作快点，赶快过河！”

棒头们也踮着脚站着，已经完全顾不上监视矿工了，纷纷离开队伍，再次跳入河中。有一个人在水里没站稳跌倒了。

辰四郎从市郎太后面大喊:“不要逃，停下来。”

矿工们停下脚步。也有人回过头不可思议地看着他。这些人全部都是比辰四郎年长的矿工。

站在后面的吉山，怒吼着奔过来:“干什么？赶快过河！”

辰四郎，挥起手中的铁锹，朝吉山的腹部狠狠地砸过去。“咚”地传来一声腹部裂开的声音，吉山的身体仿佛被劈断一样。

辰四郎抽出铁锹，又往吉山的后脖颈扣过去。吉山以一副鞠躬的姿势，倒在了河滩的石头上面。市郎太冲到吉山那里，从吉山的腰部取出刺刀。

正好那里是千曲川河滩上茂密灌木丛的背面，逃跑过来的武田军队的将士们是看不到这里的任何事情的。

市郎太拿刀砍断了绑在自己脚上的草绳以后，立即砍断了辰四郎脚下的绳子，然后一个一个地砍断矿工们脚下的草绳。矿工们似乎也明白了现在是逃跑的好时机。全部架起铁锹，下腰，摆好姿势防备着其他的棒头和护卫的步兵们。

吾助和其他的棒头们，在河岸对面都吓呆了。但是，右岸上村上的军队现在处于优势地位。乱成一团的武田军队的步兵们四处向这边逃过来。吾助也没有想要阻止矿工们的叛乱的打算。

辰四郎对矿工们说："大家都逃吧。往北方逃！"

矿工们相互点点头，丢掉铁锹，再次从中州冲进河中。

辰四郎指着横躺着的吉山对市郎太说："市郎太，宰了他吧，让他为他这三年的所作所为还债吧。"

市郎太对辰四郎说："好，我正有这个打算。"

市郎太把吉山踢得仰面朝上，换另一个手拿刀，朝吉山的胸口刺过去。

吉山的口里顿时喷出一摊鲜血。

辰四郎把手伸出来，似乎在说："把刀给我。"市郎太把刀递给辰四郎。辰四郎重新拿起刀，跪在地上，刺向吉山的胯下。吉山的胯下立刻染得鲜红。辰四郎伸出左手，像要挖出什么东西似的转动刀把，切下吉山身体的一部分，辰四郎左手握着男根，辰四郎把这根男根塞进吉山的嘴里。

市郎太也知道辰四郎这样做的意思。这是对这三年里从吉山那里受到的侮辱所进行的复仇，这是最合适的复仇方法，就连自己在这三年里也时常梦到这样的场面。

右岸的混战还在继续。村上的骑马武士们和持枪的步兵们下水追赶河中正打算逃跑的武田军队。

突击的声音、悲鸣、惨叫、马受惊的声音，以及短兵相接的声音交织在一起。

不能过河，像这样从海野的平地往南逃跑的部队也很多。逃得慢的将士们，在草地中间，被村上的军队围困着，逐个倒下。武田军队也重整态势，准备迎击，看得出他们被东边和北边过来的部队攻击，明显是被压制的一方。前线逐渐南移。市郎太他们所在的位置，似乎也成了最前线，将士们的动作越来越激烈。

市郎太和辰四郎所在的灌木丛的背面，有一个武田的武士趔趔趄趄地冲了过来，是一个拿着长枪的武士。武士吃惊地看着他们两个，停下了脚步。

辰四郎没有丝毫犹豫就向那个武士砍去。武士虽然想要挥刀，但是面前辰四郎的刀，已经砍在了武士身体的右下方。武士胆怯地刚把长枪放下去，又一刀砍下来。这次刀刃刺入了胯下。武士握着刀就这样往后倒了下去。

市郎太冲过来，立刻把枪从武士手里取出来。辰四郎骑在武士的身上，刀身插入他的脑袋里。

一大群武田军往两人所在位置冲过来。村上军队似乎就要追到他们后面了。

市郎太缩着头藏在灌木丛旁边的石头后面。辰四郎则砍下倒在地上的武士的头，跑到市郎太的旁边。

传来一阵马蹄声，一个村上骑马的武士，从两人的头上飞跃过去。后面陆续跟着持枪的步兵们。前方，有三四个武田军队的步兵和武士踮着脚踩在水里，想逃却逃不掉。追过来的武士们一阵猛攻，他们立马就倒了下去。

骑马武士牵马回到中州。这是一个戴着头盔的年轻的骑马武士。骑马武士发现他们以后重新架好长枪,进入战备状态。步兵们也注意到两人，也摆好架势，把枪头对准他们。

辰四郎立刻把刚刚砍下来的头踢出去，大声说:“我不是武田军队的人。我是佐久郡志贺城城主笠原清繁的家臣。三年前因为家乡陷落，被迫到甲斐做苦役。请让我加入你们的军队吧。”

骑马武士瞬间露出一副惊讶的表情。真的不是敌人吗?一副充满疑问的表情。

市郎太也并排站在辰四郎旁边说:“我也同样来自佐久郡中尾家族，不是武田的人。”

骑马武士问辰四郎:“为什么在这里?是作为小兵跟过来的吗?”

辰四郎回答道:“不是，我们是作为挖洞的工匠，被带到这里的。因为混战，所以杀了武田的人，才留在这里不走的。”

骑马武士仔细地看着他们二人，看到他们旁边躺了一个刚刚倒下的武士尸体，说道："这个武士的旗印是什么？"

步兵们走到尸体前，检查背部的指挥旗。

一个步兵怒喊道："武田菱。"

另一个步兵说："不，不对，是隅立四目结[1]！"

骑马武士说道："横田高松一党的吧？横田家族就是隅立四目结的旗印。"

旁边还有一个，吉山的尸体也被翻了过来。

"这边呢？"骑马武士问道，"步兵吗？"

"是金山众。"辰四郎回答道，"我把他杀了。"

"有点手段啊。"

"没有受过专业的指导。"

"我是羽崎次郎兵卫。村上义清殿下的手下的武士。想要跟着我吗？"

"是的。"

"名字呢？"

"中尾辰四郎。"

市郎太接着说："中尾市郎太。"

"把装备和指挥旗借给他们。我还想再砍两三个脑袋，还想要马，你们两个都给我行动起来。"

"是！"

市郎太也学着辰四郎，低下头。

---

① 日本家徽名。

一个步兵走到市郎太前面说道:“用这个指挥旗吧。”

是一个“丸”上面有个“上”字的旗印。应该是指村上一族吧。羽崎次郎兵卫的指挥旗虽然也是一样，但是在村上家族徽印的下面有个黑色的“羽”字。

市郎太伸出手，接过指挥旗。辰四郎也背着一面同样的指挥旗。

市郎太重新拿起长枪，环顾四周。终于有时间可以环顾周围了。

现在千曲川的右岸，村上的部队正追赶武田的部队。武田的殿后部队拼死抵抗，然而背后的士兵们却乱成一团，纷纷往海野的平地以南逃离。武田军队的旗印已经四处散落，河风似乎也在哀叹。眼睛里看到的都是被脱下来扔掉的铠甲。身无一物逃散的武田军队也很多。

“过来！”羽崎次郎兵卫说。

两人同羽崎次郎兵卫的步兵们一起，从中州回到千曲川东岸。岸上的上野原，就是混战的正中心位置。

战争一直持续到这一天的傍晚。

渡过千曲川，武田军队逃过来了，但是殿后的部队却没能渡河。他们同大部队分开,被节节逼退到海叶平的佐久方向。村上势力不停地进攻殿后部队,许多将士都倒下了。即便如此，殿后部队也逃到佐久那边去了。日落时分,村上部队停止追击，这一天的战争终于结束了。武田军队战死的人数大概是一千人。作为甲阳五名臣之一的知名猛将——横田备中守高松也在战死的人里面。

天文十九年十月一日。根据武田方面的记录，称这次战役为户石崩。对武田晴信来说，是向信浓的村上义清发起挑战，继上田原合战以来的又一次败仗。户石崩战役的那天，武田晴信带着部队，退守距离户石城六公里的佐久郡望月城，在那里集结了军队以后，穿过大门山七日后回到古府中。

市郎太他们在那天的战役里，作为浪人羽崎次郎兵卫的手下积极奋战。羽崎次郎兵卫不仅是骑马能手，也善于使枪。到了傍晚时刻，他手里提着两个骑马武士的首级，以及四个看起来是小头目的武士首级，另外还牵着两匹马。

市郎太和辰四郎，只是帮他拿枪。加上他们二人，总共七人的次郎兵卫的小组，意气风发地回到户石城。在欢呼声中路过城门的时候，次郎兵卫情绪特别高涨。

晚上，进入户石城的村上部队的将士们，挥舞着酒杯。虽说算不上庆功宴，暂时为胜利庆贺一下也是可以的。

羽崎次郎兵卫脱下头盔，坐在折凳上，喊着市郎太他们的名字。两人跪坐在次郎兵卫面前，他一边喝酒，一边问他们两个。

“你说你是志贺城笠原清繁的家臣？”

辰四郎答道:“是的。志贺城陷落的时候，我们还是孩子，所以没有被杀掉，而是被带到甲斐做苦力。”

市郎太也说:“我和辰四郎是堂兄弟，在同一个地方长大。辰四郎的父母和兄弟姐妹都被武田杀害了。”

次郎兵卫说道:“笠原清繁殿下，真是太可惜了。我们那个时候就在信浓，也听说了。作为后备军队出征的上杉家的副将，金井秀景军殿下在小田井原被打败了吧？”

“那个时候被杀掉的人有五百多，全部都排在志贺城的下面。”

“以笠原清繁殿下为首，他们整个家族都是出了名的猛将啊。武田军七千来对阵守城的五百……”

“最后，守城士兵全部都被杀掉了。”

“真是令人痛心的一场战役啊。”

市郎太问:“那个时候，女人孩子们都被带到古府中卖掉了。笠原一族的女人孩子们，后来怎么样了，你知道吗？”

“这方面的信息很少啊。笠原清繁殿下的夫人，下嫁给武田的小山田信，成了他的侧室，后来就不清楚了。”

“志贺城现在呢？”

“应该已经破败不堪了。佐久附近的国人们，全部投奔武田了，稀里糊涂地跟过来，却在这次战役中被杀掉了。”

辰四郎问:“羽崎大人，浪人在植科是没有土地的吗？”

“没有的，是领俸禄的。”

“像今天这样的行动，可以得到土地吗？”

次郎兵卫苦笑道:“我和你们一样，一家人都被杀掉。本来作为男人的话，为了复兴家业才应该努力工作的。但是，我认为得到土地以后珍视它并不是那么愉快的事情。比起这个，在合战中扬名，一次下来得到不在少数的俸禄，然后再出征另一个战场，这个更符合我的性格。”

“您是哪里出身？”

“美浓，可儿庄。”

“到现在，帮过各地的将军大人做事吗？”

“不。并没有那么多，村上殿下是第五个。”

“除了村上殿下，最近的一个将军是哪里的？”

“可能……我半年前才到这里。今年有很多计划，但是村上殿下应该不会让我走吧。在与武田的战争结果出来之前，我会留在信浓。”

辰四郎说：“为了我的家人，我一定要灭了武田。请让我继续跟在您的身边为您做事吧。”

“我很乐意啊。”次郎兵卫看着市郎太，问道，“你呢？怎么样？”

市郎太没有回答的意思。作为浪人，因为侍奉君主的不同而转战各个战场，就像羽崎次郎兵卫的生存方式，市郎太对此感到有点吃惊。虽然知道乱世中这样的浪人有很多，但是以前身边没有一个这样的人。就连笠原清繁的家臣里，也没有浪人。笠原清繁的军队里，全部是家臣和地侍[1]以及领地的居民。换个说法，就是和那片土地紧紧联系在一起的军队。为了土地和家族以外而战的男人还是第一次见到。但是他对羽崎次郎兵卫这种生存方式并没有半点厌恶或是反感。今天

① 日本中世时期的土豪武士，一般是在乡土著武在当地有势力的武士。

一天跟着羽崎次郎兵卫作战，也确实觉得这是一个不错的男人。

市郎太答道："今天，我也是刚刚才从武田的桎梏里解放出来。对接下来要做的事还没有目标。如果羽崎大人有什么差遣的话请尽管吩咐。但是，我也不知道是否会一直待在羽崎大人手下做事。"

次郎兵卫大笑着说道："这样也好，干脆，只要喜欢就行。那么，你们现在多大了？身体不错啊。"

"我们两个都十六岁了。"辰四郎答道。

"成年了，很好的年纪啊。"

"是的。"

"今天的行动，你们帮了我，就让我做你们的乌帽父母[①]吧。你们两个，现在都是顶天立地的男子汉了。"

次郎兵卫端起一个酒杯。辰四郎接过酒杯，喝了一口酒。市郎太也照做。

市郎太一边喝下甘甜的美酒一边想着心事。

有没有参加成人仪式已经不重要了，就在今天，我和辰四郎成人了。成为一名真正的男子汉了。我们杀了人，从桎梏中逃脱出来，亲自选择了值得侍奉的武士。毫无疑问我们已经成年了。

第二天，村上义清让羽崎次郎兵卫以守兵的身份留在户石城。村上义清的根据地，植科的葛尾城就在户石城北边二

---

① 代父母的形式之一。

里处，之前次郎兵卫就是被纳入葛尾城的守兵。虽说逼退了武田的军队，但是武田晴信对信浓依旧抱有很大的野心。极有可能对信浓发起再次进攻。所以必须强化户石城的防御体系。毫无疑问，把次郎兵卫一伙人放在更加靠近武田军前线的户石城，是最合适的选择。正因为如此，市郎太和辰四郎也继续待在户石城生活。

在击溃武田军后的第三天，市郎太发现城内有一个举止奇特的老人。

那个老人大概六十岁，嘴边和下巴都蓄有花白的胡须。腰上虽然插着刺刀，却不是武士。一定要描述的话，老人看起来更像药师如来[①]。

老人像雕塑一样安静地站在第一道城墙的井楼上，偶尔向前探身，环视着四周。看起来似乎正反复推敲地形和城楼的形势。但是，户石城内的守兵们却没有一个人把这个老人的奇怪举止放在心上。

市郎太问旁边的羽崎次郎兵卫："那个老人是什么人？"

次郎兵卫看着老人的方向。老人此时正站在井楼上望着南方。

次郎兵卫说："兵法家。"

"兵法家？他们都做什么呢？"

"专门研究用兵之术和战争打法的人。听说那个老人在足利学校学的兵法，名叫三浦雪斡。"

---

① 全称药师琉璃光如来。

“是村上大人的家臣吗？”

“不是的。虽然他想以军师的身份为大人服务才去拜访了村上义清大人，但是没能如愿。因为大人身边已经有一个叫龟井云斋的人了。但是像雪幹这类人物，周游列国，对世间的事情都比较清楚。作为侍从的话很有意思，所以现在算是村上殿下的门客。”

“我比较在意的是城楼的建造。”

“在城楼建设方面，他似乎也有比较独到的见解。葛尾城也是在雪幹老人的建议下，春天开始重新修建的城墙。”

“还擅长城楼建造？”市郎太觉得他是一个很奇特的人，“他肯定学了很多关于兵法方面的知识吧。”

次郎兵卫点头说道：“我有幸也听过他的演讲。说的是有关西国的事情，直到现在还意犹未尽啊。”

这个兵法家此时正在户石城下，城代[①]大人山田国政的府里面，给武士们讲习兵法。击退武田军以后稍微有点空闲的村上家族的年轻武士们，看到好不容易有个见多识广的兵法家在，所以就请三浦雪幹给他们讲习兵法之道。

兵法，尤其是《武经七书》[②]，是作为一个武士必须要学习的素养，但是在信浓这个地方，有学问的人并不常见。更何况，近十年间，南信浓一直陷在武田军的不断进犯的危机里。

---

① 主君不在时负责守城的人，代替城主守城的武士。

② 此指中国北宋年间作为官方颁行的兵法丛书，由《孙子兵法》、《吴子兵法》、《六韬》、《司马法》、《三略》、《尉缭子》、《李卫公问对》七部兵法汇编而成。

比起兵法，更加鼓励武术训练的思想一直延续着。年轻的武士们，兵法方面的知识都很匮乏。

那个兵法家正在讲习兵法。

听到这句话，市郎太立刻从城楼下到户石城下，朝着山田国政宅院的方向走去。虽然宅院在之前的包围中被武田军烧掉了，但现在正在重新修建，已经有几个建筑物修好并开始使用了。据悉讲座就在再建的其中一个建筑物，持佛堂内举行。

持佛堂平时都是云游的僧人停留，偶尔讲习佛法的地方。市郎太不过是浪人身边的一个小人物，要混进村上义清家臣的武士里面进到持佛堂里应该是不可能的，但是站在外面听的话应该没问题吧。

不出所料，在公馆的城门前，市郎太被一个手持长枪的步兵拦住了。

“你是谁？要去哪里？”

市郎太回答：“我是羽崎次郎兵卫大人的随从，中尾市郎太。想去听三浦雪幹大人的讲座。”

“羽崎次郎兵卫，就是前几天砍下六个脑袋的浪人吗？”

“正是。”

守兵再次打量了市郎太的穿着，然后说：“不要进到持佛堂里面去，现在堂内已经挤满了人。”

“是。”

走到持佛堂前一看，大门全部敞开，可以看到里面的情况。

果然，武士们已经把这个并不怎么宽敞的板房塞得满满了。

因为人多，闷热都溢出来了。市郎太盘腿坐在佛堂外的地面上，打算在那儿竖着耳朵听讲座。

不久那个兵法家出现了，端坐在上座以后，笑着说道："我是研究兵法的三浦雪幹。"

以此为开场白，这个名叫三浦雪幹的老人开始了他的演讲。声音低沉却通透。

"前几天围绕户石城的合战，最后以战后预备队的胜利，武田军从小县撤退而告终。诚然是件值得庆贺的事，关于武田军失败的原因，你们有什么心得体会吗？有没有人起来讲讲你的看法？"

一个武士说："长达一个月的包围，武田的将士们已经疲倦了。在部队撤退的时候，已经没有斗志了。这个时候再被我们来个出其不意，他们就落得如此溃败的下场。这是我的愚见。"

"不错。大家都知道撤退时的战争打起来很困难。孙子曰：故善战者，其势险，其节短。势如扩弩，节如发机[①]。村上义清大人，选择了武田军疲惫不堪准备撤退这个时机，一鼓作气拿下战争，因此取得了胜利。还有没有人能说说对这场战争的看法呢？"

另一个武士说："武田的失败原因应该是轻视了彼此的兵

---

① 详见《孙子兵法》第五篇《兵势》。

力人数以及军力的差别吧。武田想的是只要攻下这座城就取得胜利了。而我们在前年上原田战役中击败了武田军，在那之后也一直在蓄积力量。”

三浦雪幹点头说道：“这个看法也很不错嘛。孙子曰：知己知彼，百战不殆。但是武田晴信大人没有看到兵力的差别，或许对信浓的整个情况都理解错误了吧。还有其他看法吗？”

又有一个武士说：“要进攻小县或植科，首先要考虑的是拿下户石城吧。户石城是小县的第一要害。要进攻这里，必须集结更多的军队，占据有利位置。”

三浦雪幹说：“正是如此。孙子曰：故上兵伐谋、其次伐交、其次伐兵、其下攻城、攻城之法、为不得已[①]。进攻户石城实在是下策啊。”

一名武士说：“能用简单的语言解释一下这个道理吗？”

“是这样的。孙子说：用兵打仗，其最好的办法，是在未战之前就挫败敌人的计谋；其次是从外交上挫败它，使它孤立无援；再次就是在对阵期间打败它，最下策就是攻打敌人的城池了。攻城的办法，是不得已而为之。应该先下手为强。”

一名武士说：“我听说武田晴信这个人也认真读过《孙子兵法》，那他为何还要选择最下策的办法呢？是忘了《孙子兵法》里讲的道理了吗？”

三浦雪幹微笑着说道：“大概他起初时没有攻城的打算吧，

---

① 详见《孙子兵法》第三篇《谋攻》。

估计武田是按他自己的计划进行的。应该是他想邀请村上义清大人的家臣们加入他的幕僚。就连包围户石城，也可能是小县的各位城主向武田投降而导致的结果。但是，计划进展得不顺利而导致最后不得不攻城了。”

一个武士问道：“攻城真的是最下策吗？我注意到从夺得好几座城池的信浓方面来看，武田进攻得很顺利啊。”

“孙子在阐述上述用兵之法的前面，有说过这样的话。凡用兵之法、全国为上、破国次之、全军为上、破军次之。然后孙子又总结道：是故百战百胜、非善之善者也、不战而屈人之兵、善之善者也[①]。”

三浦雪幹虽然中断了讲话，但听课的人群里没有发出一点声音。市郎太也没有明白刚刚那番话的意思。稍稍把身子探了进去，等待着三浦雪幹的解说。

三浦雪幹慢慢地把视线抽回来。他的视线与市郎太的目光相接。雪幹露出一副吃惊的表情，因为是一个不像武士的年轻人在听他的讲座，所以他觉得有点诧异。

雪幹的视线重新回到持佛堂里面，然后说道：“这是孙子所讲的内容里，谋攻之法的精髓。‘不战而屈人之兵，善之善者也’才应该称之为兵法。武田晴信这样的大人物也正是因为学习了《孙子兵法》，才能在以往的多次战役中，不通过战争，而仅仅依靠摆出进攻的架势，就拿下了信浓的城楼。上次的

① 详见《孙子兵法》第三篇《谋攻》。

战败，也是谋攻的失败，大概也是受到一些有关实际攻城的古旧思想的影响吧。”

武士们发出一阵“哦”的声音，应该是理解了吧。

三浦雪幹取出一册名著，并把视线落在上面。

“那么今天，我就讲一下刚刚引用的《孙子兵法》的‘始计篇’。”

三浦雪幹开始朗读这本名著。

“孙子曰：兵者，国之大事，死生之地，存亡之道，不可不察也。故经之以五事，校之以计而索其情……”

市郎太一时间陶醉在讲座里，记忆的匣了也随之打开。在黑川矿山的三年里，周围听到的话语几乎都是棒头的怒吼和矿工们的身世。当然偶尔也会和辰四郎反复回忆以前的事情一边畅想未来，即便如此，聊的也是与学问、知识完全不搭界的话。

生存的语言往往是最无趣的。三年来自己所说和他人所讲的话不过就是那么几句。市郎太已经将那些满嘴肮脏的人们忘记得差不多了。

当然，市郎太也不可能理解三浦雪幹所讲的那些话的意思。在他完全还没接触这些著作的时候，就被作为武田的俘虏带到矿山去了，连最基本的条件都没有，更别说后来几乎过着与学问完全绝缘的最底层的生活。根本就不可能读懂《孙子兵法》。

然而，市郎太完全被迷住了。沉迷在三浦雪幹朗读名著的美妙音律里，也沉迷在阐述的真理时的那种语言风格，最重要的是沉迷在睿智的三浦雪幹的声音的回响中。

不久三浦雪幹的讲座就结束了，武士们站起来。市郎太也从地上站起来，向城门方向走去。

出了山田国政的宅院，看到旁边的草地上，有几个骑马武士正在进行长枪和武艺的训练，好像是模拟交战时的训练。市郎太停住脚步，注视着他们训练时的样子。其中一名骑马武士就是羽崎次郎兵卫，正在马上对着下面的年轻人指示着什么。

辰四郎也在这群年轻人里面。

短暂休息期间，辰四郎一边喘气一边向市郎太这边走过来。

市郎太说："在训练交战场面吗？真有干劲儿啊！"

辰四郎把长枪立起来，靠在旁边。

"总有一天我也要成为羽崎大人那样的武士。要成为一个独立的武士，长枪的练习是必不可少的。"

"成为武士以后又怎样呢？"

辰四郎露出一种"这个问题还用问吗"的表情说道："当然是干掉武田啊。我并不追求所谓的土地，只要能加入对抗武田的战争中就好了。在这一点上，我和羽崎大人是一样的。难道你不想干掉武田吗？"

"我啊……"市郎太眼睛盯着山田国政的宅院的方向，从那里传来三浦雪幹讲座的声音，"我想学习兵法，尤其是筑城术。我想建造一座不会被武田击溃的城楼。"

"还不如灭掉武田来得干脆。最重要的是，在学习筑城术的时候，谁会用你呢？难道会有城主把建造城楼的任务交给如此年轻的你？但是如果你当了武士，又在交战时立了战功，那你的愿望立马就会实现。”

“确实如此，但是还可以通过成为城楼建造者的徒弟来实现啊。”

“那个老人吗？”

“只是现在突然想到了而已。”

“嗯，也行吧。”辰四郎回头说道。次郎兵卫再次拿起枪准备开始训练，便对着辰四郎他们大喊。

“如果想要成为他的弟了的话，那就应该越早越好。因为那个学者应该已经上年纪了。”辰四郎说完便重新拿起长枪，向羽崎次郎兵卫的方向冲过去。

三浦雪幹讲座的第二天。

“今天，我想讲一下《孙子兵法》里的行军之法。孙子曰：凡处军、相敌、绝山依谷[①]……”

市郎太这一天也还是在持佛堂的外面，听着三浦雪幹的讲座。前来听讲座的武士们似乎比前一天又多了一点。

第三天的时候下雨了。十月，信浓的雨水，跟冰雨差不多。市郎太这天借了一个蓑笠，站在持佛堂的屋檐下。今天的大门是关闭的。如果不把耳朵靠近大门的话，是根本听不到里

---

① 见《孙子兵法行军篇之五十五》。

面雪幹的讲话的。

就在他认为三浦雪幹将要进入持佛堂的时候，门一下子打开了。市郎太不由自主地探身进去。

三浦雪幹探出脑袋,微笑着露出一副“果然在啊”的表情。

“进来吧！”雪幹对市郎太说道，“下雨了，来听讲座的人数也减少了，有空出来的位置。”

市郎太低头道谢，然后走进持佛堂，端坐在角落里。

那天，在二十多位武士面前，三浦雪幹说:“我的讲座还有一天就结束了。今天就讲地形有关的话题，明天就讲九地之法。”

市郎太吃惊地看着三浦雪幹。还有一天是什么意思呢？单单是指讲座的结束吗？还是包含其他的意思呢？

那天的讲座结束，等武士们都退去以后。市郎太走上前去问三浦雪幹:“三浦大人，我叫中尾市郎太。这三天听了您讲的兵法,还想继续学习兵法，你的讲座明天就结束了吗？”

“是的。”三浦雪幹心平气和地说，“我上年纪了，却还要忍受这山国的冬天。我想是时候离开这个地方了。”

“那你准备去哪里呢？”

“冬天这段时间里，可能去首都或者西国那边吧。”

市郎太跪下来，对着三浦雪幹磕头说道:“求求您了。能不能让我做您的弟子呢？我会在旅途期间好好服侍您的。”

“这太突然了。”

“拜托您了。”

“把头抬起来。”三浦雪幹说。

市郎太抬起头，三浦雪幹问：“你叫中尾市郎太？”

“是的。我来自佐久的中尾家族。我们整个家族的男人在三年前，在佐久的志贺城全部被杀害了，女人和孩子们也都被卖掉了。我自己也被卖到甲斐的黑川矿山上当矿工。”

“你是佐久的地侍[①]出身？”

“是的。我什么都可以做，没有其他期望。只是希望能在您旅行期间，跟您学习兵法。”

“学了兵法以后做什么？想要成为军师吗？”

“我还没想过学了兵法以后做什么。只是，想看看能不能在雪幹大人身边做点什么。”

“作为兵法之士的随从？”

“是的。我听说雪幹大人在筑城术方面也很擅长。我想待在雪幹大人身边学习城楼建造方面的知识。”

三浦雪幹苦笑着说：“以后还不知道有没有城主想要用我这把老骨头呢。我从足利学校出来已经三十五年了，也并没有做过特别出色的事情。在军队部署、城楼建造方面，也并没有特别多的建树。”

“我觉得只要跟在您的身边已经是巨大的收获了。”

“会读书认字吗？”

“十三岁之前，学过一些。但是后来就到矿山去生活了。

---

① 乡村土著武士。

过着与文字书籍完全绝缘的生活。现在到底还能记得多少，我也不知道了。”

“试着写一下你的名字。”

“啊？”

旁边连笔都没有。市郎太感到有点不知所措。

“就在空中用手比画一下吧，比画一下你的名字。”

市郎太举起右手，在面前比画了一下自己名字的楷书。三浦雪幹在正前方直直地盯着市郎太手上的动作。

等他写完把手放下以后，三浦雪幹说：“后天从户石城下出发，可以吗？”

市郎太眼睛闪烁着光芒。

“是作为您的随从跟着您吧。”

“你可以在旅途期间看看我是不是值得做你的师傅。”

市郎太再次低头叩拜。

“承蒙厚爱，不胜感激！”

三浦雪幹说：“做好旅行的准备吧。后天早上出发。因为战争刚刚结束，所以我打算避开甲斐，出安云，从伊奈向远江走。”

市郎太说：“我还是第一次这样长途旅行。只是想想就觉得很兴奋。”

“我已经习惯了，除了旅行，我不知道其他的生活方式。”

市郎太再次低下头，向三浦雪幹辞行。

市郎太作为雪幹的随从这事一传开，辰四郎就好像事情发生在自己身上一样开心。

“真好啊，你果然是要走术谋这条路的。我只有胆子，而你有头脑。学了兵法，你就可以消灭武田了。”

羽崎次郎兵卫听说这件事以后，也觉得有点意外。

“那么你要离开信浓了？”

市郎太说：“或许在未来的某一天我会回来的。不过现在的我想跟着三浦大人，学习更多的知识。羽崎大人，这段时间多亏了您的照顾。”

“不用这么客气。在上次的战役中，你帮了我不少。我会给你奖赏，这些刚好用来做旅行的盘缠。不过，你这身随从的打扮或许会成为三浦大人的麻烦。”

市郎太，重新看了看自己的打扮，还是一身当初在黑川矿山上的破烂衣衫。带着打扮成这样的随从，的确会让人怀疑三浦雪幹的经验和能力。虽然三浦雪幹自己并不是很在意这些。

辰四郎说：“市郎太，我们还会再见吗？再见会是什么时候呢？”

“可能几年以后吧。”

“羽崎大人去哪里，我就在哪里。只要羽崎大人不替武田卖命，我都会在他的手下做事。你想来看我的话，就去找羽崎次郎兵卫吧。”

“知道了。”

那天，市郎太用从次郎兵卫那里得到的钱，从来到户石城下的商人那里买了衣服，剃了个头，还重新扎了个发髻。

离开户石城下，三浦雪斡和市郎太暂时向北行进。要想不经过武田统治的区域而进入安云郡的话，就不得不走到千曲川的最下游——屋代。从屋代穿过猿之马场山口，进入山路，然后再穿过麻绩城、塔原城的下面，向下走到安云野。

三浦雪斡一到安云野，就说要去造访一下小岩岳城。到东筑摩的深志城，就已经算是武田的领土了。毫无疑问，总有一天武田晴信要攻到安云郡这边。总之，围绕小岩岳城的战争可能会在近几年打响。

市郎太跟着三浦雪斡，渡过犀川，横穿过仁科街道，进入千石街道。好像三浦雪斡曾经游历过这里，在选择路线的时候一点迟疑都没有。

在进入小岩岳城下之前，有一座叫青原寺的寺庙。向南行进四里半的话就是小岩岳城，向东行半里的话，是在一个叫古厩的乡町的地方修建的一座寺庙。雪斡主仆二人就决定在这个庙里投宿。

“明天，”三浦雪幹对市郎太说，“明天，你到古厩的乡町去，到古厩大人的公馆前捎个口信。说兵法家三浦雪幹会在青原寺逗留，希望能有幸拜见古厩大人，就说我有幸全程目睹了这次围绕户石城的战争。”

“是。”市郎太在心里记住了雪幹刚刚说的话，又问道，“如果他问我有什么事的话，我要怎么回答呢？”

“你就说我作为一个兵法家，或许能提出一些建议什么的。”

翌日早上，市郎太来到古厩的乡町，在古厩盛兼的公馆门前，把三浦雪幹的话原原本本地说了一遍。不一会儿，古厩盛兼的仆从来到青原寺说：“大人想见一下叫三浦雪斋的兵法家。”

三浦雪幹回应道：“不是雪斋。是三浦雪幹。现在就去吗？”

“你跟我一起吧。”

在位于古厩的乡町的古厩盛兼的公馆内，盛兼一直询问三浦雪幹有关前段时间围绕户石城的那一场攻防战。

古厩盛兼是一个年龄约四十岁，从相貌上看很胆大的男人。听完雪幹的话之后，他说：“在进攻户石城之前，他们践踏了东筑摩，攻陷了干城和林城。明年肯定会攻到安云的。我想在那个时候给他们点教训。”

那天晚上，雪幹和古厩盛兼的家臣们谈论着同一个话题。第二天，古厩盛兼亲自带领雪幹参观小岩岳城。想要他提一些关于城楼建造方面的建议。

离开小岩岳城，雪幹接着向平濑城出发。平濑城，是一座位于小笠原长时下的一个小城，距离今夏武田占领的深志的北边只有两里路程。城主是一名叫做平濑八郎左卫门的武将。

平濑八郎左卫门也对雪幹所说的户石城攻防战很感兴趣。并且，关于平濑城的城楼建造方面，也想听雪幹的一些意见。市郎太和在小岩岳城的时候一样，细心地观察着雪幹所讲的平濑城的城墙建造和防御工事。三浦雪幹在每个重点处，都会提出一些例如在这里有必要修建一道带状城墙，或者说这个栅栏要再修高两尺高等的建议。平濑八郎左卫门让手下把他的建议一个一个记下来。

途中，平濑八郎左卫门和他的手下有一段时间离开了雪幹主仆二人。

雪幹问市郎太："你有什么想说的吗？"

"啊？"市郎太歪着头，"为什么这样问？"

"你的脸上写着呢！似乎在说我的建议有一些不足啊。"

"绝对没有这样的事。"

"没关系，你想说什么就说吧。"

既然雪幹都说到这个地步了，市郎太就说道："如果水源处在犀乘泽下面的话，若被围困，这恐怕就成了弱点。只是从后门到第一道城墙，屋顶上有七条水渠。如果水源被切断的话，那就一点办法都没有了。"

"另外，我还注意到侧门的那条路直接连到第一道城墙那边。这样的话，我认为侧门的那条路如果能连到第二道城墙，然后在这里设置一个坚固的虎口，这才是上策吧。"

雪斡不可思议地说:“你是从哪里学的这些?你不是不知道兵法和筑城术的吗?”

“我确实没有学过筑城术。但是,自志贺城陷落以来,我就在反复思考,这个世界上应该有没那么容易就被攻陷的城楼吧?”

“你把你的见解向平濑大人说一下吧。”

但是,平濑八郎左卫门对市郎太所讲的这两点建议一点都不感兴趣。这个结果是他事先就预想到的,他只是想把这个不怎么成熟的想法讲给雪斡听。

离开平濑城,三浦雪斡再次取道千石街道,南下安云野。武田晴信自七月以来让马场信春和日向是吉担任平濑城以南两里路的深志城的城代。总之,这一带算是武田晴信的直辖领地。当然,旅行的人要穿过武田的领地进入伊奈还是可以的。但是由于夏天的那场战争直到现在还历历在目,所以现在走在仁科街道上还是会感到不安。雪斡虽然绕了几次路,但还是选择了穿过安云野西端直达善之鸟山。虽然善之鸟山南端的上伊奈也是武田晴信的势力范围,却不是武田的直辖领地。进入上伊奈之后去远江就很容易了。一进入前往上伊奈的山道,雪斡就对市郎太说:“走快点,山里的一早一晚都很寒冷的。我想在十月中旬到达远江。”

三浦雪斡和市郎太南下伊奈谷,穿过神之峰山,下到秋叶街道,到达远江佐野郡的挂川时,已是离开平濑城之后的第七天了。

对只知道山国的市郎太来说，远江阳光的明媚和天空的广阔，让他除了震撼没有其他表情。

一到挂川，雪斡继续对市郎太说："从这里开始，我们就稍微放慢点脚步吧。这样你也有时间可以慢慢学习。"

从那以后，出发前的半小时，朗读典籍、在地面上写字就成了市郎太每天必做的事情。市郎太如同干涸的大地迫切需要汲取水源一样努力学习。

雪斡也会找时间向市郎太讲一些以兵法和筑城术为基础的知识。与其说是在传授知识，倒不如说是一个老者在讲述往事。

"在汉土[①]，所谓的城是包含了乡镇在内的区域整体。可以说只有构成结构主体的建筑才叫城楼，一般是方形的，并不是像我们国家那样用木头、土墙围成的一道城墙。而是用烧好的土块堆砌成一道高墙。这种烧好的土块就叫做砖，它和石头一样都非常坚固。把许许多多的砖头堆砌在一起，修建起无法轻易攀登的高墙，并在上面修建观望台。"

"所以汉土的兵法书籍里所记载的城，不光只是城寨的意思。他们的城有时候也可以指一个国家。不能把里面的城理解成户石城、小岩岳城之类的城楼。"

"从前，有一位叫墨子的先贤。以墨子为鼻祖的墨家门生，作为守城的军师，侍奉着汉土的诸侯们。此外，他们也是城

① 这里指中国。

楼建造方面的专家。因为他们负责修建的城楼很难被人家攻破，所以把他们的坚固防守称之为墨守。所以墨守本来的意思并不是指不懂变通。”

从远江向西前进到东海道，然后从三河进入尾张。从尾张的宫之宿坐船到东海道的下一个驿站，桑名。

在宫之宿留宿的时候，三浦雪幹和市郎太听到旅馆客人和旅馆里的人谈论着有关尾张的事情。从他们的话里了解到：尾张的守护者——织田家族，权力分立在尾张各地，内乱不断，但是未盛城主旁系的织田信秀，现在已成为族中最有势力的一员武将，拥有一统全国的气势。但是织田信秀的儿子中，长子因一年前丢了安详城而失去了威望。

次子信长，今年刚满十六岁。虽然是那古野城的城主，但人们对他的评价多是粗鲁、没有常识且非常愚蠢。当地传闻着早晚有一天或许会是三儿子信行继承户主的地位。

听到这些话的第二天，三浦雪幹就向着宫之宿北边的未盛城城下走去——为了求见信秀。似乎已经成为旅行的一个习惯，市郎太进城转述了兵法家三浦雪幹在当地停留的话。

但是，从未盛城主织田信秀那里没有得到任何回应。

“这样的话，我们也没有必要留在尾张。”

雪幹没有在未盛城下多作停留，市郎太跟着他回到了宫之宿。

“那么，”雪幹对市郎太说，“虽然我们可以远行至美浓，但还是直接上到东海道吧。”

第二天早上，市郎太二人正准备离开宫之宿。一个和市郎太差不多年纪的年轻武士骑马冲到旅馆门前。

这个年轻的武士在门前说："听说这里有一个叫做三浦雪幹的兵法家。"

雪幹走到马前说："正是在下。"

年轻武士迅速地扫了雪幹一眼，然后在马上说道："我是那古野城城主织田信长的部下，丹羽长秀。大人想要见见你。"

"那就见一见吧。是去那古野城吧？"

"正是。大人在城里等你。"

"请问找我所为何事呢？"

"我也不知道。但是你对信浓一战的情况比较了解吧？应该是问你有关的事情吧。"

"那么，待会儿见。"

"请快一点吧。大人不喜欢慢吞吞的。"

那古野城是在古野台地上修建的一座平城[①]。公馆的周围被一整圈的空壕围着，以城为中心，旁边并排建立着武家的宅院。连武家的宅院也全都被沟渠包围着。武家宅院的排列的最外侧，是城下街。台地北端是悬崖，之下便是一片湿地。

市郎太从那双看惯了信浓的山城的眼里看到了没有任何依靠的一座城。

市郎太对雪幹说："我这双只知道信浓城的眼睛，看到了

① 平地上修建的古堡。

一座风格不一样的城。原来还有这样的城啊。”

雪幹说：“尾张一带少山，所以山国的筑城方法在这里并不适用。”

但是，仔细看了看靠近南侧正面的沟渠，沟的宽度大概有六间，深度最深的地方也有两间。沟的内侧有板壁，上面的夹缝规则地并排着。周围一座一座武家宅院作为城墙的替代并排在那里，如此构造攻下来也是很难的吧。

市郎太问雪幹：“像这样的城，其他地方还有很多吗？”

“平原地带几乎都是这样的城。”

“与汉土的城类似吗？”

“只有城壁和水渠有区别。”

门卫叫市郎太他们进到里面。市郎太两人走过架在空壕上的桥，进入那古野城。

市郎太穿行的正是屋后的马场。有数名武士骑着马跑过，扬起一阵尘土，像正在进行马术的训练。马厩的旁边放着几只小板凳，有几个武士正在观望着马场上的情况。

那里有位茶刷胡须的青年。长脸相貌，穿着浴衣和裙裤①。

这个青年的旁边坐的是刚刚来宫之宿通知三浦雪幹的那位名叫丹羽长秀的年轻武士。雪幹和市郎太走到年轻武士的跟前。

带路的武士说：“这是那古野城主，织田信长大人。”

---

① 和服裙裤，包裹下身的宽松衣物。

雪幹跪在地上低下头说：“我是兵法家三浦雪幹。”

市郎太也学着雪幹的样子低下头。

那个叫织田信长的茶刷胡须的青年人，坐在板凳上说：“好了，站起来吧，坐到折凳上来，我可不想这样死板地讲话。”

雪幹依言站起来，坐到折凳上。市郎太则端坐在雪幹身后的地上。

织田信长说：“听说武田军在信浓小县，惨遭户石崩大败，是真的吗？”

雪幹答道：“确实如此。村上义清大人战胜了以横田备中守高松为首的武田的武将，以及上千的武田军。”

“听说攻打信浓的时候势如破竹，战争总算是停止了啊。”

雪幹说：“大人怎么看？我听说甲斐的武田晴信对信浓的野心依旧不减啊。”

信长从旁边的笼子里取出一个干柿子，笑着继续问：“信浓为什么会被武田晴信乘虚而入？是因为没有统一吗？村上义清、小笠原长时他们没有集结国人的力量吗？”

“是因为没有处在武田晴信的位置上。武田晴信是利用恐怖所以才统一了甲斐。武田晴信这个男人，在震慑他人这一方面，在甲斐和信浓都是出类拔萃的。”

“作为武将，应该比任何人都能让别人感到恐惧吧？”

“兵书上说只有这样的人才有称霸天下的潜质。可是我并不赞同。”

“但是，武田晴信因此统一了甲斐，现在又想把南信浓收入囊中，不是因为他很有手段吗？”

“恐怖，是比人心和道德更容易到手并利用的东西。但同时，也是让人奋不顾身的东西。那些奋不顾身的人，是很强大的。”

信长的视线又回到马场。马场上奔跑的马匹中，有一头菊花青[1]正反抗着鞍上武士的指令。

信长“呸”地吐出干柿子的种子,站起来对马上的武士说：“过来。这匹马轻视他的主人，说多了没用。换我来。”

武士下马，把马牵到信长的跟前。

信长拿起缰绳迅速上马，然后问雪斡：“对了，武田晴信在这次战争中使用了火绳枪吗？效果怎么样？你知道吗？”

雪斡抬头看着马上的信长回答道：“我听说这次使用的火绳枪不足十把。在强攻户石城的时候使用过，好像没起到什么作用。”

信长踢了踢马腹，挥鞭赶马。马立刻兴奋起来，跑动起来时只能看到抬起前脚的样子。信长抓紧缰绳，上身前倾站在马镫上，然后用力踢了踢马腹。马儿张开鼻孔不服气地甩着头，然后冲进马场里面。

信长骑着马在马场里转了两圈以后，回到雪斡前面问：“你的意思是不能用火绳枪吗？”

雪斡回答说：“如果是野战，火绳枪或许是宝物。但是，

① 马毛色的一种，毛中夹杂黑色和茶色毛。

必须大批量使用。不足十把的话，火绳枪组反而会碍手碍脚。”

“为什么？”

还没有听到回答，信长又驾着马跑开了。

当信长再次回来的时候，雪幹回答道：“火绳枪的优势在于比弓箭的射程更远更能打击敌人。但是，安装子弹需要时间。弓箭则不需要如此。如果聚齐一定数量的火绳枪，或许会增加一点威力的吧。”

“哼！”

信长再次策马离开，然后绕了一周以后又回来继续问：“信浓的城楼，在建造方面和这附近的城楼有什么区别吗？我只知道那是在险峻的山上建造的。”

“是的，说起信浓的城楼的话……”

信长再一次没等三浦雪幹的回答就策马离开了。

结果，三浦雪幹和市郎太直到傍晚还在那古野城。信长还想听雪幹继续讲解，所以晚上三浦雪幹和市郎太被告知第二天信长还想和他们会面，于是雪幹和市郎太就在城下的驮夫[①]处借宿。

那天夜里，雪幹对市郎太说：“在尾张的时候，明明听说信长大人是很愚蠢的人，竟然会如此敏锐。刚开始因为他穿着浴衣，我有点轻视他。仅凭穿着判断一个人，是很丢脸的事情。”

① 日本中世的驮运业者。

第二天早上，雪幹主仆二人被织田信长叫到城外的平原上。到旅馆来叫他们的依旧是昨天的那个叫丹羽长秀的年轻武士。跟着长秀去到那儿一看，平原就在城的西北，是台地边缘上的一块平坦的土地，有三五町那么宽。可能这里也是训练马术、武术的地方。

平原的一侧，以信长为首，有十名年轻武士和武将装扮的男人，他们都坐在折凳上。其中的一个人手里握着一把火绳枪。

平原的另一侧，可以看到两个骑马武士。身上没穿盔甲，手里握着一把长枪。骑马武士的旁边，正好立着一块和骑马武士一样高的板子。信长坐着的地方和骑马武士之间，大概有一百间的距离。虽然不是在弓箭的射程之内，却在火绳枪的射程范围内。

市郎太他们一靠过去，信长就对三浦雪幹说："前段时间我从岳父大人那里得到了一把火绳枪。好不容易有一个人熟悉了使用方法，今天打算试一下。看着。"

雪幹和市郎太坐在地上。

信长把头转向腰上抱着火绳枪的士兵方向，迅速地摇了摇指挥旗。抱着火绳枪的步兵，摆好架势射击。"嘭"的一声巨响，周围冒起了一阵白烟。一瞬间，前面的板子剧烈地摇晃起来。

这如同信号一样。两名骑马武士同时向这边冲过来，马儿立刻飞奔起来。信长旁边的步兵重新抱起火绳枪，往枪筒里装了什么东西,可能是在装新的火药。步兵取出一个长的铁棒,然后往枪筒里戳。接着又有什么东西从枪筒掉下来,然后又用铁棒戳。然后,操作手里的拉手,也装入火药一样的东西。

两名骑马武士正全速飞奔过来。眼看就要跑到信长他们的面前了。就在这时,捧着火绳枪的步兵,把手里的拉手扣回来,在靠近枪眼的地方把某个东西插入火绳里。然后再次拉出拉手,步兵把火绳枪夹在脸颊旁摆好架势。但是,在射出第二颗子弹之前,两个骑马武士已经跑到信长的旁边了。第二枪爆破音响起的时候,已经是之后的事情了。

隐藏在平原前方的步兵们,抱着板子向这边跑来。

信长检查着搬过来的板子。市郎太也从后面窥视着板子,板子上有两个洞。应该是火绳枪的子弹打出来的洞吧。

信长巡视了他的部下一圈然后说:"如果第一发子弹没有射中敌人的话,无所畏惧地冲进去就可以了。如果是一百间的距离,就没有发射第二发子弹的时间,碰到以后可以抵御对方。但是,"信长把脸转向雪干,"确实,如果这里还有一把火绳枪的话,就可以攻击突然冲过来的骑马武士。我明白了你这样讲的意思,这个东西可以在野战中使用。"

第二天早上市郎太起得很早,就到那古野城的城下散步,偶然碰到了骑在马上的织田信长。他和丹羽长秀一起,两人好像正准备远行。

信长看着跪在路旁的市郎太说:"你是雪干大人的随从?"

市郎太回答说:"是的。我叫中尾市郎太。"

“你也对兵法、城楼建造很了解吗？”

“不是，我完全没有学过。”

“即便没有学过，应该也知道一些吧。你怎么看那古野城，是一座坚固的城吗？”

“请去问我的老师吧。”

“我知道你有着比雪斡大人更敏锐的眼睛，因为你一直盯着城里的各处看。你无须顾虑，说说看吧。”

市郎太困惑地看着旁边的丹羽长秀。长秀点点头，似乎在说：这是织田信长这位年轻城主的风格，尽管说吧。

市郎太觉悟后说道：“那么，这只是一个随从的话，请不要认为是老师的话。”

“没关系的，说吧。”

“虽然惶恐，”市郎太看着被空壕包围的那古野城说道，“那古野城是公馆呢？还是城楼呢？”

“城楼。你难道看不出来吗？”

“的确是一座坚固的城楼。只是整体看起来是由公馆充斥着整个城。”

“这样啊？”不愧是信长，马上就是一副打趣的表情，“你的意思说防备薄弱吗？”

“城门外面是家臣的房子，可以看做是城墙，因此到城门这一段都是很坚固的。但是，因为是平地城门，所以敌人一旦攻下城门，面对的正前方就是主殿，防守一方根本没有时间做防备了。”

“那要怎么做呢？”

“例如在城门和主殿之间，设立一个拱形建筑，战时作为缓冲区域。”

信长看着那古野城侧门的方向，点点头说：“确实如此，或许是个不错的办法。”

那一天，三浦雪幹正在讲信浓、甲斐的情况的时候，信长突然打断他问道：“如果要在城的侧门加强防守的话，怎么做比较好？”

市郎太的身体顿了顿。如果雪幹说了和市郎太完全不一样的答案的话，毫无疑问，这会否定三浦雪幹作为老师的权威。

雪幹回头看着侧门的方向，稍微想了想回答道：“虽说现在的防守还不错，如果必须加强的话，就在城门内侧设一个拱形建筑吧。我认为横五间长八间的面积最好。”

信长瞥了一眼市郎太说：“明天开始做一个拱形建筑吧。”

市郎太安心地舒了一口气。

之后的五天，三浦雪幹和市郎太一直待在那古野城下。并不是信长特意交代，只是三浦雪幹还没有出发的打算。市郎太想：雪幹或许期待着信长能让他做军师吧。

就这样，织田信长这位年轻的城主，给雪幹留下了很深的印象。

但是之后，信长再也没有叫过他。

第六天早上的时候，雪幹说：“我们还是一路向京城方向走吧。这里的冬天刺骨的寒冷，不适合这样长期居住。”

三浦雪幹和市郎太离开了尾张。

雪幹和市郎太进入京城是离开尾张接近一个月以后，还有三天就是除夕夜了。在这期间，雪幹在近江各地，成为城主或者城代的食客，或者是围棋的对手，一路慢慢地来到京城。

市郎太渡过东海岛起点的三条大桥，进入被沟渠和土墙包围的下京街道之时，片刻呆立在那里。

这里虽说是都城，但是一幅荒废的景象让人难以置信。的确，这里还有人家，人数也很多。但是，让人不由得想到被武田践踏过的户石城下的街道，整条街都荒废了。感觉家家户户都比信浓、甲斐的居民住宅还要破旧，可照理来说这里至少应该比甲斐的古府中要繁荣一点吧。

似乎察觉到市郎太的想法，雪幹说："京城确实衰败得太厉害了。早在八十年前，由于争夺将军的继承权，在应仁年间有过一场激烈的战争。因此京城化为灰烬。在这之前，我国的疆土，并没有现在这么多的叛乱。各地相继挑起的战乱，也可以说是京城战乱的蔓延吧。"

"但是，战乱不是在七十年前就结束了吗？"

"之后京城又经历了灾难。瘟疫重新扩散，饥饿、火灾、洪水也接连不断，小偷强盗横行。"

市郎太看了看道路两旁说道："京城人的心情也很暴躁吧。"

"他们没办法平静下来。终于在十四五年前，日莲宗的教徒们在起义以后京都也暴发了起义。那个时候，法华寺的寺二十一山也全部烧掉了。十年前又开始流行瘟疫，数以万计的人死亡，同年还暴发了洪水。但是，我也知道法华起义以后的京都的样子，我觉得恢复到现在这个程度已经不错了。无论如何还是重建了很多的寺庙。”

“将军大人在这里，天皇也在，然而京都却是这副模样。”

“无论是将军家还是帝王，都没有以前的实力了。谁都无法阻止京都的荒废。”

“如果有人要攻进京城的话，该怎么办呢？”

“如果是要来守护将军或帝王的人，无论是谁，京城的民众们都会欢迎的。或者，有人能够取代将军或帝王而结束这场战乱。这样的话，或许民众们也会感到很开心的。”

市郎太跟着雪幹，走在下井的三条大道上。雪幹本打算在建仁寺借宿，但是眼看前面就是京城的街道了，于是一口气进入了下京。市郎太，一边细心地观察着京城的街道和人们的身影，一边跟着雪幹走。店里已经开始摆设正月的装饰物了。

向南拐进室町大道的时候。在一个看起来既像旅社又像饭馆的建筑物前，传来一个年轻女子的声音：“旅行的人进来休息一下，过来坐坐吧。”

听起来像是信浓的口音。市郎太不假思索地停下脚步，看了看年轻女子的面容。

千草……

女子微笑地看着市郎太。

“年轻人，进来休息一下吧。”

市郎太眨了眨眼再次仔细地看了看女子的面容。这不是自己的表妹千草吗？不是志贺城陷落的时候，被那个叫饭富源四郎的武田武将带走的千草吗？分离的时候，千草最多不过十一岁啊。

市郎太使劲地顺了顺气息问道：“你是信浓人？”

女孩点点头。

“你怎么知道，你也是信浓人？”

“我是佐久的。你呢？”

“诹访。不过，很少有信浓的人过来。进来吧。进来消除一下疲劳以后再走嘛！”

雪幹在前面回头说道：“市郎太，你在干什么？”

“啊！马上就来。”

市郎太再一次看了看这位自称是诹访出身的女人的面容。不是千草。虽然容貌看起来有点像，到底还是别人。因为如果是千草的话，绝不会说自己是出身诹访的。

一路小跑追上雪幹，雪幹说：“你也到这个年纪了啊……”

市郎太没有辩解。虽然那个女孩子看起来确实很像千草，但或许真如雪幹所想的那样。

雪幹继续说道：“新年开年以后，我们去堺之町。在堺之町可以稍稍休息一下。洗掉让人不自在的旅途的污垢也好。在堺城，那里也有与你相配的好女孩子。”

市郎太，再一次回头看了看。那个诹访的女孩子，正老练地抓着旅人的袖子，将他往门里拉。

市郎太跟着雪幹来到堺之町的时候，正是天文二十年

(1551年)新年不久。

到达堺城之前，市郎太从雪斡那里知道了一些关于堺城的事情。

“听好了，堺城，是由于商业、交易以及手艺人而繁荣起来的城市。大致结构也是由土墙构成。没有城主大人，当然也不是城市，但是可以说整个町就是一座城。”

市郎太确认道:“那么，就是和汉土以及西南蛮夷的城市接近了？”

“是的。因为每一个民众的家都构成了这个城市的一部分。”

“但是，没有城土的话，也能称为 ·座城？谁来统治这个城呢？”

“民众和议，然后共同管理城市的政务。”

“这真是一座与众不同的城市啊。”

“但是，我听说在西南蛮夷地区。这种事情并不稀奇。汉土的古事记载的共和之类的国家也决不在少数。”

市郎太走到街道的前面，看着堺之町。堺之町正如雪斡所讲的一样，被土墙包围着。土墙的上面，有木栅栏。

现在所走的这条路正是通向城门，旁边耸立着一座规模很大的塔楼。只有城门两侧的土墙上面，不是木栅，而是被板壁包围着。原来如此，单从外面看的话，毫无疑问这是一座城。

穿过城门，市郎太他们进入堺之町里。

一片繁荣。

在进入城市的一瞬间，市郎太感受到了，这里真的是一片繁荣，这是一座富有的城市。京城是要多荒凉有多荒凉，而这里却是一片繁荣，熙熙攘攘，每个人的脸上洋溢着阳光，行人的穿着也很讲究。这个地方比这三个月旅行中所见的任何一座城市都要富饶有活力。

京城的寺院和神社僧院一点儿也不醒目，然而在这里，仅仅在视线所及的范围内就有数十座寺庙和神社，有兽头瓦的房屋也很多。这个堺城，是市郎太迄今为止见过的最繁华的一座城。

雪幹边走边赞叹："确实如此。周游列国这么长时间，我还没见过比这更富裕的城市，而且一派欣欣向荣。"

市郎太说："周边的诸侯和盗贼们也会想要袭击如此繁华的城市吧。该如何守城呢？没有城主，也应该不会有家臣和武士吧。民众直接拿武器抵抗吗？"

"堺城雇用了很多流浪武士。虽然没有城主大人，但没有说不可以保有武士呀。"

雪幹继续说道："这条路叫大小路。这是边境，以北叫北之庄，以南叫南之庄。一直往前走的话就是海了。"

雪幹指着大小路左边的街道说："这边是职人街[①]，里面有锻造屋街。据说在这里，火绳枪的制作已经推广开来了。"

进到大小路以后，不久就到了水渠。满载着货物的小船，行驶在水渠里。单单从小川运载的货物上看，就可以看出堺

① 手艺人聚集的地方。

城的殷实。面对水渠的房屋门前，有一段从大道到水渠中间的楼梯。用这个楼梯，就可以装货和卸货。

雪幹走在桥上看着水渠，说道："水渠横穿过城市中央，堺城就是水城，水渠是堺城繁荣的源头。"

从大小路开始拐了几个弯继续前进，不久就走到一个类似民宿的建筑物的一角。和京城以及其他的旅馆街一样，揽客的女人们，看到旅人就抓着他们的袖子想让他们留下来。

雪幹也被一个揽客的女人抓住。雪幹一停下来，其他的揽客的女人也走过来，抓着市郎太的袖子。

雪幹说："我本打算在寺庙借宿的，但今晚就住在客栈吧。这条街上有很多澡堂，可以洗去旅行的污垢。"

市郎太没有异议。

那一天，在大堂吃完晚饭以后，雪幹对市郎太说："我要去拜访一个朋友，或许会留在那里。你就先去休息吧。"

"是。"

雪幹离开以后，一个年轻妓女走到市郎太旁边说："是那位先生叫我过来的。请您待会儿到后面来吧。"

市郎太还没明白过来是怎么回事,眨着眼睛盯着那个女人。

女人微微苦笑，点了点头。然后，用力地点点头。市郎太终于明白了，吭吭地干咳一声，低下了头。

雪幹回到客栈的时候，已是第二天了，市郎太刚刚用完早饭。

“好久没有喝到这么不省人事了。”雪幹说，“昨晚去一个叫金井宗久的商人家去做客了。你吃过早饭了吗？”

“吃过了。我们接下来做什么呢？”

“准备一下，我们到另一个地方去。”

“是。”

“对了，昨天后来怎么样？”

雪幹直直地看着市郎太，是想知道他和那个女人的闺房之事吗？并不是一种玩笑的眼神，是真真切切地询问。

市郎太感觉脸上发烧，回答道：“她来自东国。战争过后，被人贩子买下来，然后带到堺城。”

“我不是想听这些。”雪幹不改严肃的表情，说道，“算了，我更想听一些有趣的事情。现在那个叫日比屋了珪的商人府里住着一个南蛮人，还有一个翻译也跟着。或许可以从他们那里打听到一些关于各国的城楼和战争的事情。待会我们去拜访一下吧。”

这一席话也勾起了市郎太的好奇心。

“那个南蛮人对城楼建造很了解吗？”

“不好说，但据说他以前是西南蛮的城主。”

“他不是兵法家吗？”

“不是的，好像是个信仰西南蛮的大日如来的僧人。”

“是僧人啊？叫什么名字呢。”

“很复杂的名字，叫沙勿略[①]，好像叫弗兰什么沙勿略。”

---

① Xavier，耶稣会传教士，1549年初次入日本传基督教。

那个叫沙勿略的僧人现在已经到了堺城街道的前滩，负责提供沙勿略住宿的那个叫日比屋了珪的商人把市郎太和雪幹带到那里，说是要介绍他们互相认识。

日比屋了珪边走边说：“沙勿略大人想去京城拜谒陛下，希望取得推广南蛮的宗教信仰的许可，但是陛下没有召见他，因此意志消沉，想要回周防。在去京城之前基本上没怎么说信仰以外的事情，现在却讲了很多其他比较轻松的事情。”

一到前滩，就看到两个穿着黑色僧衣的男人在望着西方。滩的前面有个沙洲,两人的视线却定格在比沙洲还要远的地方。

了珪慢慢靠近他们说道：“弥次郎大人，沙勿略大人。”

两人同时回过头，一个是平时很少见的有着异乎寻常的长相的男人，是南蛮人。

了珪说：“我想介绍兵法家三浦雪幹先生给你们认识。东起陆奥，西至萨摩，他都去过很多次。这一代的情况，就连一些很细小的事情他都很清楚。”

南蛮人向市郎太他们微微地点头。那个南蛮人身材高大，脸部轮廓很立体，头发和络腮胡子都是泛着光亮的黑色，头顶的头发都剃掉了，额头边缘还留有一些头发。感觉是个上了年纪的老人，但是从肌肤的润泽方面看，估计只有四十岁左右吧。

他旁边站着一个穿着黑色僧衣的日本同胞，就是刚刚被叫做弥次郎的人，应该是个翻译吧，看上去也是四十岁左右。

沙勿略看着雪幹说：“早上好。我叫弗朗西斯科·沙勿略。”

说的是本国语言。市郎太虽然吃惊，但接下来他讲的话，就完全听不懂了。

弥次郎打断沙勿略说：“沙勿略大人说的是：上帝保佑你们。沙勿略大人是侍奉上帝的人。为了宣传上帝的教义，才跋涉到此地。我叫保罗·得·桑塔非弥次郎，沙勿略大人的仆人。”

雪幹也报上自己的名字：“我是兵法家三浦雪幹，请原谅我的冒昧打扰。我非常想听你们讲有关南蛮的情况，才来到这里。”

沙勿略说了些什么，弥次郎把他说的话翻译过来说：“雪幹大人能讲讲东国的情况吗？”

“这些年我游历了越前、上州、信浓等地，那我就随便讲讲我看到的情况吧。”

“我们坐到那里去吧！”

沙滩上，有几根被浪打上来的流木。沙勿略坐在其中一根流木上，他的右手边坐着弥次郎，雪幹则坐在他的左手边。市郎太和了珪则盘腿坐在他们三人的对面。

雪幹通过弥次郎的翻译对沙勿略说：“沙勿略大人，我听说你家世代均是城主。可以跟我讲讲西南蛮是怎样的吗？”

沙勿略也通过弥次郎回答道：“我出生在西班牙北部巴斯克地区一个叫那巴拉王国的地方。我们家世世代代都是沙勿略城的城主。”

从弗朗西斯科·沙勿略嘴里知道他是那巴拉王国[1]的贵族沙勿略家中的五个子女中的小儿子。他的父亲是王国的首席大臣，很有权势。

弗朗西斯科在离王城潘普罗那数十公里的沙勿略城长大。作为城主的儿子，理所当然要学习读书写字、骑马、剑术等。

弗朗西斯科六岁的时候，那巴拉王国和邻国西班牙开战了，三年以后，那巴拉王国全军覆没。西班牙将那巴拉王国纳入版图，且安置了一些守兵在城内。王室家破人亡。战争期间，父亲因为过度操劳而死去。两个哥哥也逃亡到法国，只有弗朗西斯科和他的妈妈、姐姐留在沙勿略城。继承沙勿略城主地位的是长兄米克尔。

第二年，那巴拉王国企图复兴，但由于事前败露，起义失败了。西班牙统治者知道沙勿略城的城主米克尔参与了此事，命令那巴拉的守兵们毁掉沙勿略城。沙勿略城的外围城墙的城壁已经完全解体，连圆柱形的观望台也倒塌了，只留下主体城墙上的房子和周围的一小部分。

弗朗西斯科十五岁的时候，他的哥哥们得到法国的援助，再次发动了复兴那巴拉王国的起义。战争最初，法国那巴拉联合军极具优势地向前推进，但到了第二年，在潘普罗那附近与西班牙的卡斯迪莉亚郡发生了激烈的战斗而败退。联合

---

① 此处根据原书译成。正史记载沙勿略是西班牙北部纳瓦拉（Navarre）沙勿略堡中一望族之后，该城于1512年由于西班牙入侵而覆灭。鉴于本文的小说阅读性和对原著之尊重，对歧义处不作修改。

军损失了近六千兵力。那巴拉的忧国志士们，负隅顽抗到第二年才向西班牙投降。

而弗朗西斯科的哥哥们，在战争的第三年才在西班牙国王的恩赦下回到沙勿略城。

沙勿略说："战乱结束的时候，我已经十八岁了。但是我的童年时代可以说是在战争中度过的。战争结束的时候，我刚刚到了成人的年纪，也刚好到了自行选择人生道路的时候。但是我不想像哥哥那样成为军人，所以我决定为信仰而活。我在法国巴黎的一所学校里学习。"

市郎太听沙勿略讲述了他的童年时代，也感同身受。这个南蛮人和自己一样也是在战争中成长起来的，所以对他有一种莫名的亲切。

接着，雪幹也说："就好像是在讲述我自己的前半生，与我进入足利学校之前的情况完全一样。"

市郎太也惊讶地看着雪幹。雪幹只说他是相模国的三浦出身,详细的生平却没有跟市郎太讲过。市郎太虽然多次打听，但雪幹只说"那是很久以前的事，我已经忘了"。

雪幹的孩童时代也是在弥漫硝烟的战火中长大的吧。或许从刚刚说话的语气来看，雪幹之前也是城主里的士族出身。

雪幹看着沙勿略的眼睛问道："对了，能讲一下沙勿略城楼的构造吗？"

沙勿略突然一副悲伤的表情，既像是在说我想说的就是刚刚讲的那些,又像是在说你是想问我在巴黎学了些什么东西。

但是，沙勿略最后还是点点头。他从脚下捡起一根树枝，在沙面上边画边说：“沙勿略城是建立在可以看到一个宽阔谷地的坡面上的一座城。城壁就像这样围在边上，城墙中间立着一个圆柱形的箭楼。”

听着弥次郎的翻译，市郎太拼命地想要把这些话转换成图形。可以把城壁想象成土墙吧，也就是夯土墙的围墙之类的东西吧。那圆柱形的箭楼又是什么东西呢？组合而成的圆柱形吗？为什么不是井楼的形状呢？在岩石上面建造的城，水源又怎么解决呢？

沙勿略边画图边说：“因为城楼被破坏了，剩下的就是这个墙壁和这所房子。这是大小两根四角形的箭楼。这座曾经在与异教徒对峙的时候都久攻不破的城，如今剩下的不过是这所房子。”

雪幹说：“城楼和房子都是用石头建造的吗？”

沙勿略点点头，说：“是的。是用石头堆积起来的墙壁、房子和箭楼。”

“用石头建造房屋，我只是在书上看到过，真的可以吗？不会倒塌吗？”

“可以建造的。把石头加工成四角形，然后一块块地叠放。要建高达二十间的城壁和箭楼都不是难事。”

“只是把它们叠加起来吗？”

沙勿略的回答让弥次郎也词穷了。

三浦雪幹问弥次郎为何不进行翻译。

弥次郎困惑地回答道：“石头与石头之间，要涂一种类似泥土的东西，具体叫什么我也不知道，或许是类似灰浆的东西吧。”

“哦。”

之后的半小时，也是三浦雪幹不停地向沙勿略提问。虽然日比屋了珪因为无聊不停地打着哈欠，但是雪幹的提问一直在持续。

终于，了珪受不了地说：“这样好了，现在起风了，到我家边吃午饭边讲可以吗？”

沙勿略、雪幹都同意，于是转移阵地。虽然最开始的时候沙勿略对雪幹的提问回答得不多，但是现在却是满腔热情地跟雪幹讲述西南蛮的城楼和战争的情况。

市郎太一直沉默地听着他们的对话，怎么想也想象不出城的形状和结构。刚一站起来，市郎太虽然知道很无力，但还是通过弥次郎问沙勿略：“沙勿略大人，刚刚你说用石头建造城门之类的，为什么用石头建造的城门横梁不会塌下来呢。这与大人说的用一块石头架在门柱上不一样啊。”

沙勿略看着市郎太，面露惊讶。一直以来都没有发觉市郎太竟是如此认真地听着自己讲的话。

沙勿略回答说：“不是用一块石头架在上面。这样的话上面石头的重量会压坏那一块岩石。正如我刚刚所说，是用石头砌成一个拱形。”

“但是，用比门柱还小的石头，怎么做才不会塌下来呢？”

“拱形就是为了防止塌下来。”

“想象不出来。”

沙勿略在沙地上画了一个图形。两根柱子上面一条拱形的线，外侧同样引一条线，然后在线与线之间，切成一小截然后把线再加进去。拱形部分的横梁也一样处理。把一个展开的扇形加进横梁的正中间以后，沙勿略说：“拱形的正中间的部分，把最关键的一块石头位置摆正，就不会塌下来了。”

市郎太看着图形说道：“石头的表面必须是平的吧。”

“是的。在西南蛮，这是古典时代以后就流传下来的一项技术。如果我们有多余的时间的话，可以用木头之类的尝试一下。”

走在前面的日比屋了珪回过头对市郎太说：“喂！随从就要有随从的样子！”

市郎太低下头，离开沙勿略身边。

到了了珪的家里，就成了沙勿略向三浦雪幹提问了。

东国有些什么样的街道，规模怎样之类的；东国的人的性情怎么样，是温和还是攻击型，是宽容还是狭隘呢？人们对新事物是很好奇呢，还是拒绝了解？那里是佛教信仰历史悠久的地方吗？是追求真正的平安吗？统治者允许南蛮人的传教吗？

雪幹回答着他的一系列问题。雪幹见多识广，在与西国比较方面回答得也很畅快，让沙勿略感触颇深。

最后，沙勿略问：“东国的领主里，听说过外国的事物的是哪一位？没有偏见的是哪一位？”

“是这样的。”雪幹一边摸着下巴的胡子一边说，“越前、信浓、甲斐之辈，和骏河、三河之辈有些不一样。”

“在东国，在东国有这样的大名吗？”

雪幹捶着膝盖说道：“是的，尾张，在那古野。在东国。”

弥次郎和了珪皆是一副了然的表情。

沙勿略问：“如果是那古野的领主的话，会听我讲的吧。”

“啊，不。”雪幹慌忙摇摇头，“那古野城的城主是一个叫织田信长的人，只是突然想到才说出来的。仔细想了一下他不过是一个十六岁的年轻人。而且，那古野不过是有一个小城和一些乡村，是帮不了沙勿略大人什么忙的。我想可能只是会听一下你讲的话而已。”

了珪说：“那么今天就到此为止吧。我完全沉浸在沙勿略大人的讲解里了。”

沙勿略向了珪点了下头。意思是为他刚刚一直站在旁边，自己却忙着和雪幹讲话，因忽略了他而表示歉意。

了珪继续说：“话虽如此，我知道沙勿略大人在城楼建造和战争方面比较擅长。我想问一下大人，堺城的街道建设和防备应该怎么做？”

沙勿略点点头说道：“在这里打扰几天，作为回礼，在我离开这里之前无论如何都会向你提一些建议的。”

这一天，暂且就这样结束了。

第二天的时候由堺城的会合众[①]决定带领沙勿略参观餐馆街道。对街道的每一处，无论是房屋建设还是防守，沙勿略

---

① 类似于商业联合会的组织。

都给出了参考西南蛮情况的建议，雪幹也收到了金井宗久的邀请，他对雪幹说如果有兴趣的话就一起去吧。雪幹没有丝毫犹豫就答应了。

第二天早上，市郎太和三浦雪幹刚到指定地点，沙勿略他们就从另一边也走过来，十多个堺城会合众的人站在那里。他们看起来都是很成功的商人。他们身上穿的和服、带子和外褂看起来都很昂贵。

堺城街道的中央有一条水渠的路，左右两边并排的是仓库和宏伟的房子。

口比屋了珪从会合众的众人里走出来。

“我再介绍一下，这是暂住在我家的弗朗西斯科·沙勿略大人，为了推广南蛮的信仰而来到这里。本来打算在京城取得宣传教义的许可，但是上个月去京城的时候，没能见到陛下，然后又回到了堺城。几天以后，就要离开此地去周防了。”

了珪继续说：“沙勿略大人是世代继承西南蛮城主的贵族出身，也在法国巴黎的学校学习过，曾经去过很多国家。对南蛮、天竺的城楼以及城市防卫方面都有很详细的了解。我请求他暂且把信仰放一边，希望他能在城楼建设和防卫方面给我们一些建议的时候，他欣然允诺。现在，我们就一边走一边听沙勿略大人的建议吧。”

了珪一说完，沙勿略通过弥次郎的翻译说：“大家都知道堺城比京都更加繁荣。但是大家也应该知道，总有一天会有想得到这个地方的钱财的人进攻这个富裕的城市。觊觎者应该想要得到比这个城市更多的东西。最清楚这个城市的繁荣的人，就会想要得到这个城市。

会合众的人无言地点点头。

沙勿略指着右手边的水渠继续说："毋庸置疑，堺城首先是一座贸易城市。虽说有水渠，但是主要是为了小船的进出装卸货物而修建的,岸边也全部是泥土。如果用木板铺台阶的话，一旦在水渠上填上泥土或沙石，台阶也会崩塌，这个城市就作为贸易城肯定会慢慢衰败下去。所以，一定要在两岸砌上石头。把台阶做成石阶的话，会给装卸货物带来更多的便利。在西南蛮，因为贸易而繁荣起来的港口都是这样做的。"

会合众你看看我我看看你，对提出在水渠的岸边堆砌石头这一建议感到很意外。

从会合众里传出一个声音："用石头堆砌的水渠？这样的石墙高度要做到一丈高吧，不可能做到的。"

"如果南蛮能做到的话，那你们也能做到的。"

"但是，谁来砌石头呢？有这样的工匠吗？"

"壑山和坂本的寺庙里，也有用石头砌起来的围墙和石阶啊，叫那些工匠过来不就好了。"

弥次郎说："那么，各位，我们走到城里去看看吧。"

沙勿略走在最前面，会合众跟在他身后，雪幹和市郎太则走在队伍的最后面。

登上大小路的城门旁边的箭楼，沙勿略看着堺城外面一大片宽广的土地。市郎太也眺望着周围。堺城周围，都是肥沃的平原。东边的小山，是帝王的陵寝。这个陵寝周围被水渠包围着，看上去就是一座山城。

不久沙勿略通过弥次郎说："虽然现在这个城被土墙包围着，但这样的防守还是让人有点不放心。前几天，我看到这个城市的锻造房正在制作火枪。各国的武将似乎也正想购买这个东西。南蛮也同样如此，因为使用火枪，所以战争的形式也完全发生了变化。如果堺城被攻击，那肯定也是用火枪。我们就必须得顶住火枪的攻击。"

了珪问道："那么应该怎么做呢？"

"应该修一条水渠，"这是沙勿略的回答，"要在城市周围用一条水渠包围起来。"

金井宗久说："类似久宝寺的寺内城的建造方法吗？"

一个叫津田宗及的商人也说："摄津的本愿寺也是如此。"

了珪歪着脑袋："但是用水渠就可以防止火枪的攻击吗？"

沙勿略指着帝王的陵墓说道："如果像那个陵墓一样，围一条水渠的话就会使进攻很难。火枪确实能击倒一百间开外的对手。那么就不能让敌人靠近一百间以内的距离。"

金井宗久问："你的意思是要挖一条一百间宽的水渠吗？"

沙勿略摇头说修两条水渠。外面的水渠让进攻的人不能靠近一百间以内的地方。外面的水渠和里面水渠之间的距离，会减弱火枪子弹的威力。万一对手突破外面的水渠进入里面的话，里面的水渠也能防守。

津田宗及说："我从来没有听说过修两条水渠这样的方法。"

沙勿略说:“这和没有火枪时代的城市设计不一样。各位是日本国内最清楚火枪威力的人，所以更应该准备火枪。”

金井宗久又问:“要设置内侧的木栅吗？把它放在火枪进攻之前，就不需要准备板壁之类的东西了。”

沙勿略回答说:“可以用石墙替代木栅，垂直立在水渠里，只要武士一走在上面，石头就会落下来。”

“高度为多少呢？”

“这里和南蛮的城墙不一样，所以不用那么高。要把枪口对准一百间远的敌人，火枪不能太低地射击是关键。那么距离水面十五尺就足够了。”

日比屋了珪抱着胳膊说:“昨天我听你讲的时候就意识到了，最终还是要有懂得石头建造的工匠。因为在座的各位都没有这个技能。”

金井宗久说:“干脆就让沙勿略大人从西南蛮请人过来吧。”

会合众顿时笑开，沙勿略依旧一副眼熟的表情。

“或许可以考虑考虑。”

了珪问:“这里的箭楼和城门如何呢？结构变了的话，那箭楼和城门应该怎么处理呢？”

沙勿略回答说:“竖两根石头建造的箭楼，拱形门，门扇部分就用空开的石门。水渠上架一座桥。一旦发生事情的话，就把桥弹起来。一旦桥弹起来，就成了坚固的门扇。”

会合众的表情有点蒙，好像沙勿略说的都是梦话。

最后一天，沙勿略在城市的规划、道路的宽度、水路的设置等各个细小的方面都与西南蛮的城市作比较，提出了很多意见。市郎太则从沙勿略的建议中想象西南蛮城市以及城市的模样，在脑中描绘了一幅图画。

晚上，市郎太对雪幹说："真有趣。同雪幹大人教授的汉土的话差不多，我听的时候心扑通扑通地直跳。"

雪幹点点头说："是啊。我听说西国那里经常能看到南蛮人。春天的时候，我们就去西国吧，从南蛮人那里打听更多东西吧。"

"好啊。"市郎太不假思索地大声回答。

三天后，弗朗西斯科·沙勿略和弥次郎登上了濑户内向西行进的船，离开了堺城。他们放弃了畿内地区的传教活动，暂时前往有少许信徒的周边传教。

又过了一个月以后，雪幹和市郎太穿过城门离开了堺城，开始了他们的西国之旅。

回头看着城门，雪幹不觉自言自语道："总有一天我会回到这里的。"

市郎太也回过头陷入沉思。

如此说来，自己下一次回信浓又会是什么时候呢？自己还能再跟辰四郎见面吗？那时的信浓已经是一派安定的局面了吧。信浓的各位将士们，还在反抗武田晴信而固守着那里。当自己再次踏上信浓那片土地之前，就他所知信浓还是平安的。

然后市郎太又想：如果碰到辰四郎的话，要跟他讲些什么样的旅行见闻呢？

那个年轻的武士用力地张开双臂说："市郎太！我都快不认识你了。"

信浓植科城的葛尾城下的小县城，坂城。天文二十二年（1553 年）四月。从市郎太作为三浦雪幹的随从离开信浓算起，已经过去两年半的时间了。

市郎太也站起来，张开双手摆出迎接辰四郎的姿势。

"你也变得很了不起了啊。"

辰四郎猛地撞上市郎太的身体。辰四郎穿着一件短铠甲，额上挂着一个薄薄的铁片。市郎太忍住了要把对方推开的想法，接住了辰四郎，然后互相捶着肩膀。

这是坂城郊外的村上义清的祈愿所，大英寺门前。

辰四郎看着市郎太说："选哪一天不好，偏偏又是在武田进攻的时候，回到信浓。"

市郎太对辰四郎说："进入信浓的时候，我听说了。你是因为担心才到植科来的吧。”

辰四郎说：“户石城今天已经敲了头两次太鼓，武田军已经越来越靠近这里了。”

“户石城现在已经是武田的势力范围了，这是真的吗？”

“是真的，那场战争的第二年，真田幸隆就使计拿下了户石城。”

“使计？意思是不战而胜吗？”

“是的。是因为乐岩寺光氏一伙的背叛。”

市郎太一脸惊讶。

“怎么会？那场战争，与武田军进行激烈交战的不正是乐岩寺大人吗？”

“确实如此，但乐岩寺他们最初就是滋野一族，望月氏的属下。真田幸隆找到了一个高明点进攻。”

“那么葛尾城就是两年前开始与武田军直接交战的时候陷落的吧。”

“是的。现在别说小县，就连南安云也完全沦为武田的版图了。”

辰四郎也知道了，在户石城陷落那一年的十月，安云的平濑城也落入了武田的手里。

“据说城主以下有两百多人被打死了。”

听到这里，市郎太回想起了两年半前，对自己提出的建议，漠不关心的城主平濑八郎左卫门无视的眼神。距市郎太他们拜访城主仅一年半，平濑城就被攻破了。

辰四郎接着说:“平濑城旁边的小岩岳城，也在第二年陷落了。”

市郎太说:“我们也曾经去过平濑城和小岩岳城。”

“是吗？”辰四郎一副了然的表情，继续说，“去年，武田对小岩岳城发动了猛烈的进攻，城主古厩盛兼自杀了。困守的五百多名将士全部被杀了。女人孩子也被带到甲斐去了。”

市郎太闭着眼睛。志贺城所遭受的惨剧再一次上演了。市郎太感到一丝绝望，世界依旧处在战乱中，一点都感觉不到结束的气息。

辰四郎说:“而且就在今年，武田晴信对深志城出兵了。据昨日得到的线报，说是刈谷原城也陷落了。”

市郎太的脑子里一边描绘着信浓的地图，一边说:“那么，武田晴信是穿过猿之马场山，从葛尾城的背面攻过来的吗？”

“是的。或许还有其他的军队正从小县向植科这边过来。户石城的出兵也是这样。”

“意思是从北边和南边进攻？”

“没错，就是这样。”

“所以现在很忙乱啊。”

“我方现在也配合户石城的行动敲了第二次太鼓了。大部分族人也登上城楼了。”

“准备迎击吗？”

“这要取决于武田的行动。今天决定是出兵还是固守。”辰四郎反过来问市郎太，“三浦雪幹大人呢？你们一起的吧？”

市郎太回答说:“是的。他现在正在寺里面跟住持聊天呢。”

“这两年半的时间里，你跟着雪幹大人，住在哪里？我一直跟在羽崎大人身边住在植科。”

“我去了很多地方，西国、京城还有堺城。”

“还去过京城！给我讲讲，慢慢地跟我讲。”

正在这时，一名年轻的步兵冲进来，辰四郎回过头。

步兵说:“中尾大人，羽崎大人叫你。让你马上到城上去。”

“知道了。”辰四郎点点头，对市郎太说，“你也要来吗？如果战争打起来的话，城下也很危险。话就留到城里去说吧。”

市郎太正在犹豫怎么回答的时候，从城楼方向传来一阵太鼓的声音，鼓声迫切，这是警钟。另外还夹杂着法罗贝的声音。到了吹法罗贝的地步，那就表示情况危急了。

辰四郎回过头说:“第三次太鼓了。市郎太，待会见。”

辰四郎一跑出去，三浦雪幹就从大英寺里走出来了，他快速向市郎太这边走过来。

“市郎太，”雪幹说，“我们上城楼吧。今天到达坂城也是一种缘分吧。又能见到村上义清大人了。”

“是。”

在侧门的城门被盘查时，三浦雪幹一报上名讳，流浪武士羽崎次郎兵卫从里面走了出来。

次郎兵卫一副放松的表情说:“原来是雪幹大人啊，您什么时候来的植科？”

雪幹说:“刚到。现在局势很混乱吧。”

“是的。武田又开始行动了，从背后进攻过来的。”

“我想见见城主大人。”

“请上去吧。我想军事会议现在已经开始了吧。”

市郎太跟次郎兵卫打了个招呼，就跟着雪幹登上了侧门那条路。

葛尾城建在能眺望千曲川的葛尾山上。顶端的主体城墙的下面，向南延伸的山脊上延伸着第二道城墙和第三道城墙，连着更南边山脊的小山上有一座姬城，是主体城墙背后连接五里峰方向的山脊。千曲川顺着山下由南向西北方流淌，可以看到对岸，城的西边是支线城市的荒砥城。

市郎太进入葛尾城第三道城墙的时候，察觉到这里的武士和步兵数量出奇的少。虽然是按家族排列，却没有把城墙挤得满满的。最多也才两百人吧。因为第三次太鼓已经敲响了，只有这个人数总觉得有点不可思议。

但是，第二道城墙里的人数粗略估计也有一百多人。不知为何总觉得气氛有点阴暗，感觉有点沉闷。

主体城墙中间也有一百多名武士。市郎太也不知道具体人数。难道村上义清的家臣和养子们的数量最多才四百人？怎么可能！

一进入主体城墙，三浦雪幹就迅速地走进正面的主殿，市郎太紧跟其后。主殿旁边的小屋有两根主梁，周围可以看到女人孩子们的身影。

主殿前面的帐幕是打开的，周围竖着几面村上义清的旗帜。有几个武将满脸不安地在小屋前面走来走去，也有些人一脸急躁的表情。

三浦雪幹对着一个似乎很熟悉的武将简单寒暄以后说：“落合大人。三浦雪幹又来植科了。武田也来这里了吗？”

那位名叫落合的武将说：“正是。你也是嗅到战争的味道才来植科的？”

“只是恰巧路过。”

“大人也很高兴吧。”

城墙外面，传来一阵盔甲摆动奔跑的声音。好像是敌人正以这道城墙为目标向这边冲上来吧。城墙里面的将士们全部面向城门方向。

穿过城门过来的是背上插着白色母衣的使者模样的武士。这名武士跟在那个名叫落合的武将后面，进到帐幕里面。市郎太竖起耳朵，却还是没能听到武士报告的声音。

武士一走出城门，不远处又跑过来一个母衣武士。

没多久武士也退了出来，那个叫落合的武将从里面走出来，对三浦雪幹说：“雪幹大人，大人有请。”雪幹朝市郎太使了个眼色，意思是叫他跟上。市郎太则跟着雪幹，进入了帐幕里面。

村上义清正脱下头盔，穿着铠甲坐在折凳上，看起来五十岁上下。虽然他的嘴和脸颊旁都长着络腮胡子，但是他的相貌却让人不由得感受到他温文尔雅的气息。这是市郎太与他的初次见面。

在村上义清的面前，还有九个穿着铠甲的武将坐在折凳上。村上义清的右边是三个大老[①]中的其中一位，应该就是清野道寿轩清秀吧。

村上义清说："雪幹，好久不见啊。你现在住哪里啊？"

"到处游走，"雪幹屈膝回答道，"我围着西国转了一圈。"

"虽然我很想听这类东西，但是现在战争开始了。我想让你做我的军师迎战。"

雪幹吃惊地说："让我做军师？那龟井云斋大人怎么办？"

龟井云斋就是两年前的户石崩战役中，担任村上义清的军师的兵法家吧。市郎太也只是听说过他的名字而已。

村上义清说："他已经不在了，逃走了。"

"逃走了？"

"就在今天早上，好像从坂城消失了。"

"是有什么不寻常的事情吗？"

村上义清愁眉苦脸地摇摇头说："不，就连军师现在都放弃这个城了吧。"

雪幹摇摇头继续说："军师在敌人面前临阵脱逃。这种事情真让人难以置信。"

"没错。就连家臣养子们都只剩下了一半，还有把妻子儿女都放在家里的。他们都叛离了。龟井云斋也觉得这是一场没有胜算的战争吧。"

"大概有多少家臣和养子叛逃了？"

---

① 幕府时代辅佐将军的最高官员。

“应该到葛尾城集中的人数本来应该不下一千的，但是现在最多也才四百人。”

“其他城的情况呢？”

“刈谷原城死了一百五十人。塔原城的守兵有一百人，据说现在也弃城往这边赶过来了。附近的荒砥城有两百人，户仓的屋代城有两百人吧。”

“加起来，一共有九百人……”

从外面又传来一阵盔甲晃动的声音。村上义清停止讲话，看着帐幕的正面。雪幹和市郎太也回过头看。

冲进帐幕里的是一个背上插着小型母衣的使者一样的骑马武士。

使者跪在村上义清的面前说：“报告。依田新左卫门、布下仁兵卫一党刚刚已经进入了户石城，并且在箭楼上升起了他们的旗帜了。”

村上义清轻轻地叹口气说道：

“依田和布下吗？”

市郎太对这两个名字有点印象。他们两个都是在两年半前的户石城下的战役中，以村上军卫中心，与乐岩寺光氏并肩作战的武将。他们最初是领地在北佐久郡的布引山一带的武士。

村上义清说：“虽然他们是被北佐久驱逐来投奔的我。”

旁边的一个武将说：“之前约定过说要收复领地吧。”

“所以，连叛离也可以谅解吗？”村上义清讽刺地小声说，说话的语气一下子就变了。

“那边的小子退下吧，开始军事会议。”

市郎太意识到他在说自己，因为雪斡对他点了点头，所以他站了起来，走出帐幕。

半小时以后，帐幕打开了，村上义清的武将们走了出来。随后走出来的是雪斡。雪斡的表情是从未有过的严肃。帐幕外的市郎太跪在地上抬头看着雪斡。

雪斡说:“决定守城了。请求越后的长尾景虎殿下的救援。”

市郎太读懂了雪斡的表情，然后说:“你不赞成的吧。”

“只要派一个使者去长尾景虎殿下那里就可以了。”雪斡点点头，“但是，我的建议是不如放弃葛尾城，固守屋代城。武田是从北边过来的，那么屋代城就不会被攻破。然后在屋代城，等待长尾景虎殿下的援军在川中岛附近从后面包抄作战。我是这么建议的。”

“村上大人呢？”

“他说葛尾城是村上家族的根据地，是不可能放弃的。”

“那么这场战役要怎么打？”

“还不知道。如果越后能尽早回复就好了。”

突然想起，市郎太问:“既然他没有接受雪斡大人的意见，那你为什么还要作为他的军师为他效力呢？”

“也并不是完全没有采用我的建议。村上大人觉得我的建议很有必要。义清大人说看这一两天的情况，然后再重新召开军事会议。意外吧？”

“是的。坦白说，我以为雪斡大人已经放弃了为他人效力的想法了。”

“虽然旅行的日子并不艰苦，但也并不是不希望被人重用。”雪幹下巴指着主体城墙的后面的箭楼说，“登上箭楼，看看情况吧。”

雪幹登上城墙后面的箭楼，眺望着周围，语气平稳地说：“我现在已经年过花甲，死在哪里由不得我选择了。”

市郎太看着雪幹的侧面问：“但是，村上大人的这场仗明显是场苦战。”

“是。地侍和国民的叛逃就像雪崩一样开始愈演愈烈。这种情形应该也很难阻止。”

“那么，为什么偏偏要选择在这里做军师呢？”

雪幹转过来看着市郎太说：“就像我刚刚所讲，总有一天我会站不起来的。这样的情形应该不会太远了，我就会成为流浪路上的一具尸骨。也不会在史册上留下任何笔墨，也不可能建造出一座城。只是作为一个无名的流浪武士，在路旁结束这一生。但是如果作为村上义清的军师的话，我就可以成为一个为兵法而生，像兵法家一样死去的人。”

“你已经有为战而死的觉悟了吗？”

“正是。但这也是我年轻时就渴望的死亡方式。如果错过了现在这个机会，可能不会有第二次机会了。你不愿意这样死吗？”

“不，我愿意。在这场战争中，如果能死在雪幹先生身边的话，也是我内心所希望的。”

“那么就把我们所学所见的东西全部拿出来，让这个城的防守更加坚固吧。”

“是。”

此时市郎太注意到城山下的街道上，正扬尘飞奔离开的两个骑马武士，好像是从侧门飞奔出去的使者。刚刚说要去越后向长尾景虎求援，那么这两位使者就是朝着越后方向前进的吧。顺着他们飞奔的方向看过去，从北方屋代的方向也飞奔过来一名骑马武士。只看到马儿一个劲儿地奔过来。出葛尾城的两个骑士与正面而来的一个骑士，放缓脚步在街道上擦身而过，是在传递着什么信息吧，然后他们迅速地朝各自的方向急速前进。

跑上主体城墙的那名使者报告说城内已经乱成一团了。

据说武田晴信的先锋部队已经走下猿之马场山进入屋代平原了——就是半天前，三浦雪幹和市郎太刚刚走过的地方，也就是说武田军已经距离葛尾城近在咫尺了。

说是要再次召开军事会议，所以雪幹又进到帐幕里去了。

已经接近傍晚了，城墙内部各处也开始燃起篝火。

那天，三浦雪幹对守兵们说：“必须重新设置栅栏。”

这是要做好对抗火枪的装备。在几个月前从堺城那里听到的消息说，现在武田拥有的火枪数量已经增加了很多。两年半前进攻户石城的时候虽然只有十把，但是几乎没有在战争中使用。但是这次最少也有三十把，如果有这么多火枪的话，就会成为威胁，攻城战的形式也会完全改变。火枪拥有比弓箭更远的射程，破坏力也非同一般。因为火枪可以贯穿一尺厚的木板做的盾牌，所以仅仅凭木栅外支起的木板来进行防御的话，根本守不住。

“准备竹子。”雪斡对守兵们指示说，“把一尺粗的竹子绑起来，排在木栅外面。竹排可以很好地防御火枪子弹的袭击。”

这是市郎太在堺城和四国所听到的知识。

“可以将竹子绑成束，作为盾牌和木栅的替代品。立刻去准备竹子。”

守兵们为了砍竹子，兵分几路下到城山的斜坡上。

看到这个情形的武将落合，小声地对雪斡说：“是不是有点夸大火枪的威力了啊？或许火枪并没有那么恐怖呢。”

雪斡斩钉截铁地说：“即使这样，还是要准备火枪。”

到了猿之马场山的武田军，据说在那天傍晚就已经到达了葛尾城北边一公里植科郡的屋代城。屋代城的城主是村上家族的三位大老之一，屋代越中守政国，现在和他自己的家臣、手下在屋代城里处于守城状态。

武田军是要首先进攻屋代城吗？还是直接来进攻村上义清的根据地——葛尾城呢？现在还不清楚。不，如果是武田晴信的话，应该不会理会屋代城，直接进攻葛尾城的可能性更大。

这样的话，或许明天早上就会遭到攻击。葛尾城内的守兵们，同样也不能平静下来，几乎脸上都有些许不安。没有露出怯懦表情的，只有少数几名武将和羽崎次郎兵卫之类的久经沙场的流浪武士们。

羽崎次郎兵卫一党和村上家族一族都守卫在城山下的侧门。如果武田军要攻击的话，首先交战的就是他们这一队。

市郎太天黑以后就走下城山，去找驻守在大城门的辰四郎。大城门内侧燃起几处篝火，周围穿着铠甲的武士和腹当[①]的士兵们，把武器放在身旁，横躺在地面上。

辰四郎在箭楼下面，背着土墙，坐在小折凳上。市郎太一靠过去，辰四郎就端出来一碗放了丸子的荞麦面。

“吃吧，明天或许就没有时间吃了。”

拿起一个一看，是军粮丸子。把荞麦粉、蜂蜜和胡椒粉搅拌在一起，然后抹在大豆粉上，这是信浓的武士们很喜欢的一种野战食品。市郎太咬了一口丸子，然后坐在辰四郎旁边的圆木上。

辰四郎问：“你说你去过京城和堺城，还去过西国吧。给我讲讲，那里的武士怎么样？”

辰四郎，一副气宇轩昂的样子，看起来他是热切期盼着战争的到来。也或许是他一点都没有想过这将是一场苦战。

市郎太笑着说：“现在还没有消灭武田，你已经在考虑下一场战争了吗？”

“什么？武田就和平家一样，总有一天会消灭他的。”

“植科也是这样被武田步步紧逼的吧。”

---

① 一种士兵穿的军服。

"武田晴信太贪得无厌了。如果他得到信浓的话，就直接挨着越后的长尾景虎了。那么就会引出一些更难对付的敌人。野心到达顶点的时候，必定是他灭亡之时。"

"先给我讲讲吧。"市郎太说，"那之后，志贺城的女人孩子们，你知道他们的下落吗？大家现在都是什么情况？"

"嗯。"辰四郎，一副为难的表情，"我们的城主夫人，就像我们当时看到的那样，被小山田信有当着武田晴信的面带走了。后来被带到岩殿城，成了他的侧室。一直到现在吧。"

"千草呢？"

"之后的事情我也不知道了。可能成为了饭富源四郎的安慰品吧。"

"是在古府中吗？"

"可能吧。"

"本来还是个孩子。"

"但是千草更不愿意被人贩子卖掉吧。"

"是啊。现在也只能这么想了。"市郎太也同意他的看法，说，"我在京城和堺城看到很多东国的女人，都是艺伎、妓女之类的。一听到是东国的口音，我猛然一看，还以为看到千草了呢。"

"总有一天，我要攻进古府中，把千草救出来。不，把妈妈和千草都救出来。"辰四郎把旁边的长枪拿在手里，对着长枪说，毫无畏惧地笑着捋着枪柄。

市郎太说："那么在这之前，一定要珍惜生命。"

“我知道。去年我在坂城的大英寺写了一张请愿书，一定要替兄弟姐妹们报仇，一定要救出族人，拿下饭富源四郎的首级。在这个誓言实现之前我是不会死掉的。”

辰四郎一下子把枪举起来对准夜空，对市郎太说：“给我讲讲京城和西国的事情吧。这两年半，你都做了什么？”

市郎太回答说：“在各国游走，去过肥前、萨摩这些地方。”

“你走得可真远。”

市郎太讲起了跟随雪斡游走的见闻。

雪斡和市郎太离开堺城以后，追随弗朗西斯科·沙勿略来到了周防。在周防，雪斡作为大内家的食客又待了半年时间，再之后，两人去了九州的丰前。从丰前绕着丰后、日向、大隅、萨摩走了一圈，天文二十一年年初时去了筑后，然后又去了肥前，在大村纯忠那里又待了半年。

雪斡和市郎太离开九州已是天文二十一年秋天的事情了，一路走过长门、石见、出云、伯耆、因幡、但马、丹波，然后是京城，天文二十二年正月的时候又回到了堺城。

三月的时候，雪斡对市郎太说要去东国。离开堺城以后，他们从晚春的越前走过越中路，进入越后时刚好就是十天前的事情。

在越后的府中，他们听到了武田晴信再次想要平定信浓而出兵的传闻。

听到这个传闻的时候，雪斡似乎读懂了市郎太的表情说：“村上义清大人或许还是很喜欢听那些有趣的事情吧。”

雪幹和和市郎太立即从府中动身，就在今天上午，才刚刚进入植科郡的坂城。

辰四郎焦躁地说：“西国的战争是什么样的？最厉害的武将是毛利还是尼子呢？”

市郎太苦笑地说：“这次旅行途中，不知为何，没有遇到一场战争。但是，并不是说西国的战乱就平息了。正如你说的那样，毛利元就、大内义长、陶晴贤、吉见正赖、尼子晴久他们这群武将到现在还在互相厮杀。”

市郎太把旅途中的见闻毫无遗漏地讲给辰四郎听。尤其是讲到西国的城楼、火枪的事情的时候，热情高涨。如果时间允许的话，他或许会把从南蛮人那里听到的城楼构造完完整整地讲给辰四郎听。

但是，到底还是半夜了，羽崎次郎兵卫朝着这边喊话：“赶快睡吧。睡眠不足的话，打仗可是没精神的。”

市郎太对辰四郎使了个眼色，然后横躺在席子上。

第二天上午，葛尾城内，警钟响起来了。

此时市郎太正和其他的士兵一起把竹束绑在城墙的木栅上。听到警钟，市郎太停下手中的活，一眼扫过周围。

箭楼上的侦察兵大吼：“武田军！武田军从北边过来了。”

城墙中的将士们全部都跑到土墙的内侧的武士通道。雪幹也从主殿里跑出来。市郎太也登上城门旁边的箭楼。

看到了。果然，千曲川右岸，有一支军队正沿北国街道南下，是插着红色旗帜的先头部队。先头部队的前面还有几个骑马武士在走来走去。先头部队的后面跟着的人数，可能是因为昏暗看得不是很清楚。但是如果真的是武田晴信想要讨伐村上义清的话，应该不只两三千。

一直注视着武田军的行军路线，不知何时雪幹已经走到旁边了。

雪幹稍微有点遗憾地说："他们应该是在昨天就从屋代城撤离了。在武田的先头部队到达之前，应该已经入城了。"

市郎太问："村上大人打算怎么做？"

"还是不变。等待长尾景虎的救援。但是，即使作为后备部队出手援救,也要等十天吧。从现在的形势来看,很艰苦啊。"

"这种情况下，还有其他办法吗？"

雪幹轻轻摇了摇头。

"现在已经陷于被动了。"

"那么，只有投降了吗？"

"不，弃城。虽然死守屋代城的办法已经行不通了，但是还是可以北逃到长尾景虎的势力范围同他联手。村上大人也就剩下这最后的办法了。"

"雪幹大人，这是你给村上大人的建议吗？"

"不全是。"

这时村上义清已经爬上来了。

雪幹把地方腾出来，村上义清看着正在行军的先头部队说："为什么屋代不袭击他们的后面呢？如果从后面突袭他们的话，他们的军队就会四分五裂了吧。"

雪幹说："部队都被围困在城里，他们没办法行动。"

市郎太也觉得以屋代城守兵的数量要从背后突袭是不可能的。但是雪幹却并不知道人数,即使说了也是没有任何根据。

村上义清说："都是胆小鬼，这一年里已经变得如此害怕武田军了，搞不懂。"

雪幹问："穿过后面的马之背，延伸着一条棒道[①]吧。"

"经过镜台山，可以去到下高井方向。"

"让第二个使者去长尾景虎殿下那里。"

"马上去办。"

"然后，我觉得大人应该立即弃城。"

"又是这句话。我现在不能去越后。"

"我没有说去越后。去到下高井的长沼城就可以了。在那里等长尾景虎的军队，然后联合反攻。"

"还没有到弃城的时候，你在旁边不要说得那么简单。"

"起码让夫人和体弱的人先行离开吧。"

"让我想想。"

村上义清走下箭楼。

一小时以后，葛尾城的侧门和后门下面，都被武田军队的先头部队控制了。城山的西北方向和坂城的西南方向，也形成了一个中军的包围圈。就连城内的空气也开始紧张起来。大家的声音越来越大，交谈也变得跟大喊大叫一样。他们也

① 为有助战事的进行而开辟的军用道路。

或多或少地感到了自己处于劣势吧。

第二天一整天，武田军都没有任何行动。只是队伍与队伍之间，那几个插着母衣的骑马武士不停地走来走去。或许他们在耐心地等待时机，或者说他们已经摸清了葛尾城内的兵力。

被武田军队包围的第三天的早上。

从第三道城墙和第二道城墙过来的人分别向村上义清报告。说是有几个驻守城墙的士兵晚上消失了。只是步兵和小兵们不见了吗？是单纯的逃亡呢？还是叛逃到武田军队里去了？这些都还不清楚。

雪幹在帐幕里面对村上义清说："看起来应该是跑到武田军队去了。当然，先报一下这里守兵的数量吧。我觉得这样的话，今天或者明天主力部队就一定会过来。"

"为什么这么说？"

"就像我这些日子说的那样，如果今天不动手，那么今晚就是出城的绝佳时机。"

村上义清扫过帐幕内并排着的家臣们。家臣们一致沉默，只是都一副咽苦水的表情。

终于义清从折凳上站起来说："就按雪幹说的做吧。"

雪幹立即说道："请先不要跟你们的下属说。现在说这样的话只会全线崩溃。城主大人不妨说一些比之前更鼓舞士气的话。"

义清点头说道："那就去鼓舞鼓舞他们的士气吧。"

武田军虽然这些天驮马队和母衣队有少许变化，但总的阵形却没什么大的变化。这天中午又有一批部队到达。武田晴信或许一直在等着这队人马的到来。如果是这样的话，那么攻击就是第二天，或许就是日出的时候。武田晴信也当然知道村上义清向长尾景虎请求救援的事，这样的话就不会抢夺军粮的策略，最多是准备强攻。

紧张的一天过去了,天黑了。将士们全都用完晚饭的时候，一些武将首领和武士们被叫到主体城墙的帐幕里。

市郎太也端坐在雪幹后面，聆听那晚的军事会议。

在集合的武士面前，村上义清说:“明天天亮的时候，我们决定离开这座城。男人们穿过马之背往下高井的长沼城方向走。在那里等待长尾景虎殿下的部队,然后向植科发起反攻。虽然暂时的弃城会让我们感到有点遗憾，但是我们会马上把它夺回来的。知道了吗？”

言语中断的一瞬间，武士们都愣住了。接着“哦”的一声响彻在葛尾山的上空。

村上义清接着说:“女人和孩子，如果能忍受山路的话就跟着去长沼城，如果脚力不好的话就暂时去荒砥城吧。”

一名武士说:“去荒砥城的话，要冲出武田的包围。”

村上义清回答说:“包围圈总有缺口的。在深夜，应该可以从城山的渡口过到对岸。”

“葛尾城空了的话，马上就会进攻荒砥城了吧。”

“没有别的办法了，不可能继续待在这里，我的夫人会去荒砥城。那里虽说是小城，但是比葛尾城要坚固得多。在后备部队到来之前，总能坚持一段时间。”

因为这座城曾经逼退过一次长尾景虎的攻击。

武士们互相看着对方。

突然背后被人用力地戳了一下，市郎太醒过来。

辰四郎站在旁边，眼睛看着枪眼外面。

“来了，他们来了。”

葛尾城的城山下面，侧门旁边的大城门的箭楼上。天色也越来越亮了，再过半小时就要日出了。

羽崎次郎兵卫对着坚守城门内侧的一群人说：“把他们引开。引开以后，一律杀无赦。能击退最初的强攻就够了。”

羽崎一党和其他的流浪武士的手下们一起，被命令暂时驻守大城门，不需要死守。黎明时分，困守的将士们和女人孩子们，穿过城山背后的马之背，往下高井郡长沼城方向逃去。

就是为了争取这个时间。村上义清的夫人们也趁着天黑，经由姬城，走下城山，现在她们应该已经度过千曲川了，或许已经抵达荒砥城了吧。此刻差不多到了主要部队从主体城撤离的时候了。

三浦雪幹命令市郎太监视城门口的情况，如果看到进攻方过来了就立即回到主体城墙这边。雪幹似乎也在思考着用火枪攻城的事情，他在想有了火枪以后战争会变成什么样子呢。但是作为村上义清的军师，他不应该离开村上义清的身边。只有市郎太下到侧门的城门附近。

市郎太从枪眼往外看。大城门自身是切开山麓的陡坡面建立的土墙上的小城墙上。城门的外面，右手边有一座曲折的长度为五间的土墙，土桥的左右各挖了十间长的空壕。空壕的底部，埋着密密麻麻的鹿柴。穿过空壕，前面可以看到有一个缓坡，他的对面就是坂城的城下街。

现在，听到一阵穿过街道，哗啦哗啦的行军的声音。房子和土墙对面，摇曳着武田军的红色麾令旗。

羽崎次郎兵卫对着驻守城门的三十名士兵说："不要放没用的箭。把他们引到土桥这边。无论你们往他们的盾上射多少箭，敌人都不会畏惧。把弓箭对准土墙上的敌人吧。"

空壕的对面，传来一阵太鼓的声音。市郎太因为紧张而身体僵硬。

穿过街道，手持盾牌的步兵们出现在了斜坡的下面。他们被分成了五个组，前面三组，后面各一组为两翼部队，每组有三十来人吧。指挥他们的是一名骑马武士。

手持盾牌的步兵们前进一点然后停下来，接着再前进几步后把盾牌放在前面。从他们后面，跑出来没有盾牌、弓着背的步兵。拿着弓箭或火枪的步兵夹在拿着长枪的步兵中间，火枪步兵一个组有两到三个人，他们靠近盾牌，低下头。

步兵们慢慢登上斜坡，渐渐近了。更多的步兵已经进入了弓箭的射程范围。

武田军那边的太鼓，声音急迫地响了起来。

这似乎是信号。从盾牌的后面，露出弓箭手和火枪手的面孔。破裂的声音，激烈地响彻在黎明时分的空气中。正面的盾牌上面几股白烟啪的一声散开。市郎太不由得缩了一下脖子。

与竹束尖锐的碰撞声响了起来。光是听声音就感到声势的恐怖，再加上嗖嗖的划破空气的声音，到处都是飞箭。

弓箭和子弹现在都集中在城门上的箭楼上。就连守兵现在都没法从枪眼里窥视外面的情况。

如果昨天没有设置一排竹排的话，估计板壁上已经留下好多弹孔了吧。

接着传来一阵呼喊声。步兵们朝着缓坡方向突袭过来。我方的守兵们才开始从枪眼里看到射箭的样子。

市郎太的左手边，哇的一声，一个弓箭步兵向后倒去。市郎太回过头一看，步兵的眉间有一个红色的弹孔，应该是被火枪的子弹命中了吧。两名步兵慌慌忙忙从这个男人旁边经过。

次郎兵卫大叫道："不要慌张。不要把自己的身体暴露在外面，他们一到了土桥我们就射击。"

接着又传来一声爆破声。箭楼上的守兵，缩成比刚刚还要小的一团。

突袭过来的武田步兵，现在已经到达土桥了。手握盾牌，正往土桥这边冲过来。土桥的宽度只有一间，两个人并排通过的话也很勉强。城门和堡垒是为了对付从土桥过来的敌人，增加自身从正面和旁边攻击力而建造的。

羽崎次郎兵卫大叫："杀啊！"

立刻有数十根箭射在了打头阵的两人的盾上。其中一个盾裂开了，拿盾牌的步兵也跌落到空壕的底下。

接着又传来一阵枪声。守兵没有丝毫犹豫，立刻躲到了胸墙的内侧。

然后又传来突击的声音。又有二十名手持盾牌的步兵，冲上斜坡，到达土桥的侧面。

羽崎次郎兵卫从箭楼脚下的缝隙里，对着到达城门的敌军，举起长枪反复地刺过去，脸上被溅满了鲜血。

在城门的左边，也看到了敌人步兵的身影。已经有人登上堡垒了，几个驻守在一旁的步兵立马冲到敌人面前，举起枪刺杀，转眼间就把他们刺倒了。

土桥的上面，箭楼的下面，已经有十多个武田的步兵倒下了，其中一个还痛苦地跌落进空壕的底部。倒下来的步兵们则成为第二组步兵突击进来的障碍。

他们没办法过土桥。武田的先锋队员则着手救出土桥上的同伴们。他们把盾牌排在一起遮上，拉出跌倒在下面的步兵，把他们带回军营里。

次郎兵卫命令道:“石头，放石头。”

胸墙的内侧，准备着一个个人头大小的石头。步兵们开始向下扔石头。市郎太也把一块石头举过头顶，向对面扔过去。

武田军的盾牌上，顿时被坚硬的石头砸凹了，盾牌噼里啪啦地裂开，惹来下面步兵的一阵恐慌。有被石头直接击中的，也有被弹落到空壕里的步兵。一时间盾牌完全没了形状。步兵们也放下盾牌四处逃窜。为了掩护逃跑的步兵们，武田军又开始了集中射箭和枪击。

进攻大城门的时候，有一小段时间的暂停。土桥的旁边和背后，好像正在换组。

次郎兵卫在箭楼上一边小跑一边说:“好了，够了，撤退吧。退到第三道城墙里去。”

奔跑在箭楼上的守兵，一个一个从箭楼上撤下来。城门内侧的步兵们，也往侧门的山道方向跑去。市郎太也跟着辰四郎走下箭楼，向侧门跑去。从城门外又传来一阵枪声和射箭的声音。

次郎兵卫，在大殿内一边挥着手中的长枪一边大喊:“撤退。退到第三道城墙，全力以赴地冲啊。”

市郎太气喘吁吁地登上主体城墙，羽崎次郎兵卫一党也跟着一起。

登上去的时候。第三道城墙、第二道城墙的守兵已经完全没有了。武田军已经到达大城门了吧。已经开始撤退了。市郎太他们穿过第三道城墙和第二道城墙，再往前走就回到主体城墙了。

主体城墙上，只有五十名步兵和武士们留在那里。他们应该是守卫葛尾城的主体城墙的殿后部队吧。

雪幹大人跑了过来。

市郎太吃惊地说:“雪幹大人，您还没动身吗？”

雪幹说:“义清大人早就逃走了，还一直挂念你的事情。你没事吧。”

“大城门已经被攻破了。现在的武田军或许已经到了第三道城墙的附近了吧。”

“有用火枪吗？”

“用了。虽然数量不多，但是用火枪攻击敌人的话，都不用把头伸出去的。”

“打得准吗？”

“即使没有命中，它的威力也足以让士兵缩回身子。在守兵把身体缩回去的时候,武田的持枪步兵们已经冲进城门里了。”

“火枪是从远处射过来的吗？从弓箭的射程之外射出的？”

“不是的。弓箭步兵也混在里面，是在弓箭的射程范围内射出的。”

“这样啊。”雪幹好像若有所思地点点头说，“火枪果然可以改变攻城的形式啊。”

旁边的羽崎次郎兵卫走了过来。

“雪幹大人，请出发吧，敌人或许一下子就冲上来了。”

雪幹点点头说：“那好吧，羽崎大人。”

“我也离开。我们一起。”

“谢谢。那我就从命了。”

“到达长沼城之前，会经过一条山道，大概七里路。这是一条很难走的山道。”

“要说我这游历诸国的身体，也就这腿脚强健还算个可取之处。”

次郎兵卫举起长枪对着众人说：“走吧，赶紧。”

次郎兵卫走在前面，他的身后跟着辰四郎。接着后面的十个人每两个人并排走在后面。

啪嗒，一个冰凉的东西掉到头上。市郎太抬头看着天空，把手掌向上摊开。又一个啪嗒，冰凉的东西掉在脸颊和手掌上。下雨了。

市郎太擦了擦头发，然后同雪幹一起跟在羽崎一党的最后面。一行人到达下高井郡的长沼城时已是第二天的傍晚了。

下雨的山路，天黑以后就无法继续前进，于是士兵们在一棵大树下避雨露宿，天亮以后才继续前行。中途的时候，雪幹可能体力不支，渐渐落在了后面。辰四郎也脱离了羽崎次郎兵卫的队伍，充当市郎太和雪幹的护卫跟在他们后面。最后的一里路，市郎太背着雪幹前行。

他们要去的长沼城，是建在千曲川河畔，周围被土墙包围的一座平城。这是世世代代治理这片土地的豪族——岛津氏的居城[①]。

市郎太他们到达的时候，城内已经进驻了近两千名将士。大部分是除了村上义清以外，高梨政赖的北信浓的豪族、掌权者，以及他们的家臣、养子。

村上义清对稍晚抵达的家臣们兴奋地说："长尾景虎殿下为了支援北信浓出兵了，十天之内就会到达长沼城。我们的领土，葛尾城也会重新回到我们手中的！"

家臣们在持续了几天的雨中一起呐喊。

市郎太听着呐喊声，打开旁边的房子的防雨窗，对着里面的人说："三浦雪幹军师生病了。请问能腾出一个可以躺下

---

① 诸侯大名居住的城堡。

的地方吗？”

市郎太背上的雪幹正发着高烧，虚弱到了极点。

雪幹开口说话已经是三天以后的事情了。

“市郎太，市郎太。”雪幹小声地叫着。

市郎太凑近雪幹的耳边说：“我在这里。您好些了吗，雪幹大人？”

雪幹半睁着眼睛，瞳孔无力地左右转动着，好像在到处找寻着市郎太的身影。

“市郎太。”雪幹用几乎听不到的声音继续叫着。视线终于停在了市郎太那里。“我还有话想对你说。”

“您的身体已经没问题了，要不了多久就会好起来了。”

“不，我可能已经活不长了。”

“您说什么呢？作为村上义清大人的军师，如果不能工作的话……”

“不可能了，我知道，我担心的是你。”

“我没有什么可以担心的，请您好好休息吧。”

“如果我死了，”雪幹说，“你的兵法家的学习就这样半途而废了。我什么都没有教给你，只有几本典籍是没办法帮你入门的。”

“以后，您还可以教我更多啊。”

“如果我死了，你去越前吧。”

“去越前？为什么？”

“在越前的一乘谷，有一名兵法家，他是我在足利学校的同桌。现在应该在朝仓氏手下做事，是一个叫和贺溪谷的男人，你可以去找他。”

“您有什么想我转交给他的吗？”

“不是，你可以做和贺的弟子。等我稍微好一点了，我写一张条子，或许可以成功。你报上我的名字，成为和贺的门下弟子，去学习更多的兵法吧。”

市郎太想要换一个话题。

“等到了那个时候再说吧。您还是先喝点粥吧，多少要吃点东西。”

“不用了。好了，记住了吧，名字叫和贺溪谷。溪后面是谷，溪谷。”

“记住了。”

“越前，一乘谷的朝仓氏的手下，和贺溪谷。”

说完，雪幹静静地闭上了眼睛。

高烧还是没有退，两天后雪幹再次醒了过来。

雪幹看着远方说：“我有一个梦想。”

市郎太把换好的毛巾敷在雪幹的额头上问：“是什么样的梦呢？”

“我跟你说过很多次关于墨子的事情吧。”

“是的。他是汉土的一位在城楼建造方面很有建树的人吧。”

“比起孙子，我更想像墨子那样。像墨子那样讲学，像墨子那样坚守城楼，扬名诸国。”

“您以后就可以那样了啊。雪幹大人你在葛尾城的时候已经像墨子那样做了啊。”

雪幹笑得有点凄凉，闭着眼睛说：“成为墨子那样的人，是我从年轻时起就有的梦想。”

从那以后的第三天，三浦雪幹离开了人世。天文二十二年四月十八日。离世的第三天，市郎太和辰四郎把雪幹的尸骸埋在了附近乡村的一块墓地里。

市郎太他们立了一个木牌，简单地念完了佛经。这时从长沼城方向，传来一阵欢呼声。城楼的观望台上，摇晃着几面旗帜。

辰四郎看着北方说：“啊，原来是越后军队。”

市郎太也顺着辰四郎所指的方向看去。

的确，现在千曲川对岸，一个军队浩浩荡荡地行进在北国街道上。排头兵手里握着清一色深蓝色旗帜——深蓝底上一个日之丸[①]，是越后长尾氏的旗印。行进在北国街道上的军队人数，看起来最少也有三千人。

队伍的后面，有数十个骑马武士一起向这边走过来，旁边的步兵手里握着的旗印是更加华丽的图案，应该是他们的大将军的队伍吧。

五年前继承了家督职位的年轻武将，长尾景虎，亲自带兵出征正向这边走过来。

市郎太踮起脚看着位居正面的武田军。

---

① 红色的圆。

天文二十二年（1533年）四月二十二日，信浓更级郡八幡的平原。

村上义清的军队有大概两千人，加上连同前来支援的长尾景虎的军队三千人，一共五千人，现在在姨舍山麓和武田军正面交锋。武田军有四千人左右。这里面有一千多人，是向武田投降或者发誓臣服于村上义清而后叛离的土豪、国民的军队。

现在，市郎太和辰四郎一起属于流浪武士羽崎次郎兵卫的队伍，属于持枪步兵。虽然市郎太不擅长作战，甚至连枪都没有握过，但是在北信浓的这种混乱局势下，除了成为步兵，他没有别的办法得到当天的口粮。反正除了当步兵也没有其他办法了，还不如待在辰四郎的身边。市郎太通过辰四郎，申请在羽崎次郎兵卫身边做事。

“现在正是需要人的时候。”次郎兵卫，对市郎太表示热烈的欢迎，“在这场战役中，我沦落成为连战马都没有的流浪武士，失去的东西我一定要夺回来。行动吧！”

“是！”市郎太低下头说道。

不止是次郎兵卫，本来应该骑马的武将们，甚至是大将们，也有很多人没有战马。只有村上义清，高梨政赖以及其他三十个人骑着马。其他骑马的武将和武士，都是长尾景虎率领的越后军队。

村上义清现在率领三名骑马武士，变化阵形，正对村上军队发出指令。组成两列纵队南下北国街道的村上、长尾的联合军，根据武田的布阵，正在葛尾城西北大概两里的土地上摆出野战的阵形。

武田军在姨舍山麓摆出了一个鹤翼的阵势。与之相对，村上、长尾的联合军，暂时把村上军作为头阵，摆出了一个鱼鳞的阵形。但是就在刚才，报告说武田晴信主队不在前面的武田军里。据说没有晴信本队的旗印，也即是说，他们的防备应该很薄弱。由此也可判断出，火枪步兵们也应该不在这里。这样的话，用突出来的肩头阵形去进攻他们的先头部队会比较有效。

在村上义清的指示下，羽崎次郎兵卫的那一组，就组成了箭头阵形的左翼。流浪武士的军队，一般都是担任部队的排头兵。五人并排在一起，旁边的队伍则横着错开一人，斜排成一个八字形。市郎太排在从前面开始数的第四个，从左边开始数的第二个。市郎太这一队的最左手边是辰四郎。

其余的村上军队，则长长一列排在流浪武士的后面。巨大的八字形后面，是骑马武士率领的长尾景虎军队的主力。

不久，村上义清的队伍退到后方。取而代之冲到前面的是弓箭组的步兵们。拿着各自的弓箭和盾牌的士兵们加起来有两百多人。

辰四郎稍稍弯下腰对市郎太说："就要开始了。"

最前面的武田军也开始行动了。弓箭组步兵也从他们最前面的长枪队走了出来。

市郎太他们背后战鼓雷鸣。大概是为了集中将士们的注意力而激烈地敲击战鼓。然后，鼓声变了。就像人们步行时的步调一样，单调地重复着。

村上军的弓箭组前面的两个骑马武士左右分开，跑到了弓箭组的前面。村上义清的旗帜和长尾景虎的旗帜横穿过弓箭组的前面，这是信号，弓箭组的步兵们开始横着排成一列前进。市郎太前面的骑马武士也命令先锋队开始前进。市郎太也举着长枪，稍微向前倾着走过去。嗒嗒的脚步声仿佛撼动了八幡平原的大地一般。

武田的阵营没有动，也没有向前进。用鹤翼这一阵形，是打算暂时引开攻击部队，然后从左右进行夹击。

队伍越来越靠近武田军了。与同伴的距离也慢慢缩小。现在他们同弓箭组步兵们的距离只有两町了。

恐怖的感觉越来越强烈。市郎太突然有了一种干脆就这样冲向对面的敌人的冲动。大声地喊出来然后冲出去，恐惧感或许会少一点吧。

辰四郎似乎察觉到市郎太的变化。

“跟着战鼓走。”辰四郎严肃地说，“不要跑，跟着战鼓的调子走就可以了。”

不一会儿，弓箭组步兵停下了脚步。战鼓的声音也停止了。在旁边武将的暗示下，市郎太他们也停下了脚步。现在我方的弓箭组同武田军的弓箭组之间的距离有四十间左右。持盾的步兵们把盾牌立在地面上，步兵们把箭搭在弓上[①]。

---

① 做好射箭的准备。

一名手握弓箭的骑马武士从右边走到弓箭组步兵的前面，好像是三浦雪幹口中的老将落合大人。落合骑在马上，拉弓，对着武田的阵营射了一箭。依照战争的规矩，放箭就意味着宣告战争的开始。武田军的一名骑马武士也立即射了一箭回来。

嗖的一声，武田军的弓箭插进了弓箭组和先锋长枪组的中间。

看到这些，落合大声命令："放箭。"

弓箭组步兵们一起放箭。并不是每一个射手的弓箭都笔直地飞到了对面去。弓箭都集中在敌营的中央位置。肩头阵形的前面会正面接触的地方。

武田军的弓箭组也开始放箭。嗖嗖地划破空气的声音，在空中蔓延开去。

市郎太不由得闭上眼睛，低着头。想要把头盔作为盾牌。周围全是扑扑哧哧的弓箭的声音。飞过来的弓箭纷纷向先锋队的武士、步兵的脚射过来。然后，又是一声扑通倒地的声音。

"第二箭。"落合接着说。

从武田军那边飞射过来的箭也一下子多了起来。

站在市郎太前面的一名步兵惨叫一声蹲下来，原来是肩上被箭刺伤了。前面的队伍，往左边依次错开一人，把受伤的步兵藏在了后面。

背后又响起了一阵战鼓声。

站在八字形队伍前面的骑马武士，手里高举着长枪怒吼道："长枪组，准备！"

市郎太把立着的两间半长的长枪放倒，枪头对准前方。

组成八字行的先锋队，重新开始前进。看了看旁边，似乎步兵之间的间隔又拉开了一点点。原来是有人被弓箭射中而无法动弹。

不断地有箭从武田军那边射过来。开始我方的弓箭组的盾牌保护着先锋队不受箭的攻击。但是现在弓箭差不多直接从正面飞过来。

市郎太右边的一个步兵，向前扑倒在地上。

同武田军的距离越来越近，已经不到二十间的距离。武田军的弓箭组一下子退到后面。

出现在面前的，也就一列横排着的长枪步兵组。最前排的步兵，虽然腰有点下沉，但是膝盖并没有触到地面。看起来不是骑马武士的突袭，而是准备跪射却没有摆好姿势。

羽崎次郎兵卫大叫："不要害怕，也不要停下来，即使前面动不了也要继续前进，冲啊！"

村上义清这一方的弓箭组也从市郎太他们旁边穿过去，退到了阵营的后方。

然后先头部队直接和武田的长枪组碰到了一起。到处都是啪啪啪的长枪交战的声音。最前方的队伍一直没有停下来，配合着战鼓的声音，从后面向前压上来。不大会儿工夫，八字阵形的前端就强行插入了对手武田军的枪林中。

没多久，市郎太也和武田的长枪步兵们直接交战了。市郎太一边前进，一边不停地用长枪攻击对方。对手的枪头对着地面。市郎太毫不犹豫地上前一步，往对手的肩上刺去。对手发出凄厉的惨叫，长枪落到了地上。市郎太又刺了一刀，对方向后倒了下去。把倒下的步兵推到一旁，新兵市郎太想站到他旁边，但是现在先锋队团结成一个整体向前推进。不可能因为市郎太一个人的胆怯而止步不前。市郎太被后面的人推着，举着枪向前行进。

武田军队的步兵组看起来有点乱了阵形，似乎已经无法支撑前面的同伴了。现在武田军一边后退一边举着长枪。

这时候，战鼓响了，接着又加入了法罗贝的声音。战鼓的频率也越来越快。右手边的羽崎次郎兵卫大叫："向左。向左边进攻。"

市郎太看着左手边的敌人。无论是左边还是左后方，都持续着短兵相接的声音。现在，一片混战。市郎太把身体转到另一边，对着左手边的敌人刺过去。由于正面和侧面都受到攻击，武田的军队一下子乱了阵脚，步兵们开始后退。

箭头的阵形的八字的前端，被迫向外展开。这时，长尾景虎的部队突然从后面冲过来。步兵们在骑马武士的率领下，如同奔流一样向这边冲过来。打头的武士就直接穿过箭头阵形的前端，攻到武田军的内部去了。

从武田军的后面传来一阵呼喊声。几十面麾令旗激烈地左右摇晃着。前面的长枪步兵们开始不安起来。他们后面的步兵们突然一下子跑到后方。

市郎太一方的士兵们，"杀"的一声冲出去。市郎太和辰四郎也把枪头对准前面冲了出去。

那天直到申时[1]，战争才分出胜负。四千多人的武田军，最后四处逃散。一部分逃往猿之马场，另一部分则向北国街道的更南边坂城方向逃去。村上义清和长尾景虎并没有继续追下去。他们也不是很清楚武田晴信的主力部队现在在哪里。或许武田军的撤退只是一个圈套，如果贸然追上去的话很危险。村上义清和长尾景虎以及主要部队进入了屋代城。只有一部分村上军前进到荒砥城，解放了村上义清夫人之外的困守。

羽崎次郎兵卫一群人，在那一天，提着四个武士的人头，还有两匹马作为战利品。只有一个上了年纪的步兵被杀了。他是在开始交战的时候，腹部被刺而亡的。

晚上，被叫去召开军事会议的次郎兵卫回来了。

“明天，进攻葛尾城。”次郎兵卫说，“义清大人的大军从侧门进攻。”

意思是，进攻前几天包括市郎太在内的士兵们守护的城门。

次郎兵卫接着说：“我们就进攻后门。武田在城里安插的是一个叫鱼曾源八郎的武将。我们明天要进攻的是昨天守卫的城，这真是件让人开心的事情。”

第二天早上四点半的时候，战争就开始了。从屋代城出发的村上军到达坂城，只是稍作休息，就开始发动了收复葛尾城的战争。因为是自己的城，所以村上义清自身也是拼尽

---

① 午后四点左右。

了全力指挥这场战争。

熟悉城楼的设置和地形的村上军队处于优势地位。虽然武田军的守兵有火枪进行攻击，但是几乎起不了作用。只花了一个半小时，村上军对面的守兵们就被逼到了主体城墙上。

虽然最先到达主体城墙的城门的是羽崎次郎兵卫的人，却不得不把最先冲入的荣誉让给村上义清大部队的人。大本营的人马斗志高昂，把散落在各处的武田军的人全部歼灭了。拿下守将鱼曾源八郎头颅的是那个叫落合的老将。

扯下了武田的红色旗帜，主体城墙的箭楼上再次升起了村上义清的旗帜。之后村上义清骑马来到了主体城墙，欢呼胜利。

二十三号，申时。

市郎太知道了武田军在葛尾城留下了二十多把火枪。它们作为战利品，被列了出来。

“有二十多把火枪？”市郎太惊讶不已，“有这么多？我原先以为用这些火枪守城更有利。”

疑问一说出口，羽崎次郎兵卫把一个曾经学过火枪的步兵叫出来。

次郎兵卫问那个步兵：“虽然他们有二十多把火枪，好像都没有发射子弹。你知道为什么吗？”

步兵把战利品的火枪装上火药拿在手里，对次郎兵卫说“请跟我来”，然后把羽崎带到主体城墙的旁边，土墙上的武士通道。市郎太也跟在后面。

步兵把火枪里装满火药，指着箭孔对次郎兵卫说："从这里，请向来犯的敌军开枪。"

次郎兵卫架好火枪，从箭孔向外面发射。市郎太也从旁边的箭孔看着外面。

城门下面有个很陡的斜坡，那里切开了一道渠。敌人必须攀登上这个陡坡才能攻上来。

次郎兵卫在旁边慌忙出声："啊，子弹掉下去了。"

市郎太一看，枪口下面正对着进攻方必须经过的斜坡。

步兵说："火枪枪口朝下的话是用不了的。即使有二十把火枪，武田军也无法发射。相反在平原战时，火枪就是一个非常耐用的武器。"

真是受益匪浅啊。

市郎太把步兵的话牢牢地记在脑子里。

之后，北信、越后的同盟军又多次在北信浓各地与武田军发生了冲突。但是，因为武田晴信继续避开决战，所以几乎没有大规模的战役。八月中旬的时候，在川中岛南部发生了冲突，这之后就是川中岛合战的再现，都是没有分出胜负的战役。

九月二十日，长尾景虎因为要上京[①]，从北信浓撤军。村上义清单独留在北信浓也没有胜算，所以放弃了自己的领地。待在长尾景虎身边，期待着卷土重来的那一天。他手下的一千多人也跟着村上义清逃亡到了越后。

---

① 去京城。

羽崎次郎兵卫一党也跟着村上义清进入了越后。

去越后的途中，辰四郎对市郎太说："这五个月，虽然每天都在战争中度过，但我们两个总算活下来了。"

市郎太赞同地说："八幡平原合战的时候，我想的是能保住性命就好了。"

"拥有幸运的那一方是强者。总算活过这五个月了，我们现在已经是不死之身了。"

"是啊。"市郎太笑着说，"也只有这么想了。"

从植科出发的第四天，村上义清的军队抵达了越后的高田。到了这里的话，距离长尾景虎的据城、春日山城也就半天的距离了。

休息的时候，市郎太脱下腹带，把枪立在树的旁边，对辰四郎说："我得在这里和你告别了。"

辰四郎突然一惊，但马上就一副了然的表情点点头说："你要去越前吗？"

"是啊。遵照雪斡大人的遗言，我想去越前的一乘谷。"

羽崎次郎兵卫说："遗憾啊。让你这么年轻的人离开。"

天文二十二年，九月末，市郎太十九岁。

越前一乘谷，是统治这一区域的豪族，朝仓氏的大本营。

细小狭长的山谷完全成了以朝仓氏宅第为中心的城下街。山谷的北边和南边的狭长地带设置了土墙和城门，然后在山谷的东西延伸的主体山脉上修建了几座山城，两个土墙和山脊构成了守卫城下街的防御体系。山谷西边的一乘城，南边的三峰城，西北边的槙山城包括城下街整体，都叫做一乘朝仓城。文人朝臣往来多喜欢逗留此地，所以也被称为越过的小京城。

市郎太在越后、高田同辰四郎他们分别以后，向西穿过北国街道，前往一乘谷。进入越前的平野，来到北之庄，在这里拐过美浓街道，沿着足羽川步行半日。不久就到了一个叫安波贺的市场所在的街上，从这里穿过把美浓街道分开的那条街的南边，可以看到前面有一个小山谷，那就是一乘谷。

市郎太在那年春天回信浓的时候，和三浦雪幹一起穿过越前，向西进入的北国。虽然那个时候也没有感到越前的荒凉，但是现在从北之庄到这里的一乘谷的土地更加宁静。与战乱不断的信浓完全不一样。在应仁之乱中崭露头角的朝仓氏，把这片土地治理得很好。

朝着山谷方向继续前进，不久就看到前面有一个城门。城门的前面有一条水渠。

市郎太穿过水渠上的桥，穿过城门的时候，门卫走上前来盘查。市郎太腰上插着三浦雪幹的遗物——一把短刀，背上背着装满三浦雪幹留下来的汉书的包裹。看起来不像商人或者云游的人。

市郎太回应门卫说："我是学习兵法的中尾市郎太，前来拜访兵法家和贺溪谷大人。"

门卫问："你认识和贺溪谷大人？"

"我不认识他。但是，我想成为和贺大人的弟子，所以才来到这里。”

“和贺大人现在在城主大人的府里，你过去吧。”“是。”

他口中的城主大人，是五年前，也就是天文十七年继承家督的朝仓义景，据说只有二十岁。

进到城门里一看，狭长的山谷西岸，有一条大路。街上的房子面对着马路并排着。房子的后面，一排排被土墙包围的武家宅院靠着山边。马路的路面混合了沙砾，凝结在一起。道路的两端有一条用石头砌成的下水道。路上的行人言谈举止都很温和。

市郎太想，即便是京城也不会有这么完美的规划。这里和甲斐、信浓不一样，没有逼人的气势，也不像堺城那样繁华。相反，这里虽然简朴，但是毫无疑问拥有一种文人、官家都喜欢的让人宁静的风雅。

正因为如此，所以才被称为越国的小京城。对从战乱的信浓来的自己而言，这里所表现出来的宁静安稳，完全是另一种景象。

市郎太穿过马路，问了一下路人，他说城主的宅院在河的东岸。宅第周围有一个宽阔的马场，两边并排着同族或者近亲的房子。房屋的一角被土墙包围着，周围一带好像叫浅构，相当于主体城墙吧。

市郎太一边仔细观察周围，一边拐过马路，过了桥。

与地面有一点落差的地方，石头堆砌在一起。就连武家房屋的土壁，也是石头砌成的。市郎太想起了甲斐的黑川金山的样子。同那个矿山一样，一乘谷也经常使用石头。

左边是武家的房子，右边是小河，市郎太边看边向前走，没多久就有一道土墙出现在他面前。土墙的工程还没有结束，看起来应该修建城门的地方，正在进行石头堆砌的工程。有二十多个男人在一个工头模样的男人的带领下正在堆砌石头。土墙前面的广场上，并排着十几个大石头。

朝仓氏，就连城楼也是用石头建造的吗？

以自己多年和三浦雪斡游历各国的经验来看，还没见到过连城门都用石头堆砌的城楼。大师，近江周边，修砌了石墙或者石阶的寺庙有很多。一乘谷的城下街的工程大概也是继承了这一流派吧[①]。

土墙的内侧是一个广场，应该是马场吧。马场的前面，土墙和空壕包围的地方有一所房子，这应该是朝仓氏的宅院。也可以说，一乘谷，是一座以朝仓氏的宅院为中心，周围设置了两三层的城墙。

市郎太穿过北门，对步兵说："我叫中尾市郎太，正在学习兵法。为了拜见朝仓家军师和贺溪谷大人来到此地。我的老师是三浦雪斡，他曾和和贺大人一起在足利学校学习兵法。"

步兵说："我先去通报，你在这里等一下吧。"

一名步兵进入房内，不久就回来了。

"和贺大人正和城主大人下围棋呢，你先等一下吧。"

---

① 借鉴了这方面的经验。

市郎太走到马场土墙的旁边，坐下来。

市郎太被步兵叫过去已经是半小时以后了。已经没有阳光照射进来了，山谷现在完全处于背阴状态。

市郎太进到府里主殿的一个房间。

屋子里有一个同三浦雪幹年纪相当的身材魁梧的老人，他的鼻子是红色的。

男人瞥了一眼市郎太，百无聊赖地说："我是溪谷，你说你是三浦雪幹的弟子？"

气息里还混杂了一点点酒气。

市郎太低下头，重新报上自己的名字，并把来这里的原因告诉了他。

"这样啊。"溪谷说，"雪幹成了村上义清的军师啊？五六年前雪幹旅行的时候，曾经到过这里。"

"他成为村上义清大人的军师是今年进入信浓以后的事情了。"

"什么，在此之前一直是流浪武士吗？"

"三年前，是村上大人身边的食客。村上大人击退了前来进攻户石城的武田军以后，老师就离开了信浓，去了西国。"

"你说你是雪幹的弟子，那你是在足利学校学习的吗？"

"不是的。"

"那么，你在哪里，跟哪位老师学习的兵法？"

"三年前，我只是作为雪幹大人的随从跟在他身边。陪着雪幹大人巡游各国，在这期间跟着雪幹大人学习了汉书上的知识，主要学《孙子》和《墨子》。"

“你读过的就只有《孙子》和《墨子》？没有读完《武经七书》吗？”

“没有。只是在旅行途中，从雪幹大人那里学了一些实用性很强的筑城术。”

“实用性的筑城术和学问是不同的。你会写字吗？”

市郎太一下子无言以对。作为武士家的孩子，毫无疑问是会写字的。但是在黑川金山工作的几年里，市郎太已经完全忘记了怎么握笔。姑且不论右手拿着石头写字，在平滑的移动毛笔的时候，也不能很好地与手腕配合。雪幹多次苦笑说你的字就像是蚯蚓爬出来的。所以，市郎太的字实在是拿不出手。

市郎太回道：“不是很擅长。”

“你说你多大了？”

“十九岁了。”

溪谷说：“如果你可以代替我，替这里的年轻人教授汉书之类的话……”

市郎太等待着溪谷接下来的话。如果能满足之后的条件，说不定就可以成为他的弟子了。

沉默以后，溪谷居心不良地看着市郎太。

“如果你多少能替代我做事的话就另当别论了。”

总算注意到他说话的语气了。

“如果不能成为你的弟子的话？”

“我现在有两个随从。”

“如果能在你身边的话，让我做什么都可以。只要你让我做你的最末座的小徒。”

“即使这样，我也不得不负责你吃饭啊。”

甚至连饭都不提供。但是，到目前为止的对话中，说实话，市郎太渐渐放弃了想要成为这个人弟子的想法。他不是一个值得尊敬的人。被这样的人拒绝或许不是一件那么糟糕的事情。

市郎太低下头说：“我知道了。冒冒失失地前来打扰，并提出这么无理的要求，实在是对不起，请原谅。”

市郎太站起来正准备走出这间房子。

溪谷在后面叫道：“你的包裹里难道是……”

市郎太停下脚步回过头。现在自己手里提着的是雪幹留下来的汉书。

市郎太回答说：“雪幹大人的汉书。”

“把这些书都卖给我吧。有几本？”

“刚好十本。”

“给你二两银子怎么样？”

市郎太稍微想了一下，说：“这是恩师的遗物，我并不打算把它换成金钱，告辞了。”

然后没有看溪谷一眼就走出了房间。

出了公馆，市郎太挠挠头。

今后应该怎么生活，完全没有目标。兵法家的弟子也只能做兵法家，除此之外根本没有想过其他的生存方式。但是除了和贺溪谷，市郎太现在也不知道想要成为谁的入室弟子。

当然，市郎太也不可能成为一个独立的兵法家。该怎么办？

这样下去的话，或许只有放弃“想要建造一座任何人都攻不下的城楼”这样的梦想了。不，即使不放弃，现在也不得不把它埋藏在内心深处。现在最重要的还是现在如何生存下来。只有生存下来，或许可以在某个地方，遇到一个能取代三浦雪幹的兵法家。

市郎太仰望着天空想：去京城还是堺城呢？

如果去堺城，说不定还能找到一份养活自己的工作。也可以去做商人的保镖，与力量相比，这是一份更看重旅行经验的工作。而自己，对习惯了旅途生活这一点还是很有自信的。

横穿过宽阔的马场，市郎太朝着外侧土墙的城门方向走去。那个地方正在进行石头堆砌方面的工程。

市郎太穿越搬运工和工匠们的中间，走出城门。

就在城门的左手边，他们正抬起一块大石头。用土修砌的坡面上正横递着几根圆木，上面正吊起一只小牛大小的石头。五个男人从上面把石头用绳子吊起来，下面三个男人则使用杠杆。也有人直接把石头放到肩上背着走。有一个工头模样的中年男子，手里拿着短棒，监督着他们的工作。

一群女人路过城门，好像是府里的女人，她们轻声笑着正打算穿过城门。

工头对着工人们大吼：“不要东张西望，专心做事。”

就在这时，一个正使用杠杆的男人，手中的杠杆“刺溜”一下滑开了。石头从杠杆上脱离出去。男子手握撬棍，屁股着地摔了下去。

“啊”的一声响起来，石头咕噜一下滑过斜坡。

工头大叫:“让它停下，把他按住。”

但是，石头并没有停下来。在圆木上改变了方向，横着滑落下来。

工头大吼:“快逃开，逃开！”

两个手拿撬棍的男人“啪”的一声跳到旁边逃开了。

那个刚刚摔倒的男人踉跄着还没站起来。斜坡上拉着绳子的其中一个男人，放开了绳子，其他四人承受不了石头的重量，被石头牵引着摔在了斜坡上。

伴随着一声惨叫，石头猛地砸到刚刚屁股着地的男人。

工头大叫:“退开，快去帮忙！”

男人们一下子跑过去搬那块石头。石头下面的男人依旧凄厉地惨叫着。石头的重量好像全部压在男人的腰上了。

市郎太捡起旁边的圆木跑过去，把圆木插入石头和地面之间，无论如何得减轻石头的重量。

一插进去，市郎太就用肩膀用力地压了压圆木。察觉到市郎太的意图，接着又有几个人过来帮忙抱住圆木。

“把他拉出来。”工头大叫。

站在旁边的男人们把埋在下面的那个男人的手拉了出来。男人的叫声越发惨烈。持撬棍的男人们在市郎太旁边，也把撬棍插到石头中间。总算是稍微把石头抬高了一点点。

埋在石头下的男人，稍稍被拉出了一点点。

“继续，多拿几根。”

在工头的指示下，工人们又拿来几根圆木和撬棍，石头再次被抬了起来。

终于把下面的男人拉出来了，腰上已经完全被血染红了。那个男人突然停止了嘶喊，四肢开始抽搐，眼睛睁得大大的，嘴巴里也开始有水泡冒出来。

男人们都跪着围在快要断气的那个男人周围。

工头对着其中一个男人大吼，那是一个年轻男人。

“源八，为什么要放下绳子？为什么不拉住绳子？”

那个叫源八的年轻男人说：“不是爸爸你叫着要逃开的吗？”

“我是对下面的人说的。就因为你放开了绳子，才造成现在的局面。”

“这也是没办法的事。”那个叫源八的年轻男子把头扭到一边。

工头又把视线投向市郎太。市郎太微微低下头。

“这位兄弟，谢谢你了。”工头说，“真的谢谢你了。”

市郎太说：“还是先处理伤者吧，要不然……”

“我知道。”

那个工头模样的男人走到工匠中间，跪在受伤的工匠旁边。市郎太站在工匠们后面远远地看着受伤的工匠。不久工头站起来摇摇头。

“把他搬到工棚去吧，他快不行了。”

其他的工匠也站起来。

他们把圆木和席子绑成一张床的模样，然后把受伤的工匠放上去。

刚把那个受了伤的男人搬走，工头模样的男人就把脸转向市郎太。视线迅速地从市郎太的肩移到胸膛周围。

“你是旅行者？”

“是的。”市郎太说，“我是靠旅行度日的游民。”

“我是近江穴太的作兵卫。现在这里正在砌石头，你有暂时在我这里工作的打算吗？”

市郎太正犹豫着怎么回答时，只见那个叫作兵卫的工头慌忙说道：“啊，不好意思。刚刚少了一个人一下子有点失措，对不起。你还要继续旅行的吧？”

市郎太问作兵卫：“你们人手不足吗？”

“是啊。除了我们自己的工匠，本来还找了二十多个平民来做劳工的。但此时看来，有一大半的劳工被调到公馆的工程里去了，所以我现在这里没有足够的人手。”

市郎太看着这个用石头堆砌的工程。左右延伸的土墙中间，原本应该是城门的地方，现在正在进行石头堆砌的工程。应该是用石头加固城门的两边，看起来是要修建更加坚固的城门。

市郎太看着作兵卫问道：“可以拿到多少钱？”

作兵卫说的价格，从体力活的市场行情来看也就正常水平。虽然不是特别高，但也不会过低。

饭可以随便吃；期限的话，就是做到这个工程全部结束，大概还有十天时间。

作兵卫说："工程不能延误了。我也想在冬天到来之前结束工程回到穴太。虽然现在死了一个人，但是工程还是不能耽搁了。你能做吗？"

市郎太的盘缠几乎已经用完了，只能在途中的城市一边打杂一边旅行，到达堺城也只能是好久以后的事情了。但是，在这里工作的话，十天以后就可以继续旅行了。

"请让我做这份工作吧。"市郎太说，"我要做这份工作。"

作兵卫笑着说："你饿了吧？"

"说实话，是有点。"

作兵卫对着一个工匠说："还有饼吧，给这个人吃点。"

市郎太毫不客气地接过了饼。

在他吃饼的空隙，作兵卫问他："你叫什么名字？看你腰上插着短刀，应该不是普通百姓吧，但你看起来也不像武士。"

市郎太回答："我叫市郎太，是兵法家的随从。"

"你是随从，那你有主人吗？"

"是的，我的主人是一个叫三浦雪幹的兵法家，但是前些时候他在信浓去世了。他曾经是武将村上义清的军师。"

"你的主人是兵法家，那么小兄弟你也会读书写字吧？"

"是的，会一点。"

"也读过兵法书？"

"学过一点点。"

作兵卫，一边惩罚性地拍拍额头一边说："那么我跟你说让你做石匠的事，让你感到很困扰吧？"

“我现在身上已经没有旅行的钱了，也没什么不愿意的。”

“即使这样,你又会读书又会写字,为什么会挨到现在呢？”

“我本来打算拜朝仓家的军师和贺溪谷大人为师成为他的弟子，但是被他拒绝了。”

“那个人啊！”从作兵卫的口气中，听出来似乎他也不是很喜欢和贺溪谷。

“嗯，也不是什么遗憾的事情。”

作兵卫摆出一副严肃的面孔仔细地打量市郎太的身体，突然把市郎太的右腕拉伸出来，用力地捏了捏他的手腕。

“你的身体果然不错，一点都不输给我这里的工匠们。”

“我曾经在矿山上工作过。那个时候，手臂和肩膀都锻炼出肌肉了。”

“我找了个不错的年轻人啊。”

刚刚搬运那名伤者的工匠们回来了。大家的表情都很沉重，其中一个走到作兵卫面前摇摇头。

“死了吗？”作兵卫问，“那么，必须帮他清净①，今天就到此为止吧！”

那天夜里，市郎太在下城门外面安波贺的工棚内，脱下了旅行装备。这个粗陋的民房就是作兵卫他们这群穴太众人的宿舍。石匠一共有八个人。虽然在工程现场看到近二十个男人，但是一半以上都是服劳役的附近的平民。

---

① 拔除身心的污秽，获得神圣的力量。

作兵卫是近江穴太的这群石匠工人的负责人[1]，今年四十六岁了。

被作兵卫叫做源八的年轻人是作兵卫的儿子，据说是长子，和市郎太一样也是十九岁。

作兵卫他们是被朝仓义景聘请过来，为了这个石砌工程才来的一乘谷。作兵卫他们已经是第三次来到一乘谷了。

市郎太说："这里的房屋的土墙基础、坡面的边缘等，都是用石头堆砌而成，而旁边的地区很少看到这样的情况。"

"是吗？"作兵卫一脸不可思议的表情，"在近江，寺庙被石墙包围是很常见的事情，石阶也一样。我们家世世代代都是修建壑山以及附近寺庙的石墙，包括一乘谷的石墙，大部分也是我们修建的，这很稀奇吗？"

"在近江确实很常见。"

"朝仓殿下看了壑山周围的情况，觉得一乘谷也可以这样吧，所以才修建的石墙。这里本身就是出产砥石[2]的地方，已经很习惯用石头了，当地的百姓也习以为常了。"

第二天，作兵卫为事故中死亡的石匠进行了简单的吊唁以后，把他安葬在安波贺郊区的一块墓地里。但是，工程并没有中止。他们直接从墓地走到了工程现场，继续修砌石墙的工作。

作兵卫堆砌的石墙和市郎太在各国见过的有点不一样。

---

① 工头。

② 磨刀石。

和黑川矿山一样，不需要切割，直接根据石头本身的形状，分成大、中、小的石头使用，上下的石头中间选择合适的石头堆砌上去。石头和石头之间的缝隙，放上合适的石头。石头的背面用一种叫栗石的小石头填满，然后石头的底部放上一种叫友饲石的石头，防止石头塌下来。

黑川矿山只是把自然生成的石头简单地堆砌在原野上，表面看上去给人一种强烈的凹凸感。与之相对，作兵卫堆砌的石墙，同样也是在野地的表面上用大小不一的石头堆砌在一起，但给人的却是平整舒适的感觉。

整个工程，是朝仓家的家臣，一个叫鳄渊将监的武士担任工程的负责人。但是有关石砌方面的一切，鳄渊一个字都没说，全部交给作兵卫，他自己只是看一下工程的进展情况。

作兵卫，长时间认真地打量着收集在土墙外空地上的石头。终于决定了用哪一块石头，然后就命令工匠和劳役们把那石头搬到指定的位置。然后作兵卫又指示了关于石头方向的摆放，谨慎地把石头堆了上去。在大石头完全降落之前，又在必要的地方放上合适的小石头。大石头砌上去以后，与之相配的小石头也不能移动了。这里有一个看起来像他徒弟的工匠，负责在背后填栗石，放友饲石。

市郎太的工作和服役的老百姓一样，只是负责搬运石头和抬石头。

为了修建城门而收集过来的石头，比谷内其他地方使用的石头都要大。就连普通大小的石头也有小牛躯干那么大，预备的石头也大部分是长长的石头。市郎太把心中的疑问告诉作兵卫，作兵卫回答说:“城门的话就尽可能用大石头。因为人们一看到大石头就会心生畏惧。大石头也会让人感觉到有灵气的注入。如果修建土墙的基础，那么小石头就足够了。”

那天午后，在他们一直工作的地方，出现了一个中年男人。他是从将军府里走出来的，是一个画师或连歌[1]诗人模样的男人。没多久，那个男人就走到作兵卫和鳄渊中间，开始攀谈起来。

因为其他的工匠们停下了手中的工作，所以市郎太也伸直了腰杆，看着三人交谈。

作兵卫说:“我说过很多次了，这是为了修筑城门旁边的石墙而找来的石头。如果你们非要不可的话，请自己去找人搬，但是决不能用这里的石头。”

那个不知是画师还是连歌诗人的男人说:“这种石头用来修砌石墙的话真是浪费了。即便是去水里面找，也不是那么容易找到的。我就想要这个。”

原来是围绕一块石头，一个想要，一个不想给而展开的争论。

鳄渊也是作兵卫的支持者，他说:“这里收集的所有石头，都是作兵卫他们为了修建城门而收集的。作兵卫也是一块一块，就连放在哪里怎么放都认真想了以后才挑选出来的。也不是那么轻易就能找到替代的石头。”

---

① 由两个或更多诗人共同创作的一种诗的体裁。

那个中年男人说："如果只是拿来堆砌石墙的话，到处都有的吧。但是，如果是用于庭院的石头话，则是百里挑一。这块石头用在庭院里更能凸显它的价值。"

作兵卫摇摇头说："无论你怎么说，都只是你自私的想法。我们从很远的地方才把这石头搬过来，请考虑一下我们付出的辛勤劳动吧。"

鳄渊一副吃惊的表情说："城主大人……真的很想要这块石头吗？"

"是啊。他刚刚才同意把这块石头给我。"

作兵卫说："我不管那么多。如果城主大人来到这里，也这样说的话那就另当别论了。"

"那么，只有请他过来了。"

鳄渊说："这样最好。那就去请一下大人吧，不然也没有办法。"

刚刚从将军府里出来的那个中年男子，又回到了府里去。

等到鳄渊也离开以后，源八问作兵卫："到底怎么回事？"

作兵卫指着旁边的大石头说道："他们想要这块石头。说是如果把它拿来建造府里的庭院的话，是块绝佳的石头。"

"建造庭院吗？"

"朝仓大人好像是个爱好风雅的人。"

"那个男人是什么人？"

"好像建造庭院的，据说还会画画。"

不久，那个庭院师回来了，还有两个男人也跟着一起。

一个是市郎太前几天见过的和贺溪谷。另一个是一名年轻的武士，长得眉清目秀，让人觉得有一种贵族青年的气质。

这就是朝仓义景吗？

刚这么想，作兵卫就跪下来对着他磕头。其他的工匠和平民们也慌忙跟着作兵卫跪下。鳄渊将监也从土墙上跳了下来。

朝仓义景对着鳄渊说："你们之前的事情，我都听说了，鳄渊。"

鳄渊说："让您特地跑来，我感到非常抱歉。他们为了这块石头发生了一点争执。"

作兵卫抬起头说："大人，您来我就放心了。这块石头，应该是用来修建石墙的吧。"

"不，你就把这块石头给桑山好吗？建造出了北国第一的庭院的话，也会让桑山信心倍增啊。不是说这是一块造型不错的石头吗？"

那个被称做桑山的庭院建造师，指着那块石头说："就是这块石头。"

那是一块四方端正的绿色的石头。与旁边并排的其他石头相比，确实更加端正一些。

"果然。"朝仓义景眯缝着眼睛，"果然是块好石头。如果放在庭院里的话，应该会很美观的吧。"

作兵卫睁大眼睛说："这是要用于修建城门石墙的石头。"

鳄渊也不可思议地说："大人，城门和庭院，哪一个对一乘谷更加重要呢？"

朝仓义景说："这个我知道，好不容易有一块这么好的石头。就拿来放到庭院里去吧。如果是修建城门石墙的话，什么样的石头都可以的吧。"

"话虽如此，但是这是作兵卫搬过来的石头啊。"

"就当我拜托你了，可以吗？"

一副不想再多说了的语气。

鳄渊也闭嘴不说话了。作兵卫也不服地再一次低下了头。

桑山俯视着作兵卫说："那就把这块石头搬到府里去吧。搬到那里以后，听我指令安放。"

作兵卫一边抬头一边大声说："啊？"

桑山再次说："麻烦你了。"

三个人转过身走开的时候，和贺溪谷与市郎太四目相对。溪谷一副很惊讶的表情。或许他觉得那个号称兵法家弟子的男人居然混在石匠中间，是一件非常奇怪的事情吧。

三个人消失在土墙后面以后，市郎太思考着刚刚的事情。

当你服侍的人问你城门的坚固和庭院哪一个重要时，作为兵法家应该怎样回答？市郎太已经知道和贺溪谷的回答了。如果是三浦雪幹，他会怎么样回答呢？

作兵卫慢慢站起来。

鳄渊挠挠头对作兵卫说："没想到大人会那样说。对不起，你先退下吧。"

作兵卫轻轻地点点头，然后对着工匠们说："把圆木排好，准备搬运，把这块石头搬到他们希望的地方。"完全是一种自暴自弃的语气。

那一天，作兵卫还是把石头搬到将军府里去了。

市郎太在作兵卫手下开始工作的第七天。石墙也修了两间那么高了，几乎与左右的土墙持平了。只要再砌两三块石头，挪开石墙前面的斜坡，那么整个工程就算完成了。

所有需要的栗石都已经搬到土墙上去了。工作的途中，空出来一小段时间。市郎太走到堆了很多石头的空地上，从石头堆里寻找着接下来所需要的石头。当然最后作决定的是作兵卫。为了作兵卫，才要从中挑选一些候补的石头。市郎太挑了十个大到桶腰那么粗，小到箭盒大小的石头。

作兵卫从斜坡上走下来，站在空地上的石堆面前。那里摆放着市郎太粗略选出来的石头。作兵卫蹲在那里，挨个拿起地上的石头。

作兵卫抬头吃惊地说："这些都是你选的吗？"

市郎太回答："是的。这些都没用吗？"

作兵卫又看了一眼地上的石头说："不。我觉得你很会挑选石头。"

作兵卫把两块石头拿到他的徒弟面前，示意他们把石头搬到石墙上面，然后对市郎太说："你为什么对石头如此熟悉？"

"这些石头都可以用吗？"

"你知道这是我们现在很需要的石头吗？"

选石头是为了提高工作效率，这对自己来说也是很轻松的，却并不认为这是值得表扬的事情。

“或许。”市郎太说，“我之前跟你讲过，可能是我曾经在甲斐的矿山上工作过的缘故吧。我曾经在山洞里砸过石头，偶尔也会修砌石墙之类的。”

“我们这群年轻人中，和石头打了这么多年交道，都还有人连石头的表里都区分不清。”

“其实我也不是很清楚这些。”

“如果是你的话，应该很快就会弄懂的。”

作兵卫走回城门的施工现场，市郎太也跟在作兵卫后面爬上了斜坡。

第二天，石墙就修好了。虽然石墙的高度和土墙上面的高度差不多，但是上面却并不平整。石头上面还加了一层起凝固作用的土。接着就是设置城门了，城门就设置在石墙之间。

但是，对作兵卫下面的石匠们来说，工程并没有结束。接着应该摧毁为了凝固泥土而修建的斜坡，还要把这些泥土搬到旁边去。如果是修建比较高的石墙的话，不修斜坡是根本没办法把石头搬上去的。因为要夷平这个斜坡，所以还需要两天的时间。

开始摧毁斜坡的第二天午后，之前被斜坡所隐藏的石墙渐渐露出来了。

把泥土完全搬走，清扫干净以后，鳄渊将监向朝仓义景汇报了这一情况。朝仓义景立即就赶过来了。和贺溪谷和庭院师桑山也一并跟了过来。

鳄渊站在石墙前面，以手示意：您觉得怎么样？

这个石墙，有两间高，连接左右延伸的土墙两端。刚好与土墙形成一个“コ”字形。石墙之间有七八尺宽，城门就设在这之间。但是，在一乘谷，有一个被称做下城门的侧门，城门本身的规模比下城门还要小。刚好与被称做浅构的主体城墙的城门差不多大小。

朝仓义景认真地看着石墙说：“干得不错，质量很好。好不容易才修好的石墙，却与城门的气势有点不符啊。”

鳄渊问：“那么，您想要什么样的城门呢？”

“这个啊。稍微雅致一点的不是更好吗？”

“好不容易把石墙修成这个样子，城门要修得雅致一点吗？”

“浅构的城门。本来就不是为战争修建的城门，没有箭楼的也可以吧。”

鳄渊一脸难以置信的表情，但是他并没有当场表达他的不同看法。

朝仓义景转头看向作兵卫说：“这个石墙修得不错啊。干得不错，谢谢了。”

作兵卫低头说：“你的褒奖让我倍感荣幸。下一次要修建下城门的话，请让我来负责吧。”

下城门虽然也很坚固，但是那里并没有用石头加固。本来应该在前面用石头加固的，但是因为不是主体城墙的浅构城门，所以就修在下城门也就是侧门那里了。

鳄渊说：“我认为，下城门也应该用石头加固。”

作兵卫说：“什么时候动工呢？”

“这个不急，这几年吧。”

朝仓义景说：“鳄渊，辛苦你了。那城门的事情就交给你了。”

“是。”

朝仓义景满意地看过石墙，然后回府里去了。

回工棚的时候，作兵卫问市郎太：“对了，市郎太。你以后打算怎么办？是继续旅行吗？有目标了吗？”

“我打算去堺城。”

“去了堺城以后做什么呢？”

“受雇于商人，去给他们做保镖吧。”

作兵卫用一种想要确定某种东西一样的眼神打量着市郎太，然后说：“我看你不像是可以打倒山贼的样子啊，完全威慑不了别人嘛。”

“其他的我也不会了，因为我只对旅行比较熟悉。”

“这样的话来穴太怎么样？继续从事石匠的工作如何？你本来是学过汉书的人，我却来跟你讲这些让你困扰的话，抱歉。”

站在作兵卫后面的源八，突然看向市郎太，他对这个提议很吃惊，也能看出他有点不服气。

市郎太说：“实际我并没有放弃成为兵法家弟子的想法。我想要寻访一位可以成为我老师的兵法家。就为了这个，我想去可以知晓各国情况的堺城。”

“你的心情我明白。”作兵卫点头道，“嗯，即使去堺城，我们也可以一起走到穴太啊。明天一起出发吧。”

西上北国街道直达大津大概要八天吧。这八天，与其自己一个人旅行，倒不如和石匠们一起更让人安心。

“好啊。”市郎太同意了，“那我和你们一起去穴太吧”

“既然这样，那就在我家一起过年吧。明年开年以后再去堺城也可以啊。”

市郎太看穿了作兵卫的想法，然后笑着说：“是啊。到了穴太以后，请重新再邀请我吧。”

第二天，作兵卫一行人在一乘谷城下，安波贺的工棚里作旅行的准备。市郎太他们从穴太带来的两台推车，被分解以后放在马背上。其他的梃子麻绳等，也整理好放在马背上。作兵卫带着八个人，五匹马然后再加上市郎太就构成了这一个旅行团。

作兵卫催促着工匠们：“我们要赶在初雪之前，穿过栃之木山。出发吧。”

一行人离开了一乘谷。

西上北国街道，穿过栃之木山进入了近江。从近江往穴太方向走，一般是从木之本向西走，从盐津往海津、金津走，然后南下琵琶湖西安的西近江路。但是在木之本的时候听说盐津和海津那段路不安全，有夜贼出没。这样的话，就只有坐船到坂本了，但是作兵卫他们一行人还要搬运推车，坐船的话不是很方便。作兵卫对大家说明了情况。不管怎么绕路，都要南下北国街道，穿过琵琶湖东岸向大津方向走。

一行人来到五个庄的时候。

作兵卫指着街道右手边的小山说：“那是观音寺山。很早以前，山上观音正寺的石墙，就是我们修建的。”

市郎太凝视着观音寺山。这片土地的守护者，佐佐木六角氏的城楼就在这观音寺山上。市郎太虽然不是第一次看到这座山，但之前对山里的城楼和寺庙却一无所知。

今年早春，跟着三浦雪幹路过这个城下的时候，从雪幹那里知道了一些事情。很早以前，佐佐木一族围绕近江守护者这一职位展开了争斗，最后取得胜利的六角氏将城驻扎在这里。六角氏曾经一度因为寺领横领之罪而被室町幕府讨伐，然而六角氏却击退了室町幕府的讨伐军，成为室町幕府的掌权者之一。之后，据说将军也曾经被邀请到这里来。六角氏的府邸和守护所[①]就在这座山的山脚处。

市郎太对观音寺城也就知道这一些。

观音寺山是琵琶湖东岸的平原上耸立起来的一座坟堆似的独立山峰，并不是很高，最多只有一百丈。山腰上到处都可以看到石墙、栅栏箭楼等，就连山顶都能看到貌似观望楼的建筑。

作兵卫边走边说:“观音正寺是湖东的名胜。我们修这座寺庙的石墙的时候，我的父亲还很健康呢，不过这已经是十四五年前的事情了。”

市郎太问:“这里还有佐佐木六角氏的城楼吧。”

“是啊。就是那个圆形的山看起来像城楼的。光是城墙就

① 幕府时代守护馆的所在地。

有两三百个呢。”

“有两三百个城墙？”这个数字让他觉得很难理解，“这样即使从下面看，也是一座拥有很多城墙的城楼啊，就成了这个样子吗？”

“是啊。六角大人家臣的房子全部都修在里面。把山凿平，用石头修建城墙，然后再修建房子。不止是寺庙的石墙，之后我们也要去修城楼的石墙。”

“那么，城墙应该不只修在山顶的上面吧。”

“不。山顶当然也会修，但是不只是山顶。从山的南侧中间开始向上，同样要修建梯田。”

“不只有城墙，如果上面还修建石墙的话，一定是一座异常坚固的城楼。”

“是啊。从应仁之战以来，这座城击退了敌人的多次进攻，真是坚固啊。”

市郎太很想见识一下。整座山上修了数百个城墙，而且石墙还有很多种用途。究竟是怎样一座城呢？城墙是怎样设置的呢，又是怎样连接在一起的呢？石墙在防备的时候究竟起了什么作用呢？

作兵卫一边走一边凝视着山顶的观望楼，说：“我们明年要修建观音寺城的石墙。六角大人似乎还想扩大城的规模。”

市郎太看着作兵卫说：“明年还要修这座城的石墙？”

“是啊。可能不只是我们吧，应该还会请穴太其他的工头，这好像是个很大的工程。”

也就是说，如果市郎太跟着作兵卫手下工作的话，就能认认真真地看一下观音寺城的构造了，那么自己也可以参与到这么神奇的城楼的营造工程了。

那天，包括市郎太在内的一行人借宿在观音寺山南麓的城下。

到达大津已经是第三天了，晚秋时节一个晴朗的早上。

作兵卫又来邀请市郎太。

“怎么样，市郎太？这里距离穴太也就半个时辰的路程了。到我家去怎么样，休息两三天，堺城也不会跑掉啊。”

他的这个邀请很有趣。

市郎太低头说：“那么我就不客气了，接下来的几天就要麻烦你了。”

半个时辰过后，市郎太和作兵卫进入穴太村里。

穴太在比壑山的东侧，面对琵琶湖西安的一座小村庄。就在比壑山的延历寺的门前町，坂本的南边。

这个村子的斜坡上也修有石墙。分布在各处的房子周围也都砌有一人高的石墙。原来一乘谷以上的地方，都广泛使用石头。

市郎太把这些说出来以后，作兵卫点点头说：“有一种很古老的说法流传了下来。以前大津还是都城的时候，据说有很多移民到这边来。听说我们的祖先也是跟外来的一族有关联的。据说他们很擅长使用石头，而且在修建陵墓方面也很专业。所以，我们这里的人现在依然很擅长修砌石墙之类的。”

市郎太问:“就连陵墓也用石头修建吗？不是雕刻石像？”

“以前的那些大人物的陵墓，规模更大。堺城也有那种大型的陵墓吧？”

“是啊，有像小山那样的陵墓。”

“山里面肯定有石室。我们的祖先就是很擅长修砌石室的一族。”

市郎太看着作兵卫。他不知道外来的人长相如何。但是作兵卫的长相和市郎太之前所见到的人的长相并没有什么不一样。眼睛也不是蓝色的，头发也并不是红色的。只是硬要说的话，他的眉毛稍微有点淡，脸颊也稍微有点宽。这是从作兵卫的儿子源八，以及其他的工匠身上看出来的一点特征。

“不要一直盯着我看。”作兵卫说，“我的头上又没长角。”

“对不起，”市郎太收回视线并道歉，“我在想外来的人到底长什么样。”

一走进这个安稳宁静的小村庄，不久就看到被石墙包围的农家。虽然没有公馆那么豪华，但与周围的农家相比，又大了一圈。

“这就是我家。”作兵卫说，“我马上就叫他们备饭。”

穿过石墙走到门前，从打开的门里跑出来一个人。

是一个年轻的女孩子。女孩子跑出来站在路旁，看到作兵卫脸上神采飞扬地说：

“爸爸！”

作兵卫回答:“苗，我回来了。”

那个叫做苗的女孩子跑了过来。

“真慢啊。爸爸，你太慢了。”

“太多麻烦的事情了，还死了一个人。”

“死了？谁？”

“后面的与作。修到一半的时候石头滑下来了。”

“哥哥呢？”

“在后面。”

源八从队伍的后面大喊：“苗，我回来了，你去通知其他人吧。”

“好啊。”那个叫苗的女孩子答道。

市郎太和女孩子的视线交会。

女孩子有一些吃惊地朝市郎太看过来。

年龄十六七岁，肤色白皙，是个美丽的女孩子。

作兵卫站在旁边说：“这是市郎太。我们的客人。不要怠慢了。”

女孩子微笑着说：“欢迎你，你是武士吗？”

市郎太有些不知道怎么回答。

“不。我是帮作兵卫大人做事的，是砌石头的。”

作兵卫说：“他是旅行者，正打算去堺城。”

后面的源八说：“苗，赶快去通知其他人。”

“是。”女孩子转过身体。

作兵卫说：“做饭的事情也交给你了。”

女孩子一边走一边说：“知道了。”

声音穿透了晚秋近江的天空。

石匠们也各自回到了自己的家里。

石匠们的家应该也是在穴太村里，就在作兵卫房子的周围。从作兵卫的口中得知他们或多或少都和作兵卫有一点血缘关系。

作兵卫家里除了那个叫苗的女孩子，还有一个十二三岁的男孩子，还有他的老婆稻和他的母亲达。

作兵卫把市郎太介绍给他的家人。

“他是兵法家的徒弟，一个曾经游历过诸国的年轻人。信浓的佐久出身，跟着他的老师曾经去过费钱、萨摩等地。”

稻觉得有点不可思议，问市郎太：“那你又是怎么认识我们家的人呢？”

市郎太把自己去一乘谷的事情说了出来。连在一乘谷的时候，为何会在作兵卫手下做事的事情也说了出来。

稻好像明白了什么，说：“啊，这样啊。即便如此，你们的工作那么辛苦。”

市郎太摇摇头。想起在甲斐的黑川矿山工作的时候，作兵卫手里的这些搬石头、砌石头，完全算不上辛苦的工作。

苗问：“你去过京城吗？”

市郎太看着苗点点头：“嗯，去过几次。”

苗长得眉清目秀，仿佛是在平滑的板上用小刀雕刻一样的眼睛，稍微有点长的鼻梁，紧闭的双唇。在信浓很少看到这样的长相的女孩子。千草虽然也算是美女，却是一种和苗的美貌不同的可爱。

市郎太因为苗的美貌看得入了迷。

苗说:“我还没去过京城呢。爸爸说过坂本城比京城更气派，是真的吗？”

“偏偏我也没去过坂本城。”

作兵卫说:“京城真的很荒凉。坂本可要繁华多了，要不明天去一下吧？”

苗说:“我想要新衣服。”

“很快就会如你所愿的。”

“去越前之前，爸爸就说过。说一回来就去城里。”

作兵卫转过头来看着稻。

“好吗？”

稻说:“就给她买吧，去年一年也没有置办新衣。”

“知道了。明天去坂本吧，市郎太也一起吧。”

市郎太仿佛融入了作兵卫家庭的平和气氛中，说:“好啊，那就把我带上吧。”

认真想想，从志贺城陷落，家族四分五裂以来，市郎太就再也没有感受过家庭的味道了。无论是在黑川金山的日子，还是跟着三浦雪幹在旅途中一起漂泊的日日夜夜，抑或是在信浓跟着村上义清一起战斗，都与家庭无缘，没有遇见过这种父母孩子在一起的家庭生活。也没有想过扎根在某处，与家人一起生活。可能现在只有十九岁吧，也没有成家的想法。就连师傅离世，变成孤身一人，半年前也是不曾预料的。对自己而言，觉得只要跟着三浦雪幹就好了。他是父亲的替身，就像自己的亲人一样。

但是，市郎太一边挨个看过作兵卫的家人一边想。

自己的身边有女人用如此亲近的口吻说话，让人感到温暖。夹在作兵卫家人中间，光是能和他们如此平静的谈话就让人觉得安宁。从十三岁开始，先后经历了苦役、漂泊、战乱的日子。

我已经十九岁了。在失去师傅以后，自己和这个世界还有怎样的缘分，或许应该好好考虑一下了。也就是说，自己以什么样的身份生存在这个世上，这也是一个疑问。

最开始，作兵卫的家族里面，只有源八看市郎太的眼神很严厉。他从一乘谷以来就一直对市郎太带着某些敌意。他的眼神好像在说，没办法，我就是不喜欢你。或许一直不是很高兴他不是穴太的人，却一直混在穴太工匠里。或许在想，跟在劳役的平民中间，跟他们一起搬石头不就好了吗。你确实对石墙方面一窍不通，作兵卫却让你帮他做事。

苗问："京城真的很荒凉吗？"

市郎太回过神来说："我觉得，比起京城，堺城更加繁荣。"

"够了。"作兵卫说，"什么都不知道还在那说京城、京城之类的，就到这儿吧。"

"哼！"

即便如此，市郎太再一次看着苗想。就连这天真烂漫的语气都那么可爱。他想要和这个女孩子更亲近一些。

第二天，市郎太和作兵卫、苗一起去了坂本城，准备在城里买东西。

坂本城是坐落在比壑山东边山脚处的延历寺的门前町。延历寺的领土范围内，最近已经达到三千户人家了。

延历寺民间号称是三塔十六谷，学徒三千的大规模的大学城。据说有四百多间堂舍[①]。坂本可以说是为了支援这个大学城而新兴起来的城市。在寺院工作的大部分人都住在这里。这里还有延历寺的护法神的日吉大社。

另外也是得到天台座主[②]允许的老僧们修建的里坊[③]隐居的城市。这样的里坊，在城内日吉大社参拜路上的周围有五十多个。也有很多是为了参拜延历寺的人们修建的旅社。

琵琶湖西岸的坂本港，聚集了延历寺从各国寺庙领地里得到的地租米。当然不仅仅是米，这里还会聚了大量的日常生活物资。这个被称之为富崎和比壑的十字路口的地区，各种商铺建在一起，驮马车队、旅社的房子并排在一起。毫不夸张地说，这里的繁华与堺城不相上下。一个与堺城很不一样的景象是，几乎没有锻造刺刀和火枪的工坊。还有一点，这里有很多和尚和僧兵模样的人，这点也和堺城很不一样。

市郎太看到坂本城比一乘谷以及穴太村的石墙更显眼。就连那些小房子周围都被石墙包围着，里坊和寺庙也都用石墙修砌而成。道路旁也用石头修了一条水渠，与地面有落差

① 厅堂馆舍。
② 延历寺的住持。
③ 和尚居住的地方。

的部分也用石头修砌了一段石阶。当然穴太的石匠们手艺好是原因之一，但和尚们的喜好也都反映在这宁静的小城上。

作兵卫一边走在比叡的十字路上一边自豪地对市郎太说："怎么样？这里不输给堺城吧。"

市郎太看着大路周围说："的确如此。这里有很多的和尚，这一点和堺城很不一样。"

刚好与三个僧兵擦肩而过。他们头上包着袈裟，穿着僧衣，腰上插着一把刀。

作兵卫说："这叫堂众。很久之前，叡山和大津的三井寺争斗过好几次。从那以后，堂众就守护着坂本城。"

"他们都是研修佛法的人吗？"

"学习佛法的年轻人就叫做学生。堂众只剃了头，其实和杂兵没什么两样。堂众的头目，肯定是和尚。"

苗在比叡十字路口的一家店的前面停了下来。市郎太和作兵卫也停了下来。

苗指着其中的一块布匹说："真漂亮。"

苗指向的是一块抚子色[①]的布。

店里的女人把布匹拿出来想给他们看。

作兵卫苦笑着对市郎太说："如果给她买了这块布，她就会很高兴了。"

苗好像没听到父亲的话，高兴地拿着布在身上比画。不

① 红瞿麦色。

久就看得眼花缭乱，抚子色布匹的旁边是萌黄色，接着是东云色，再然后就回到手里的这匹了，一脸纯真无邪的表情。市郎太的脸上露出了微笑。

就在这时，从路旁传出来一阵大吵的声音，语气严厉，好像是一群男人在争论着什么。

周围的行人都朝声音传出来的方向走去。

作兵卫说："苗，过来。"

作兵卫离开以后，市郎太也跟在后面。

扒开人群走到争吵的地方，男人们分成两派，正进行激烈的对骂。一方是僧兵，另一方看起来像马夫，两方加起来有二十多个人。争吵的原因还不知道。

作兵卫小声地对市郎太说："堂众和马夫的关系很不好，经常会吵起来。"

市郎太说："马夫应该抵不过持刀的僧兵吧。"

"虽说是堂众，但他们还不能对城里的居民挥刀相向。因为在门前町是不允许有流血事件发生的。"

作兵卫刚说完，一个僧兵就把刀拔了出来。围观的人群一下子退到后面。马夫们也愣了一下，从后面传过来一根棍棒，棍棒有四尺长。

一个马夫拿过棍棒说："刺刀很可怕，想被马拖着走吗？想的话就试试吧。"

围观的人又闹哄哄地向后退了一步，包围圈又稍微扩大了一点。

正当拔刀的僧兵和手持棍棒的马夫怒目相对的时候，突然有个人扒开人墙冲了进来，也是一名僧兵。

冲进来的僧兵对马夫说:“你以为这是什么地方。你还知道在坂本我们是同伴吗？”

马夫冷笑着说:“说得真好听，你们算是什么东西？”

“你们是托了谁的福才吃上饭的？适可而止吧！”

“我今天就是不能忍受这里的堂众。我要教训一下他们。”

“无论如何都要打吗？”

“挑起争端可是他们。”

僧兵回过头，对着拔刀的僧兵说:“把刀收起来。”

被命令的那名僧兵不服气地把脸撇向一边。

就在这时，走到中间的僧兵突然朝着拔刀的僧兵鼻梁上挥了一拳。被打的人“哇”地小声叫喊着，刺刀落在地上，自己也坐到了地上。

打了同伴的僧兵说:“听宽是坊的。”

宽是坊应该就是这个僧兵的名字吧，就像作兵卫刚刚讲的似乎是堂众中的一名头目，他应该是学过佛法的男人。

那个叫宽是坊的僧兵对着其他僧兵说:“谁给我找一把六尺棒[①]？”

从人群后面立刻扔过来一把六尺棒。

宽是坊接过六尺棒，轻轻地在头上敲了两三下。他好像

① 因有六尺长得名，护身棒。

已经习惯使棒，或许他还学过枪术。

宽是坊把六尺棒架在胸前，对面前的马夫说："给我安静地消失。以后再引起骚乱的话，就再也别想踏入坂本城了。"

"没了我们，你以为坂本城还能维持下去吗？"

"我们有替代的人。"

接下来的一瞬，宽是坊突然从手腕中抽出六尺棒。六尺棒刺向马夫的胸口。马夫突然惨叫一声，倒在了后面的同伴中间。

其他的马夫也一下子走上前来。不知何时，他们中的大部分手上都拿着棍棒。宽是坊一边挥舞着六尺棒，一边向马夫中间冲过去。传过来一阵噼里啪啦的敲打肌肉的声音，还夹杂着惨叫声。马夫们一个接着一个地躺在地上翻滚。这时，其他的僧兵们也开始袭过来，肆意地踢打着倒在地上的马夫们。

就在市郎太稍微有些憋气的时候，乱斗结束了。躺在地上发出惨叫的全是马夫。

宽是坊用让围观的人都听到的声音说："路过就路过，不要在坂本跟我们吵闹，就连农民都不行。"

围观的人不由得脸色发白。包围圈散开，一个个走开了。

因为作兵卫也走开了，市郎太也走在他旁边。

作兵卫用一种无聊的语气说："就是这样一座城，堂众是最强的，伟大的是这些和尚们。"

市郎太问："虽然僧兵们赢了，但城里的民众为何对他们不满呢？"

“因为堂众里也有一些比较过分的，偶尔惩罚一下他们也是好的。”

“那个叫宽是坊的僧兵是什么样的人？”

“一个堂众的头目。”

“所谓的堂众，都是像宽是坊那样，学过枪术吗？”

“是啊。他们可是参加了很多次与三井寺的战争的。就像我刚刚说的，堂众其实和杂兵是一样的。”

“也就是说，”市郎太看了看周围以后说，“这里与其说是门前町，其实和城下町是一样的吧。”

“没错。比叡山其实就是一座防守坚固的城楼。石墙也很多，或许比观音寺城还要坚固。”

再在这里多待几天，市郎太想，或许可以再多看几眼石墙。为了某一天能成为某个兵法家的随从。如果是这样的话，老师或许会提出一些关于城楼建造的建议，就像三浦雪幹那样。就算是为了那一时刻，也要在这里再多留几天才行。

作兵卫说：“那，我们回去吧。不给苗那孩子买无聊的东西也行。”

一回到店里，苗就跑到作兵卫旁边，仿佛没有看到刚才的争吵一样。”

苗对作兵卫说：“爸爸，我很喜欢那个抚子色的布。”

“还是把你妈妈叫过来商量一下再买吧。”

“你明明说过可以的，明明已经决定了。”

苗微笑地看着市郎太。市郎太好像脚下的力气突然被抽走了一样。如果没有那口气的话,说不定就一下子倒在那里了。

回穴太村的途中，市郎太对作兵卫说:“我想再在这里多待几天，会麻烦到你们吗?”

作兵卫高兴地点点头。

“很好啊，顺便就在这里过年吧。即使不去堺城，也有兵法家会来坂本啊。在找到好老师之前，你就过来帮我吧。”

“是修建观音寺城的石墙吗?”

“那是以后的事了。延历寺的几个堂舍里坊不修石墙不行啊。去观音寺城大概是明年三月份的事了。”

“那么，我就待到过年吧。”

那个时候就连市郎太自己也没有想过，自己竟会一直待在穴太。

天文二十三年（1554 年）开年。

市郎太在近江国穴太村里迎来了正月。市郎太作为穴太石匠作兵卫的徒弟以见习者的身份，从去年以来就一直待在作兵卫的家里。

因为作兵卫家周围被石墙包围着，所以比村里的其他人家要大一些。除了土间[①]，还有五间铺了地板的房间。另外在庭院的一个角落，有两个储物室。这里是用来放修石墙所需要的梃子、推车和草绳之类的东西。市郎太住在远离主屋的一个小仓库房里。

市郎太在前一年年末的时候，在作兵卫手下参与修建了比叡山堂舍的一个石阶。之后就一直从事坂本的某个里坊石墙的建造。这里是多年以前重新修建的里坊，虽然作兵卫曾

① 没铺地板的房间。

经修建了石墙，现在稍微有点裂开了，现在要把石头全部弄碎重新砌上去。

这个里坊的所在位置，是在日吉大社的参拜道路上的北侧里坊的一角。

偶尔会有工作还没结束，直到深夜还要继续加班的事情发生。

这时市郎太就会看到有几个女子在僧兵的带领下进入旁边的里坊去。虽然戴着斗笠，但从她们的打扮还是可以清楚地知道她们是妓女，应该是从坂本城的客栈过来的。

这里的里坊，五年前得到延历寺住持的许可作为隐居的地方，听说里面住着某个高僧。本来应该是每天通过写书、吟诗，偶尔打坐来度过枯燥日子的高僧的里坊。现在有妓女出没，这实在是让人觉得有点不可思议。

把这个跟作兵卫说了以后，他苦笑着说："回到家，吃大葱韭菜的时候，你就一直在烦恼吧。"

稍微想了一下，终于明白过来。市郎太问："这种事情经常发生吗？"

"不是什么稀奇的事情。"

"哪里的里坊都是这样？"

"不仅如此，还有专门从山上下来，到里坊里做客的和尚。"

又是另外一天，与作兵卫他们走在比壑的十字路口的时候，路上的行人一起跪在地上。开始磕头。市郎太不明所以也跟着作兵卫磕头。一列队伍从日吉大社的参拜的道路方向向这边靠近。

是将军还是帝王呢?

问作兵卫,作兵卫低头对他说:"嘘,这是山上的住持大人。"

座主被一群持枪的僧兵守护着,逐渐向这边靠近。座主坐着金色的舆车。市郎太稍稍抬起头,想要确认一下他所看到的。舆车的前后并排站着几位穿着鲜艳的法衣的高僧。后面还有一群年轻的学生们。另外还有捧着香炉举着旗帜的和尚。队伍的后面也有僧兵,总共有二百多人浩浩荡荡的队伍。

市郎太想:虽说没有见过将军和帝王,但是他们手中的权力都无法和这位大台座主相比。虽然不知道这个座主要去哪里,但是就连将军和帝王,都没有这种出行跟着二百多随从的权力和财力。

二月的时候。

作兵卫他们在修石墙的时候,一个武士走了过来,是观音寺城那边派来的人。

刚好到中午,苗正在旁边准备午饭。

作兵卫让工匠们休息一下,然后向那名武士走去。

武士说:"是六角义贤大人的家臣三云新左卫门大人叫我过来的。去年的时候就跟你说过,想请你帮忙修一下观音寺城的石墙。"

作兵卫说:"我很乐意。那么,工程什么时候开始呢?"

"尽快。即将要到来的三月初吧。最迟要在八月之前完工。"

"又要开始打仗了吗?"

“大人整天生活在战争里。无论多么坚固的城墙，都还有可以改进的地方。”

“工程的监督和以往一样，还是三云大人吧。”

“是的。三云大人如果觉得必要的话，会和我一起过来的。”

“每一年都帮你们做事，大概情况我也知道了。只是今年的工程比较大，你们还叫了其他的工头来做这个吧。”

“什么事都要按步骤来，这边就交给你了。”

“这个月末，我会带着工匠们去城下。”

从观音寺城过来的使者回去以后，作兵卫转回头看市郎太说：“怎么样，市郎太。这边的石墙还有十天就结束了，你还是要去堺城吗？”

听着两人对话的苗突然抬起头，朝市郎太这边看过来。

市郎太也注意到苗的视线，回答：“麻烦您继续用我吧。”

“这样不是很好嘛，我想听的也是这个回答。”

那天傍晚，市郎太收拾了一下东西正准备进主屋的时候，里面传来作兵卫和源八的小声对话。

源八问：“爸爸，你为什么那么看重市郎太？”

市郎太在门外停下脚步，认真地听。

作兵卫回答说：“他不是帮了我们吗？”

“他是一个什么都不会做，只会搬石头的男人，我觉得您对他过于关注了。”

“我说过多少遍了，市郎太对石头很熟悉。这是与我们这些石匠的熟悉是不一样的，比起普通的做劳役的平民，用他会好多了。他对我们而言也是不可多得的年轻人。”

“让他住在这里，吃饭也一起，完全就和家人一样了。”

“你有什么不满的？”

“我认为其他的工匠们也会觉得不高兴的。因为你对一个完全不懂行的外人那么关注和爱护。”

“我没有怎么想过爱护他。”作兵卫的声调变了，“确实是我很满意他的工作，这是我所关心的。”

“修石墙是穴太人的根本，而不是让陌生人来做。”

“现在已经和以前不一样了。如果是只修壑山的石墙的话还好。但是近十年，我们经常被叫到各地去修石墙。聚集工匠是必需的，但是我们现在面临的正是人手不足的问题。”

“我就是看不惯他看苗的眼神。”

“你想说些什么？”

“您没发现吗？”

“我看苗并不讨厌市郎太啊。”

“他不过是个外人。”

“我不知道你在担心什么，不要想那些无聊的事。”

市郎太迅速地离开门口，逃到十步之远的地方，然后特意发出声响重新走到门边。开门的时候，里面的作兵卫和源八都没有说话。

再过不久梅花就要盛开了，里坊的石墙差不多接近尾声。

如同往常一样，苗把他们的午饭送到工地上。苗一到工地上，工匠们就停下手中的工作，开始生火煮汤。

市郎太他们围着篝火，坐在圆木上开始吃饭，苗挨个给他们倒白开水。

苗给市郎太倒满开水的时候，突然一个工匠说："苗，我看你给市郎太倒开水的时候，特别开心啊。"

说话的是工匠中年纪有点大的喜欢开玩笑的男人。

在场的所有人都看着市郎太和苗，想看看他们会有什么样的反应，只有源八绷着一张脸。

苗的脸颊红了起来，说："乱讲，才没有的事。"

"那你不要脸红啊？"

"我的脸才没有变红呢。"

话虽如此，但苗的脸越来越红。就连她自己也注意到了吧，苗好像扇火一样拿衣袖挡住脸，然后把脸偏到一边。

市郎太与作兵卫的视线相交，然后假装咳嗽。他不知道这样的情况下该怎么样回应。如果自己能更圆滑一点的话，就能很好地挡过去了。

作兵卫笑着对工匠们说："不要取笑他们年轻人了。你们不也有过这种困惑的时候吗？"

等市郎太他们吃完以后，苗收拾好带来的东西，一个人从里坊回家去了。从日吉大社的参道方向传来一阵大笑，好像是一群男人在起哄，或许是一群喝了酒的男人从那边走过吧。

那一天，作兵卫收工以后回到家里。市郎太察觉到家里的气氛跟往常不一样。稻还没有开始准备晚饭，也没有看到苗的身影。

苗的弟弟好像被骂过一样，垂头丧气地抱膝坐在有地炉的房间的一角。

稻从房里走出来，小声地对作兵卫说：“你过来一下。”

她的表情很不寻常，好像发生了什么不好的事情。

稻对作兵卫说着悄悄话，两人走了出去。

发生了什么事吗？

虽然心中充满了疑问，但市郎太还是没有说出来。

那天很晚才吃晚饭，市郎太装作一切正常的样子吃完了晚饭。那一天也没有看到苗的身影，接下来的日子也一样。

苗好像隐藏在房间里一样，无论是作兵卫还是稻都没有谈起有关苗的一切。或许，是件不能打听的事情。

那之后的几天里，作兵卫的心情都不是很好。去工地的途中，经常会破口大骂。

第四天，市郎太终于看到苗了，但她脸上的那种无忧无虑的表情消失了，表情变得很僵硬。可以看到她的额角有一个小痣一样的痕迹。苗注意到了市郎太望过来的视线，立即转过身离开了。

作兵卫带着市郎太他们去到观音寺城时已经是二月末了。残留在周围山上的雪也融化了，近江的水路也完全干涸了。

作兵卫对着同样来自穴太的其他的石匠组的工头打招呼，一共有三组来到观音寺城。石匠的人数共有二十五人。

那个叫三云新左卫门的武士前来迎接作兵卫他们。

“我一直在等你们，作兵卫。”这个四十岁的武士说，“浅井他们好像还盯着这里呢。城里的防备必须更加坚固，没多少时间了。”

作兵卫确认道：“要修的地方是哪里？”

“落合丸和池田丸。”

“那个地方我们前年不是已经修过了吗？”

“还想再扩大一点。另外还有第三道城墙，想把城墙也扩大一点，然后另外修一个虎口。”

“土图盘做好了吗？”

所谓的土图盘，就是把地形立体呈现出来的模型，用沙堆出来的。如果要新建城楼或者增加城墙，首先要制作土图盘，然后再进行商讨。

三云在作兵卫他们工棚的后面，做了一个新的土图盘。有一间见方那么大，用沙堆出来的。看到这个，的确可以说观音寺山整个山都是城楼，尤其是南侧的斜坡上修建了无数的城墙。

正如作兵卫所说的那样，这是一座梯田一样的山。在土图盘上的城墙的各个地方都修砌了用黏土凝固的建筑物。

三云用木棒指着土图盘说：“这个城堡的中心下面，顺着屋脊并排着一层一层的城墙。从上面开始依次是平井丸、落合丸、池田丸。平井丸的石墙也是作兵卫他们之前修的，这样就可以了。但是，现在想要把落合丸和池田丸扩大一点。”

“城堡中心的石墙不需要再修了吧。”

“嗯。考虑到浅井的情况，今年应该先加固下面，但是已经没有时间来修缮城堡中心了。”

“那另一个呢？”

三云指着土图盘的另一角说：“我想把第三道城墙扩大一些，增加一个马厩。把追手道和赤坂道合在一起，然后把虎口修成城中最坚固的地方。”

“来了三组工匠，每组负责一个地方。”

三云突然回过头，把身子挺直。

“大人。”

市郎太他们也回过头去。

一个武将带着数名随从向这边走过来。从他们的装扮来看，应该是观音寺城的城主，近江国的守护六角义贤，有三十三四岁。应该比越后的长尾景虎和越前的朝仓义景大了一轮，他看上去远比景虎和义景粗野。要说他刚从战场归来也不难理解。的确，他跟着姐夫细川晴元，最近他每一年都会跟三好和浅井的势力进行开战。

看着作兵卫跪下来磕头，市郎太他们也跟着他磕头。

“好了，把头抬起来吧。”六角义贤爽快地说，“三云，工程就要开始了吗？”

“是的。”三云低头回答，“今天就开始进入工地了。”

“给我快点。浅井可不会就这样善罢甘休。快的话，今年或许还会进攻犬上或爱智。”

“是，我明白了。”

六角义贤离开以后，市郎太他们站了起来。

三云说:“听到了吧，抓紧时间干吧。”

作兵卫问:“服役的平民什么时候过来？”

“什么时候来比较好？”

“今天和明天要查探山的情况。后天开始就需要他们来帮忙了。”

“这些日子，每天派一百个人，够了吗？”

“嗯，勉强够吧。如果人手不够的话，请加派人手。”

“我知道了，先上山吧。”

市郎太他们跟着三云从追手道[①]向山的西侧的山脊走去。

来到那个被称做平井丸的城墙前面，市郎太惊呆了。把山脊削平然后在边缘砌上高墙，市郎太还是第一次看到在山里修建如此高的城墙。难得看到在山里还能修出如此的高度。

作兵卫说:“这是我们十多年前修的石墙了。”

作兵卫摸着石墙的表面说道:“虽说是年轻时修的石墙，但是质量也不差啊。”

进入平井丸的城墙里面，市郎太再一次惊呆了。

城墙里面有一座楼宇，大概有两层楼那么高。

这不是箭楼，是一座可以被称之为楼阁的别致建筑。市郎太还是第一次看到这样在城墙里修建的两层楼高的建筑。这里与其说是战争时期的关卡，倒不如把它看做是一座和平时期社交性的建筑。

---

① 侧门。

市郎太又想。从二楼上看到的风景想必很不错吧，北边和西边都可以看到琵琶湖。

三云新左卫门注意到市郎太的视线说道："就连将军大人曾经也搬到过这里来住过一段时间。这是以前的城主大人招待宾客娱乐的地方。曾经临时幕府也有三年的时间定居在这里。"

市郎太问："只有战争的时候才会来这里吗？"

"赏樱、赏月、赏红叶。城主大人很喜欢待在这里，偶尔也会招待客人。就连宗长那样的诗人也曾经坐在楼阁的二楼欣赏歌舞表演。"

市郎太一下子想到了朝仓义景，他也是一个喜好风雅的武将。佐佐木六角氏和朝仓氏也有着相似的喜好吧。想到信浓、甲斐，如果在城山的城墙上修建接待客人的建筑，或是比起城门更重视庭院的这种嗜好，总觉得有点软弱。

不，转变一下想法。想起跟着三浦雪幹周游列国的时候，东国，尤其是信浓、甲斐的武士们或许只是一个劲儿地逞威风。对城楼和宅院都追求风雅这一点，对他们而言是理所当然的事情。尤其是近江，更是如此。

市郎太重新看着这栋两层高的建筑。到目前为止还没见过的，就连京城的慈照寺的主殿也没有这样的雄伟。虽然正常情况下都是修在平地的池畔旁，但是这样把楼阁修在城山的顶端的城墙上，这样的想法也并不差。佐佐木六角氏对城楼建造的这一嗜好，给市郎太留下了不错的印象。

第三天，石墙的工程开始了。

服劳役的平民们最开始做的是挖石头。穴太的工匠们分成三组，每一组带三十多个平民，在石墙附近的斜坡上挖石头。有幸的是观音寺山是一座拥有丰富石头资源的山。繁茂树林和草皮的下面不是岩盘，全部是沿着纹路分割成立柱状的椽子石头。那些合适的石头好像在等待什么，静静地躺在那里。虽然石头的大小不一，但是石匠们只需要把梃子或是楔子放进石头里就可以了，这一点与比壑山很相似。目前为止，穴太的石匠们只修砌过大规模的石墙，那里的山也和比壑山很像，都是椽子石头很丰富的地方。

三组工匠里，作兵卫负责的是第三道城墙。极陡的斜坡上，虽然已经有一道狭长的带状的城墙，但要把它改造成一道更宽的城墙。通过摧毁山侧的斜坡，在山谷一侧修建一道高高的石墙来扩大平坦地区的范围。三云的要求是要把虎口修得更加坚固。

把土图盘放到一边，三云画了一个第三道城墙的设计图。

商量如何放线的时候，三云把设计图摊开。市郎太在作兵卫的后面也偷偷地看着这个设计图。

三云一边指着设计图一边说："如图所示，有两个虎口，东西各一个。两边都要阻止浅井和三好他们的进攻。从这边开始，一兵一卒都不能让他们进去。"

市郎太听着三云关于虎口的介绍，一下子想到了葛尾城。虽然村上义清暂时被武田军逼出葛尾城，但得到长尾景虎帮助后回到北信浓的村上义清还是把城夺了回来。村上势力把混有火枪手的武田军一脚踢了出去，轻易地夺回了城。那个时候的市郎太，同羽崎次郎兵卫他们一样，面对拥有大量火枪手的武田军，轻易地就把城楼夺回来这件事还抱有疑问。

后来从村上军里的一个火枪步兵那里知道了原因，火枪自上而下射击的话很难命中。即使有火枪，要击退到达虎口的敌人的话，就只能和之前一样使用长枪和弓箭。那个火枪步兵说的大概意思就是这样。

市郎太，一边看着设计图和可能被修成虎口的斜坡，一边想。

如果设想六角义贤在之前的战争中都使用火枪的话，这个虎口的位置和形状就刚好合适。的确在斜坡上修一个垂直的虎口，如果应对之前的战争的话，已经十分坚固了。但是，如果对手准备了大量的火枪要进行强攻的话，这样的虎口就可能守不住。

确实，在虎口和城门之间修建一个高高的石墙，如果要把敌人引到一个狭小的空间的话，这样就足够了。石墙同土墙不一样，要设法登上去是相当困难的。如果把葛尾城的后门周围的土墙换成石墙的话，武田军或许可以击退村上军的进攻。这也和汉土不一样，目前为止还没有听说围绕着像观音寺山一样拥有大量石墙的城门而展开的攻防战。本来观音寺山这样广泛使用石头的城市在其他地方也几乎没有。所以即使有火枪，观音寺城的防守也是相当坚固。

三云说："那么，给我好好做事吧。"

这个声音一下子把市郎太拉回现实中来。三云对关于范围的说明已经结束，他把第三道城墙的设计图交给作兵卫以后就离开了。据说是去给负责修建池田丸和落合丸的工匠们作解释说明去了。

三云离开以后，作兵卫问市郎太：“你会认字是吧？”

“是的。”市郎太回答。

“我只会认数字。这里写的什么？”

作兵卫指着设计图上注明的文字。

“追手道，”市郎太回答，“这里是赤坂道。”

“是路的名字吗？这边呢？”

“马厩，旁边写的是马场。”

“这些我都知道了。这上面有三云大人刚刚没有提到的东西吗？”

“马场的地方写了个沙字。”

“应该是说要在上面铺一层沙。”作兵卫看着地面说，“这样的话，沙的下面得铺一层厚厚的栗石，还要多修一个防水的水沟。”

“上面还写了马场必须有八间那么宽。”

“八间的话我知道，但三云刚刚讲的可不是这么简单的，还得把悬崖削平了。这样就可以修出和设计图一样的城墙了。”

源八在旁边不服气地说：“设计图根本就起不了什么作用。与其照着图上的做，倒不如看了地形再作决定。”

作兵卫说：“这样可不行，城楼的工程可不是这样的。”

“武士对石墙完全不懂。”

“可他们对战争很熟悉。”

市郎太终于知道源八为何对他不满了。他看不惯自己能读懂设计图上的文字。另外，作兵卫在斟酌如何放线的时候，是同市郎太商量而不是源八，这可不是有趣的事情。本来作为儿子的源八，怎么都是作兵卫的左膀右臂，也是他的商量的对象。

市郎太躲开源八的视线，想：你放心吧。我从来没有想过要取代源八，也没有想过要成为穴太的一员。

观音寺城的第三道城墙的石墙，并不需要把石头引到斜坡上去。因为石头都是在比城墙还要高的地方挖出来的，只需要把石头搬下去就可以了。虽然比起向上搬运，这样的劳动更轻松，但搬运的时候反而更加注意。因此，对服劳役的平民们下达指示的作兵卫，在言语上相当的严厉。有时候源八也会对着服劳役的平民们大吼。

工程开始七八天以后。这也是在最开始的十天里服劳役的平民们最疲惫不堪的时候。那一天，在斜坡上搬运石头的时候，石头突然从陡坡向外面滑落下去。“危险！”大家都尖叫着，在下面作业的人一齐逃开。石头从刚刚砌好的石墙的最上面弹出去，落在了灌木丛繁茂的山坡上。

源八跑上石墙，一脚踢在一个平民的屁股上。

“笨蛋，你想杀人吗？”

被踢了一脚的那个人的脸上浮现出怒意。另外有五六个人也摆好架势与源八对峙。

源八指着那个平民继续说："偷懒的话，会死人的。你不知道吗？笨蛋。一点用都没有！"

在场的工匠们也停下手里的活看向源八这边。

市郎太也站起身看着这边的骚乱。

百姓全都怒目而视。被踢的那个人气得鼓起鼻孔昂起下巴，手肘轻轻上抬，做出准备打源八的样子。也有几个石匠从市郎太旁边挤过去爬上斜坡。他们站在源八的后面，与平民对立。一个石匠手里拿着一个樫木梃子。

从平民中间走出一名看起来像他们头目的壮年的男子。

"你这样说是不是有点过分啊？"

源八还是很激动。

"什么？曾经就有人因为类似的情况，被压在石头下面而死。"

"不好意思。但是，没有死人，我们也不是要偷懒。"

"所以，更加要小心地干活。这是很重要的工程，如果因为你们而延误的话，我们也会挨骂的。"

那个百姓的头目说："我们是因为城主大人才来这里服劳役的，是受三云大人的指示而不是来给你们石匠打杂的。"

"我没让你们打杂，只是让你们不要偷懒。"

"我们没有偷懒，也不是让你们说踢就踢的。"

"你是想要打架吗？"

"刚刚我们那样搬石头，我道歉。但是，也请源八你为刚才的事情道歉。"

“我为什么要道歉？”

对面的男人眯缝着眼睛，紧绷着脸。

市郎太想，他是认真的。即使和源八打起来，他的说法也说得过去。那群年轻的平民们也摆好架势，做好随时与源八大干一场的准备。

“等等。”

市郎太后面响起一个严厉的声音，是作兵卫。

作兵卫刚从石墙上走下来，就走到源八的面前突然朝他的脸上挥了一拳。

“啊！”源八按着脸颊看着旁边。

市郎太呆住了，平民们也惊讶地睁大了眼睛。

作兵卫对着平民们说：“对不起，我们的年轻人还没成熟。请你们原谅他吧。”

那个平民的头目虽然一脸疑惑的表情，但还是说：“我们不是帮你们做事的。你不要搞错了。”

“我知道，是这样没错。”

作兵卫转过去，又对着源八的脸打了一拳。源八气得把头扭向一边，鼻子里也开始冒出鲜血。

作兵卫低头对平民们说：“我也要道歉。所以，大家回去工作好吗？”

那个平民不大高兴地说：“算了，工头都这样说了。”

其他的平民也放下了架势，紧张的气氛一下子没有了。

传来一阵从城墙上跑下来的脚步声，原来是三云新左卫门。

“怎么了？发生了什么事？”

那个百姓头目，抬头看着三云说：“没什么事。”

作兵卫也对三云说：“请放心，只是一个石头滑了下来。”

三云虽然一脸的不信，但是也并没有继续调查的想法，就这样离开了。

作兵卫回头的时候与市郎太目光相接。从作兵卫的眼中可以看到一种深深的悲哀，或者可以说是无可奈何。市郎太移开视线走开了。

石匠们回到工作岗位重新开始工作，平民们接着搬石头。只有源八，还站在那里，按着鼻子，一脸不明白到底发生了什么事的表情。

观音寺城的石墙工程，整个八月都还在继续。九月初的时候，这一年的工程终于全部结束了，石匠们决定离开观音寺城。

收拾完以后，第二天还要跟修楼宇的技工们进行工棚交接的前一天晚上。为了庆祝工程完工而准备的简单的席间，作兵卫突然对市郎太说：“怎么样，市郎太？观音寺城的工程已经结束了，你想要留在穴太吗？”

在场的所有人都停了下来，注视着市郎太和作兵卫。源八不高兴地皱了皱眉。

市郎太对突然的提问有些茫然地说：“我还是想去堺城。”

“无论我怎么跟你讲，你都不会改变心意吗？比起做旅行的商人的保镖，在我这里做石匠会很无聊吗？”

“我去给商人做保镖也只是为了一时的方便而已。总有一天我会成为某个兵法家的弟子的。”

“成了兵法家的弟子，然后建功立业吗？你不适合战争。”

“我想成为兵法家的弟子，学习有关城楼建设的知识。”

“这么说起来，你是想做工程监督之类的吗？就像三云大人那样。”

“是的。恩师曾以汉土墨子为前辈，推崇君子人格的。”

“我不知道那个大人物的事情，是修城楼的吗？”

“是一个善于建造城楼的兵法家。”

“坦白地说，你想成为某一个在城楼建造方面很有造诣的兵法家的弟子，有门路吗？听说你连学问都是半途而废的。”

确实如此。虽然三浦雪斡是在人才辈出的足利学校学习的人，即便如此，在乱世中，直到晚年才成为了真正的军师，之前一直都在各国漂泊。就连读了那么多汉书典故，熟悉兵法的三浦雪斡要成为军师都是很困难的事情。

而自己只是在与三浦雪斡一起旅行的途中多多少少学了一点孙子和墨子，这样的话要重新成为兵法家的弟子，恐怕会更难。三浦雪斡之所以会让自己成为他的随从，也只因为他是一个没有随从的兵法家。在甲斐时他也没有想过让市郎太成为他的弟子，只是因为老人的旅行途中需要一个合适的负担行李的人。正因为从这方面考虑，所以才会让没有学问的自己作为他的弟子跟着他旅行。

冷静下来想想，和贺溪谷的态度也是理所当然的。也就是说，即便自己在这之前去拜访某位兵法家并希望成为入室弟子的话，能否实现愿望也是个未知数。更加直白地说，这是相当困难的事情。

但是，市郎太又重新思考了一下。

即便如此，如果在作兵卫手下继续从事石墙方面的工作的话，对自己而言又有何意义呢？

自己只是偶尔会帮作兵卫做事，而穴太的石匠们则是深深扎根在穴太村的人。他们自古以来就世世代代继承了这项技术。自己不过是对石头多少有点熟悉，还是个外人，对作兵卫而言却是不可替代的存在。

也就是说，如果留在穴太的话，以后就会一直在作兵卫或其他的工头手下，默默无闻地继续修石墙。这样的日子，和在矿山挖洞有什么区别？的确，也可以说和以前不一样，可都是受雇于人。这只是自己是狗还是马的区别而已。为了实现成为城楼建造者这一梦想，暂时游历在各国，这样的话或许更能忍受一点吧。

反之，反正都成不了兵法家的话，不是应该回到信浓，把自己的余生都奉献给夺回祖先留下来的土地上吗？应该和武田军决战，把佐久的志贺和中尾的故乡夺回来。成为兵法家，保护一国一城，如果连这种程度的愿望都实现不了的话，更别谈那些奢侈的梦想了，那么就让我像一个真正的武士那样与敌人战斗吧，只有这样才是应该走的正确的道路吧。

市郎太对作兵卫说："多谢您对我的操心。但是，我暂时还是想继续旅行。”

作兵卫一脸遗憾地说：“这样啊，那我就不强求了。你马上就要去堺城吗？”

三浦雪幹传下来的那些汉书典籍还留在作兵卫的家里，得先把那些东西拿回来。

苗的模样在脑中一闪而过，看到她的身影就可以让市郎太暗自高兴。

市郎太说：“不，我的行李都放在穴太了。我想先到穴太去拿点东西。”

这时，担任工程监督的三云新左卫门走了过来。身后跟着两个小兵，一个拿着水壶，另一个拿着提桶。

三云新左卫门说：“这次的石墙，谢谢你们了。城主大人也很满意，所以特地备了酒菜，来吧。”

作兵卫敬畏地低下头，三云坐在地板框上说：“让我跟你们一起吧。”

“无上荣幸，请。”

作兵卫喝完一口之后，三云说：“没有把服劳役的平民们全部召集起来。辛苦你们了。”

近江和其他地方一样，领地的平民每年都有十天做劳役，被派去修路或者修城楼的工程，都是无偿的，作为税收的一部分。

然而服劳役的百姓并没有像当初预定的那样召集到位。每一组都会少几个人。正因为如此，工程才比之前预想的超出了一点，稍微迟了一些完工。

三云说："近江最近出现了一些有势力的平民擅自谎报姓名逃脱劳役。各国也都袖手旁观。我们也只有放过他们。"

作兵卫说："最近我经常听到这样的事。"

"比壑山的寺庙领地也这样吗？"

"虽然不是擅自谎报姓名，但是有钱人家的百姓中间，允许佩刀的家庭确实增加了。"

"正因为这样，所以我们参与的工程，也因为人手不够而越来越辛苦。"三云唉声叹气地说，"劳役的布告一出来，在期限之前也摸不清楚人数。这个我们之前也没有考虑到。"

"我觉得工程好像越来越多了。就连我们，不仅仅是近江，各地都有叫我们去帮他们修石墙的。"

"哦，都是城楼的工程吗？"

"是的。以前也会到其他地方去修寺庙的石阶。"

三云，探出身来问作兵卫："修了哪里的城墙？浅井的小谷城吗？还是山城的槙岛城？给我讲一下吧。"

作兵卫笑着摇摇头："到处都有。"

"如果浅井的城楼也修了石墙的话，我可不能错过了。小谷城有修石墙吗？"

"请不要打听了。因为穴太的石匠们的工作已经结束了，如果聘请我们，无论在哪里我们都会去的。"

"给我讲讲吧。"

"请原谅。"

“请勉为其难地讲一下吧。你知道小谷城的设计吗？”

“我没去过小谷城。就算我参与过修建，我也不会说的。”

“你修了哪座城的石墙？稍微给我讲一点吧。”

“如果我今天讲了，我以后就会继续讲下去的。那么我们穴太众的信用就没有了，恕难从命。”

作兵卫和三云新左卫门怒目相视了一会儿。三云说话的语气像是在开玩笑，可眼神却是认真的。而作兵卫虽然看起来是在微笑，但眼睛里却一丝笑意也没有。

率先移开目光的是三云。

“我明白了。”三云没趣地说，好像意识到自己说了过分的话。

“那么观音寺城的情况也请不要对旁人提起。”

“我明白。”

三云新左卫门又喝了一口酒然后离开了工棚。

市郎太他们回到穴太已经是第三天中午的事情了。

虽然五个庄的观音寺城与穴太的距离不过短短两天的路程，但是作兵卫他们一群人到了五个庄以后，途中都没有回过穴太。回去用了整整四天时间。因为考虑到工程的推迟，所以就连盂兰盆节都没办法回去一趟。无论是对市郎太还是作兵卫而言都是七个月没有回穴太了。

与去年刚刚到穴太的时候不一样，这次苗没有从作兵卫的房子里奔出来。市郎太有一点点失落，跟着作兵卫他们进了家门。

院子里，作兵卫的老婆稻和女儿苗都站在那里。

“我回来了。”作兵卫一边说一边向他们走过去，停下来以后说，“肚子怎么样？”

市郎太也立在那里，顺着作兵卫的视线看过去，作兵卫的视线对着苗的腹部。苗羞答答地紧闭双唇，闭上了眼睛。

稻说：“是个调皮的孩子哦，你就要有孙子了。”

作兵卫的脸上浮现出一种复杂的神情。或许是困惑，又或者是怜悯。接着作兵卫夸张地笑着说：“这样啊。可喜可贺啊。”

的确，苗的腹部鼓了起来。

苗看向市郎太。

这并不是市郎太所熟悉的天真无邪的苗。就在他没有见到她的这段时间里，苗看起来变成一个成年的女人了。

市郎太的旁边，源八眼睛睁得大大地看着苗，好像呆住了，一句话也没说。

作兵卫问稻：“什么时候生啊？”

稻回答道：“还有两个多月。”

“也就是说？”

“嗯，就是那个时候。”

市郎太想起了今年二月，去观音寺城山之前，有几天没有看到苗的身影。或许是因为身体不好在里面的房间里休息了几天。那个时候，作兵卫的所有家人都很少说话。就连与市郎太交谈或是眼神交流都尽量避开。刚刚稻说的那个时候，或许就是指的那几天吧。作兵卫再次看着苗，语气欢快地说道：

"爸爸回来了，你也稍微高兴一下啊。"

欢快而温柔的声音。

苗说："欢迎回来。"

"给我准备热水吧，我要好好放松一下。"

"是。"

苗一离开，稻就对作兵卫说："前几天，有一个堺城来的使者。他带了一封信。"

"什么事？"

"不知道，因为还没人给我念呢。"

"不能说出来的吗？"

"他只说了他是堺城商会那边的人。"

"可能是要修新的寺庙吧，必须要回复的吗？"作兵卫放下背上的行李对市郎太说，"你不是今天出发的话，就在这里留宿一晚吧。"

"好的，麻烦你们了。"

"没关系，请随意。"

等到稻也离开以后，作兵卫仿佛自言自语一般地说："那个……你也注意到了吧，苗的情况，其实也不是什么奇怪的事情。她被山上的堂众强奸了。"

"啊，"市郎太好不容易把这件事情消化了，"是这么一回事啊。"

对市郎太而言，这并不是什么过于吃惊的事情。

从东国那样的城市离开后，当地的土豪拼命想把优良血统融入自己的种族里面。或者说，为了把女儿嫁给拥有优良血统的家族，总是费尽心力。无论是多么落魄的武士，都想把自己的女儿嫁给拥有优良血统、有良好教养的男子。但是，在当地却很难找到合适的对象。所以经常会让女儿去陪那些旅途中的武士或者被派遣到地方的官员们睡觉。这样生下来的孩子也会被族里的人好好地培养。族里的人都因为注入了优良血统而高兴。在东国，这已经习以为常了。虽然女孩子未婚先孕，但是没有人会为难女孩子。女孩子还是可以去找个合适的夫家出嫁。

只有武士家才这样。更甚者，如果是普通人家的女孩子，在成为某个人的妻子之前，也几乎不问是否是处女。

但是，拥有权势的武士却不一样。如果是作兵卫这样人家的女儿的话，在嫁人之前如果生了孩子的话，或许会成为障碍。近江多少和信浓、甲斐的情况不一样。

作兵卫有点遗憾地说："无论如何，我都想把她嫁给一个手艺好一点的石匠。但是，在穴太，先不说她带着个孩子，还不知道有没有度量大的人呢？"

市郎太不假思索地说："有很多的吧。"

"很遗憾，还没有想到。"

作兵卫把脸转向一旁，轻轻地吐了一口气。

那天下午，市郎太在作兵卫和源八洗完澡以后，在仓库里洗澡。洗完换下内衣，刚把衣服穿在身上的时候，苗进来了。

"还想要热水吗？"

市郎太转过头回答："啊，我已经洗完了哦。"

目光游走在苗的腹部。

苗注意到市郎太的视线以后有点不好意思。

"你这样，让我很不好意思。"

"有什么不好意思的。"

"我也不能跟别人说谁让我怀的孕。我只有说不知道。"

"没人会这样问的吧。"

"但是，总有一天，孩子会问这些啊。我要怎么对他说他的父亲。"

"你就跟他说是一个了不起的人……"

"连名字都不说？"

"你就随便说一个和尚或者武士的名字吧。"

"我不喜欢和尚。"苗摇头说，"就这个不行，我宁可说是武士。"

"因为在这里，和尚的地位更高啊。"

"我知道是谁，是住在比壑山山脚的一个人。"

苗指着旁边的柴火堆问："坐下来好吗？"

"好啊。"

苗坐在柴火堆上，和服下面的小腿露在外面。

市郎太也在苗的斜对面坐了下来。

苗看着市郎太，有点不安地问："你明天走吗？"

"是啊。"

"去堺城吗？"

“先去堺城。然后继续旅行吧。”

“还回来吗？”

“嗯，可能吧。”

“然后，又离开？”

“嗯。可能吧。”

“说得不清不楚的。”

“明天会在何处，我自己都不知道。我是生在战乱，也是在战乱中挣扎的人，对明天也没有把握。我也不是很清楚会不会待在穴太。”

“就连近江也都被卷入战争中了。”

“坂本穴太已经成为战场了吗？有离家逃亡的事情发生吗？”

“还没有这种事情。”

“信浓战乱不断，无论是武士还是百姓都不清楚明天会发生什么。”

“所以，市郎太你就待在穴太不是很好吗？”

“为什么？”

“待在穴太的话，你就不会被卷入战争里去啊。即使周围都发动战争了，这里也还是比壑山的寺庙领地。”

“确实如此。”市郎太同意地说，“但这里不是我可以待下去的地方，也没有我可以做的事情。”

“难道你不喜欢在我爸爸手下做事？”

“我是个外人，总不能和穴太的工匠们一直工作下去。”

“但是爸爸并不介意这些啊。”

市郎太脑子里浮现出源八的话，他不是这么想的吧。他似乎觉得市郎太已经威胁到自己的位置了。即便如此，这也让人感到心情有点不畅快，即使这是作兵卫的好意。

苗突然换了说话的语气：“市郎太，我有件事想拜托你。”

“什么事？”

“你能帮我肚子里的孩子起个名字吗？”

市郎太问：“为什么是我？”

苗回答：“因为爸爸不擅长起名字。苗这个名字，穴太这个地方就有好多。”

“这是个好名字啊。”

“这个名字来自爸爸的表姐的名字。”

“那她应该是个很漂亮的人吧。”

市郎太不假思索地说了出来，没有任何企图。

苗害羞起来。

“你真的觉得是个好名字？”

“是啊。”

“我很开心。”说完以后苗松了口气。苗的视线一下子飘向了远方，又重新看着市郎太。“市郎太，这几个字是怎么写的呢？”

市郎太拿着地上的一截木棒写着自己的名字。

苗看着地上的字说：“虽然我看不懂这些字，不过应该是很好的名字吧。”

“这是很普通的名字哦。我的名字，在信浓很常见的。”

“市的意思是？”

“市虽然是市场的市，还有第一个的意思，我是长子。”

“市，可以给孩子起名字吗？”

“给男孩子吗？”

“女孩子。”

“没关系啊。但是如果肚子里的孩子是男孩子呢？”

“市郎太。”

“为什么？”

“因为这是武士的名字。我会跟孩子说他的父亲是个武士。”

市郎太看着苗，苗也看向市郎太，没有半点虚假和玩笑的认真的眼神。同时，眼神里有一种异常迫切的感情。就在这一瞬间，仿佛要用眼神在市郎太的脸上烙上某种印记一样。

难道自己刚才在苗的眼神里看到的是……

虽然市郎太对男女之情比较生疏，但是对自己内心的想法还是很清楚的。苗很可爱吗？我想要一直待在苗的身边吗？如果能和她一起生活，即便放弃成为兵法家这个梦想也没关系吗。

苗移开视线，把手放在腹部，小声地说：“我可以叫他市郎太吗？”

市郎太说：“苗，我……”

不远处传来一阵脚步声，市郎太中断讲话往回看。

从仓库里走出来的是源八。

源八看着坐在木柴堆上的市郎太和苗，眉头紧皱。

市郎太站起来。

苗也站起来,辩解似的对源八说:“妈妈叫我来看一下开水。”

源八依旧皱着眉头对市郎太说:“父亲叫你,你去一趟主屋吧。”

“是。”

苗迅速离开了这里。

市郎太对着源八轻轻地点了点头,向主屋走去。不知为何走路有些不稳,总觉得地面在摇晃,或许是因为自己的容身之处就要发生改变了吧。

市郎太一边走,脑子里还不停地浮现出一些场景。志贺城陷落以后与家人分离的那天的事情。被带到甲斐的黑川金山的那天的事情、金山的生活,以及日后户石城下的合战,跟着三浦雪斡周游列国的每一天。再次回到信浓,参与葛尾城的攻防战。周游列国的时候,在跟着三浦雪斡学习兵法的时候,自己也立志要像墨子那样生活。梦想着要建造一座无论如何都不会被攻破的城楼。

市郎太一边走一边想。

那些可以说是自己的武士修行时期。对不谙世事,连自己有几斤几两都不知道的年轻人,是了解世间、了解自己的必要时期。市郎太现在已经知道了,知道自己是个怎样的人,以及自己有什么愿望的男人。

自己是个没什么文化的人,学习兵法也不大可能,本来就不是一个可以成为兵法家弟子的年轻人。

同时也认识到无法走上武士那条路。无论是辰四郎那样健壮敏捷的身体，还是过人的胆识，都是自己所欠缺的，所以也不是一个可以在战场上扬名立万的男人。

如果要问自己是个什么样，也只能勉勉强强地这样回答：我在金山那边挖过洞穴，对石头很熟悉。即使是修砌石墙，姑且不论现在的力气，也因为技术不错而能帮上一些忙。如果在穴太的话，也可以像修一乘谷和观音寺城的石墙一样，多少能从事一些关于城楼建造方面的工作吧。

也就是说，穴太这块土地，或许是一个适合自己生活的地方。在与三浦雪幹一起旅行的时候，让自己产生这样的想法的地方一个都没有。自己第一次有这样的想法也是到了穴太以后才产生的。这是一片适合自己扎根的土地。更何况这里还有一个让自己如此动心的美丽女孩。

市郎太进到主屋，看到围炉旁边的作兵卫手里拿着折叠好的一张纸，好像文书之类的东西。

稻正在土间[1]的炉灶前准备着晚饭。

作兵卫说："有件事想拜托你。"

"师傅，"市郎太说，"在这之前我也有话想要说。"

"什么话？"

"我还能继续待在这里吗？"

作兵卫睁大了眼睛，紧绷着半边脸。

---

① 土地房间。

“你打算一直留在这里吗？”

“是的。”

“发生了什么吗？”

“是的。”

“什么事？不要故弄玄虚。”

“我可以和苗结成夫妇吗？”

灶前的稻回过头来。作兵卫的眼睛睁得更大了，只有嘴巴张开着。视线的一角，源八也眨巴着眼。

市郎太继续说：“如果不行的话，那我明天就起程离开，到堺城去。”

“你跟苗说了这些吗？”

“没有。”

“苗的肚子里有孩子了，这也没关系吗？”

“没关系。”

“你会抚养这个孩子吗？”

“我会把他当成自己的孩子的。”

“嗯。”作兵卫把拿在手中的文书夹在腋下，“我得问问苗的想法。”

稻站在土间那边说：“那个孩子应该不会有什么怨言的吧，你决定了就好了。”

作兵卫似乎还有疑惑：“你放弃了成为兵法家的弟子的梦想吗？”

“是的。”

“那么就留在这里跟我们一起修石墙吧。”

“任凭您差遣。”

作兵卫对着源八说:“把苗叫过来。”

源八一脸吃惊和不满的表情，离开了主屋。

作兵卫说:“这个话题先放到一边，待会再慢慢说。你读一下这封信，是从堺城来的。”

“是。”

市郎太坐在作兵卫面前，摊开文书。

信中写道:“此番修砌水渠的工程，恳请穴太石匠工头作兵卫大人帮忙。”

市郎太一边念信一边揣测信里面的意思。

明年一开年想要在堺城进行改造城中的水路，同时在堺城周围修两层水渠的工程。因此想要请穴太的石匠们来修砌水路和水沟的石墙。希望能在今年年终去堺城商量一下，所以才写了这封信……

发信人是堺城的会合众，上面写了代表金井宗久的名字。

说起金井宗久,市郎太也知道。同三浦雪幹去堺城的时候，他是向南蛮的传教士弗朗西斯科·沙勿略请教城市的防备之类的众多人中的一位。

那个时候，会合众的人问沙勿略，沙勿略建议修建两层水渠，然后修砌石墙。他说要把堺城修成完全依靠水渠守护的城市。在本国境内只有几个寺庙是这样修的。在城市里的水渠方面，他还建议在商铺的前面修建石阶作为岸边的石墙。

市郎太在听沙勿略讲这些的时候，堺城的会合众并没有立即采用沙勿略的意见。但是，在那之后已经过去四年了，似乎接受了沙勿略的建议。不，或许是现在才觉得很必要。

市郎太读完这封信以后，作兵卫问："也就是说要让我去堺城？"

市郎太回答："是的。信上说想跟您商量一下。"

"要在堺城外修两层水渠，可不是小事，是个大工程啊。"

"而且，在城市里面的水渠方面，说要砌石墙、修石阶。"

"在现有的水渠上，修一个新的石墙吗？这也是相当费事的工程啊，是要浸在水里的石墙，只有等到水温变得温暖以后才能开始啊。"

"城市里面建造的都是房子仓库之类的，现在要重新挖一个水渠的话不大可能吧。"

"移动房屋，在空地上挖水渠更容易。商量的时候，把这个也跟他们讲一下。"

"外面的水渠，可以最先挖。或许是在现有土墙的外面挖一个水渠。"

"两层的水渠，虽然是个很费时间的工程，但是如果在现在的堺城的话，或许是可以做到的。"

"是这样吗？"

"前些时候，在观音寺的时候听说的。甲斐的武田晴信想方设法在堺城订了三百把火枪。不仅仅如此，那个城市的锻造屋也收到来自各地的订单，忙得不可开交。现在城里的人全部都活得很不错。”

说起来，前年，路过长浜的时候，也听说了尾张的织田信长在国友的锻造屋那里订了五百把火枪。也就是说，现在各个大名和豪族都在争相收集大量的火枪。但是，实际上能够制造火枪的只有堺城和国友。这两座城市一手承包了各大名和豪族的订单，也因此繁荣了起来。

市郎太记起了沙勿略预见堺城的繁荣时所说的话。

——这个只有财富的城市，总有一天被某个觊觎财富的人进攻。而最了解这个城市繁荣的人，就会把这座城市作为目标。

——等到堺城被进攻的时候，肯定是用火枪。只有了解火枪威力的人才会充分准备火枪。[①]

也就是说在堺城，这个担心已经成了现实。实际上说起谁觊觎堺城，应该是前年驱逐了足利义辉将军，正得意至极的三好长庆吧。

作兵卫挠挠头说："我对堺城也只知道一点点，如果要修两层水渠的话，只有一年时间恐怕完成不了。这是一项要花数年时间的工程，如此长时间的工程，即使让其他的工头轮流去的话，我也不能留在穴太了啊。"

---

① 见本书第107页。此段文字根据原文译成，与上文略有出入。

“总之，先去堺城吧。”

“只剩下十天左右，一起去吧。”

“我也去？”

“我们家源八，你，我们三个人一起去。”

刚刚回来的源八说：“我和父亲两个人去就足够了吧。”

作兵卫说：“必须有一个会读书写字的人。”

源八闭嘴把脸别向一边。

苗走了过来：“父亲，你叫我？”

一副丝毫没有预见任何事的表情。在灶前忙活的稻也停下了手里的活回过头来。

源八也从地板框上看着苗和作兵卫。

作兵卫转向苗，然后又迅速地看了一眼市郎太说：“你有决定的男人吗？”

苗谨慎地问回去：“决定了的男人？”

“就是你有想要结婚的对象了吗？”

苗眨巴着眼睛，一副完全不懂父亲的话的表情。

“嗯？”

“没有吗？”

“嗯，没有。”

“到底有没有？”

“你是说的穴太的某一个人吗？”

作兵卫说：“是啊。市郎太说想要和你结为夫妇。如果你有决定结婚的对象的话，那我就回绝了他。你怎么想？”

苗两眼放光。

“市郎太说想要和我结婚？”

“是啊。我本来想直接答应他的，但还是觉得要先问一下你的意见。”

“我，我，”苗看了一眼市郎太，“父亲说好就可以了。”

“好啊。”

苗注视着市郎太点了点头。

“嗯，父亲说了就行了。”

“那就决定了。”作兵卫对着稻大声地说，“就把苗许配给市郎太。市郎太，从今以后你就是我的儿子了，你是穴太的男人了。”

源八，迅速地从地板框上站起来，走出了主屋。

稻问：“婚礼要尽快啊，趁着苗的肚子还不明显。”

作兵卫对市郎太说：“苗现在还什么都不会。从今往后会尽快训练她做饭、针线活之类的做人妻子应该学的东西。所以暂时有什么疏忽的地方，还请你见谅。”

市郎太说：“她嫁给我已经让我感到很高兴了。”

“不用恭维了。你要把生下来的孩子当成自己的亲生骨肉一样抚养。即使不知道父亲是谁，对我而言都是我的孙子，都是我女儿生下来的孩子。”

“我知道。只是……”

“还有什么吗？”

“我真的可以成为师傅的儿子吗？”

“你不想吗？”

“不是这样的。”

“那不是很好吗？你就跟着我修石墙。对我而言，你就跟我的儿子一样。”

苗焦急地说：“爸爸，婚礼什么时候举行啊？”

作兵卫苦笑地说：“忘了我是个呆子，有点逞强了。一定要好好跟其他人说一声。如果不行的话就再说。”

苗突然恢复认真，三指着地[1]，轻轻地鞠一躬说：“市郎太，以后就拜托你了。”

三大以后，作兵卫和苗举行了婚礼。作兵卫邀请了附近的邻居，见证他们俩的婚礼。

婚礼现场，市郎太对族里的人说：“市郎太来自信浓的佐久。家族的名字是中尾，虽然本身的血脉和我们不一样，但从今天开始他就和我儿子一样。请大家多多照顾一下他。”

市郎太当着作兵卫家族的面，深深地鞠了一躬。

作兵卫继续说：“明年会比今年更忙。在这么美好的时刻，我又多了一个儿子。马上我又要有孙子了，来吧，让我们举杯！”

市郎太和苗被允许提前离席。从今以后，就要一起生活了。

婚礼的那天晚上，市郎太把躺在旁边的苗抱进怀里，小声地说：“无论是男孩子或女孩子都好。一定要好好保重身体，生下一个健康的孩子。”

---

① 以示敬意。

黑暗中，苗把自己的脸埋进市郎太的怀中，低声地说："好，市郎太。"

天文二十三年（1554 年）的秋天。那一年，尾张的织田信长已经二十岁。就在前年刚好实现了与齐藤道三的会面。另一方面，甲斐的武田晴信那一年三十三岁。从前年开始，围绕北信浓的归属，与越后的长尾景虎的对立越来越深。

战国也迅速进入火枪普及的时代。

作为堺城会合众，日比屋了珪看了市郎太的脸以后显得很诧异，不可思议地说：“我在什么地方见过你吧？”

作兵卫也看着市郎太，脸上的表情似乎在询问：这是怎么一回事？

天文二十三年（1554年）十一月。

堺城，日比屋了珪府里的一个房间里。富商了珪的旁边坐着一个会合众的人，金井宗久。

这一天，市郎太、作兵卫和源八一起，从穴太赶到堺城，为了商谈来年开始的水渠工程。

市郎太回答了珪的疑问说道：“四年前，南蛮的传教士弗朗西斯科·沙勿略还在堺城的时候，我跟着三浦雪斡大人在堺城待了一段日子。”

原来如此，了珪点点头。

“这样啊。那个时候，你是三浦雪斡大人的弟子啊。”

“是的，雪斡老师前些日子在信浓去世了，现在我在作兵卫师傅的手下，修砌石墙。”

“我记得那个时候你也问了沙勿略大人很多问题啊。”

“是的。关于西南蛮的城楼建造以及石头的堆砌方法、放线之类的，向他请教了很多。”

作兵卫从旁边插话说：“今后的石墙之类的，如果就连市郎太都不知道的话,那我们也做不了。与前些日子有些不一样了。”

了珪说：“那么我们尽快进入主题吧。”

“那么请讲。”

了珪看了作兵卫，又看了一眼市郎太，然后说道：“这次的工程，我想一切都按当时沙勿略大人建议的那样做。”

了珪继续说：“两条水渠包围城市，这是总结构。城市里面挖的水渠，作为岸边修砌的石墙，在卸货场上也要修石阶。想要做成沙勿略大人之前建议的那样，像西南蛮一样繁荣的港口城市。”

金井宗久在市郎太他们的面前展开一幅图画。

“不只是这样。用挖水渠时多出来的泥土，修筑人造陆地。这样堺城就可以一直延伸到海边了。”

这幅图上，用细长的黑线标示了闲杂的堺城的道路和水渠。外侧用粗线条标记的部分应该就是新修的人造陆地。

“这个地方实际上，”金井宗久说，“堺城的商人和工匠们也越来越多用门帘分离开来，他们都想维持城里的仓库、房屋和工坊。但是城市太小了，再继续下去的话，用门帘分开的商家，最后不得不搬离城市。好不容易培养出来的商人和工匠，如果搬离城市的话，堺城就会衰落下去，所以只有通过人造陆地来扩大城市面积。”

作兵卫说:“单单就两层的水渠就已经是了不起的工程了，如果照你所说那样做的话，我想两三年的时间也不一定能完成这项工程吧。”

“即便如此，我们也没有五年或十年的时间。正因为这个城市太富裕了，所以才会被其他人觊觎。”

“是三好长庆大人吧。”

作兵卫的问话，金井宗久并没有回答。

“因为情况紧急，所以只有尽快进行。先是里面的水渠，用泥土修人造陆地。接着是水路的石墙，然后是外围水渠，尽量在两三年的时间完成。”

“只要人手足够的话，也不是不可以。但是恕我直言，这些花费都是堺城的会合众凑起来的吗？”

“你是担心工程的承包费吗？”

“不是。只是，即便是大名要完成这么大的一项工程，也会有点在意的吧。”

“前年，东国的大名在堺城的火枪锻造屋下了三百把火枪的订单。”

“就连甲斐的武田晴信大人也有订单吧。”

“您知道？”

“稍微听说了一些。”

“正是。但是，不仅仅如此。葛大明和国人也都相继下了大量的订单。从锻造屋那里得知，比以往的订单激增了好几倍。”

日比屋了珪又说道：“忙碌起来的不只是火枪锻造屋。明国那边的硝石买卖也增加了许多。另外制作铠甲的工匠们也仿佛应了时下的潮流一样，忙着赶制轻便的铠甲。城市里的每一个人都变得忙碌起来，身上的荷包也都鼓了起来。所以，旅社、驮马车队的数量也增加了。小本买卖也盛行起来，所以会合众用于城市建造的钱也变得可以和大名齐平。”

金井宗久指着图上说：“就连这个人造陆地，商人们也是竞相购买，哪怕一点点，只要能到手一点点都好。这个工程的费用都是靠卖人造陆地的钱来支付的。”

“原来如此。”作兵卫点头道，“我有五年没有到堺城来了，所以这座城市的繁荣也让我大吃一惊。以前来的时候，只觉得这是座比京城还要富裕的城市，但是现在这座城市的繁华，恐怕其他地方也都赶不上吧。”

“正是。”金井宗久点头道，“正是因为如此，所以才会越来越担心有人会进攻堺城。”

市郎太说：“沙勿略大人那个时候建议就连大门也用石头堆砌，现在城门和户口要怎么处理？”

了珪说：“实际上，沙勿略那个时候的建议我们还不是很明白。把横梁换成石头，可以搭成弓的形状吗？师傅们，你们觉得可以用石头堆成那个形状吗？”

作兵卫眨了一下眼睛然后说道：“横梁用拱形的石头？究

竟是什么样子？”

“之前有建造过类似的城门吗？”

“嗯？别说建造，就连听都没听说过。”

“用石头建造高高的箭楼，会建成什么样呢？”

“只用石头吗？”

日比屋了珪好像放弃了一样摇摇头。

“不，是西南蛮的城楼的建造方法，我们还是不要模仿吧。只要能建成自然的城门就足够了。”

金井宗久说：“先让我带你们参观一下施工场所吧。”

市郎太在日比屋了珪和金井宗久的带领下，走到了堺城土墙的外面。然后回到城里，沿着水路参观了工程预定的施工场所。原来如此，现在堺城里面已经没有一片空地了。住宅、大的店铺、库房里的工匠们的工坊、旅店里的小店以及寺庙之间没有半点缝隙地并排在一起。这样的情况，比起别人的进攻，似乎更应该担心火灾吧。

最后一行人走到海岸边，那里就是要修建人造陆地的地方。

站在沙滩上，日比屋了珪对作兵卫说：“城内挖水渠时候的泥土，先修五町宽的人造陆地，然后外围水渠的泥土接着扩展五町左右。”

作兵卫确认道：“人造陆地的岸边也全部用石头吗？”

“正是。修建一个用石墙围起来的小岛。”

“在海中的话，还能看到城楼的城墙。”

“也可以这么说。”

“但是，这样的工程所需的石头并不是零散的数量。出产石头的山在这附近什么地方呢？”

“嗯，生驹或者金刚山那边。虽说是附近，但还是相当远。”

“那么明天去看看吧。不管怎样，修建石墙的工匠暂且放一边，还得聚集搬运石头的人。”

“我记住了。”

那一天，了珪他们离开以后，市郎太跟着作兵卫重新认真地看了一遍要施工的地方。

回到旅店以后，作兵卫问市郎太：“刚才进京大人说的他不明白的地方。用石头建造的箭楼上，就连横梁都用石头修成拱的形状的城门？究竟是什么东西？”

市郎太说：“那个叫弗朗西斯科·沙勿略的南蛮和尚说，他们那个地方的城楼建造方法。”

市郎太也解释说只是听说来的。

城门的门扇上面的部分，在本国常见的都是用横梁砌在上面，然后在上面修建箭楼，或者只是用屋顶。但是据说在西南蛮，不光是城门的左右两边，就连上面也都是用石头堆砌而成。全部都用石头堆砌，所建造的城门肯定特别坚固。

石头不是穴太的工匠们所使用的自然状态下的石头，而是切割成四方形的石头。在时下，石头和石头之间，都填上灰浆一样的东西，用来巩固缝隙。虽说这是特别费时间的石头堆积方法，但是使用这种方法，就算是百尺高的城墙，也能修成笔直的城墙，还能建成高高的圆柱形的箭楼。

作兵卫反复琢磨着市郎太的话，在土墙的泥土上画了一幅图，然后歪着头想。

“不明白。”作兵卫说道，“真的可以建造成那样吗？”

市郎太也同意地说：“很难明白。但是，那个和尚应该不会说谎。我想下次再见到南蛮人的时候，再好好问一下他们。”

“算了。会合众他们也没指望建造到那种程度。这次的工程就按照我们的做法做吧。”

市郎太他们在堺城待了五天，之后回到了穴太。决定明年三月开始动工。三月，作兵卫会带着三十多个石匠再次回到堺城。

市郎太离开的这段时间，苗生下了一个孩子。

是个男孩。

市郎太在庭院里一听到这个消息，就立马奔到苗所在的房间。

此时苗正抱着孩子，给他唱催眠曲，应该是刚刚喂完奶。

市郎太抱起孩子，仔细地看着孩子的脸说：“虽然我不是很清楚孩子的长相，但是很像苗啊。”

苗羞答答地说：“妈妈说他长得和我小时候一模一样。”

“那么，肯定是个漂亮的孩子。”

“他可是个男孩子。”

“长得漂亮的男孩子也很好啊。”

“给他起什么名字呢？”

“不是还早吗？等养一段时间，再好好给他起个名字吧。”

“现在肯定不能叫他市郎太了。”

“还有其他的名字嘛。”

“叫他太一，怎么样？”

“太一吗？嗯，不错。”

作兵卫也走了过来。

“来，给我抱抱。第一个孙子啊。”

市郎太把孩子抱给作兵卫以后，和苗对望着，微笑起来。

对于以后，市郎太又有些担心。明年，堺城的工程一开始，自己一年里也就有几个月的时间能待在苗和孩子的身边。这几年，应该都没办法回到穴太吧。好不容易和苗结为夫妇，而且苗刚刚生下孩子，却又要和他们分离吗？

市郎太突然想起来，干脆把苗和孩子都带到堺城去不是更好吗？与作兵卫轮流抱孩子的时候，源八也进来了。

“你，也应该成家了吧？已经到了该成家的年纪了。”

“我知道。”源八无趣地说，“父亲如果把我当成一个成年人看待的话，随时都可以。”

“你还不够成熟。”

“父亲你因为我是你的孩子所以对我比较严厉。”

“作为石匠你还不够成熟，并不是因为我严厉。”

“因为父亲只把我当做半吊子对待，所以其他的同伴也这么看我。”

“如果其他的同伴只把你当做半吊子的话，我也不能说他错了。”

“我可是从十岁就开始修石墙了。”

“早知道该让你八岁就开始修石墙。”作兵卫换了个腔调说，“成家以后有了孩子的话，或许你会长大一点。要不我去托人说一下？”

“不用了。”

“待会儿我就去跟你母亲商量一下。”

源八突然瞪了市郎太一眼，也没有抱一下孩子就离开了房间。

第二年，天文二十四年的春天，作兵卫带着市郎太以及其余的三十个石匠一起来到了堺城。

堺城的土墙外面，距离城门五町左右的地方有一个农家组成的村落。作兵卫他们的工棚，就定在村落的其中一户空置的房子里。他们雇用了两个中年女人做饭，负责工人们的伙食。

作兵卫在生驹的信贵山旁边发现了一个适合开采石头的地方。他留了两个工匠在信贵山，指挥工人们开采石头以及把石头搬运到堺城。

最开始搬过来的石头，就用在修建人造陆地外侧的石墙上。把石头放到海里，先修建所谓的人造陆地的地基。在地基修砌到一定程度的时候，开始堆砌石头。石墙完成以后，在内侧用土填满，然后用版筑[①]的方法加固。

堺城的外面，水渠的工程也在同时进行。堺城外侧三面都要在地上挖一个八间宽十尺深的水渠。每一天都有近百的

---

① 一种建筑方法。

工人从事挖掘作业。挖出来的泥土，再用网篮搬运到堺城的海岸边，用在人造陆地上。

工程一开始，就有一个骑马武士来到施工现场。

是工地上的会合众的一员，日比屋了珪接待了他。

“在做什么？”武士问，“看起来是个很大的工程啊。”

了珪说：“为了方便船的进出，把水渠扩宽一点。”

“是为了运货吗？”

“嗯，正是。”

“看起来是在修堺城的总体结构啊。”

“是的，修了水渠的话，就能抵御强盗了。”

“哼。”武士把马头扭到后面轻笑道，“是为了担心盗贼才修的水渠吗？你们准备得还真是充分呢。”

“不，不。只是有点担心储蓄和房屋。”

武士离开以后，市郎太问了珪：“那位是谁？”

日比屋了珪回答：“三好长庆大人的手下，他似乎还没有在意水渠的事情。”

“但是，堺城好像不是三好大人的领地吧。”

“所以他现在还不是很上心。因为不是他们的土地，所以才能有现在的繁荣。”

“那么，会合众畏惧的恐怕还是三好长庆大人吧。”

“不，也不是这个原因。但是，水渠的工程必须要立即进行。内城的水渠必须要尽快，拜托了。”

“我明白。”

因为要进行大规模的工程，所以堺城的外面，聚集了大量的靠劳役赚钱的商人。他们也在堺城的郊外修建了一些小屋，开始了各式各样的买卖。

一天，市郎太结束工作以后，走在回工棚的小路上。当他走到一个新建成的小饭馆前的时候，一个年轻的女子对他说："请进来休息一下吧。这位大哥，请进来吧。"

听起来有点信浓那边的口音。

市郎太不由得停了下来，看着女子的脸。

见到的一瞬间，市郎太胸口顿了一下，好像一下子没了意识，内心似乎也明白了些什么，突然有点喘不过气来。

这是。

明显的双眼皮、短鼻梁，东国很常见的长相。

女人也不可思议地看向市郎太，视线在市郎太左右两眼之间交替移动。

女人疑惑地说："难道你是哥哥？"

这个声音，这个回应，果真是她。

女人似乎从市郎太的表情上感觉到了什么。

"难道。"女人的声音有些嘶哑，"难道真的是哥哥？"

语气很迫切，似乎想要否定自己刚刚的猜测。

市郎太先开口说："我是佐久的中尾市郎太。难道你是？"

"市郎太！"

女人的脸上一阵狂喜，眼看着眼泪就要流下来了。

女人看着市郎太，喘着气说："千草啊，我是中尾的千草啊。"

“千草！”

千草噗地跑了过来，市郎太抱住千草。两人开始抽泣。

“市郎太！市郎太！你还活着啊，”

市郎太感到肩上千草的热泪说：“千草，你也活着啊。千草，还活着啊。”

千草离开市郎太的怀抱。

“给我看看。市郎太，让我看看你的脸。”

他们互相握着对方的肩膀，看着对方。

千草激动地说：“啊，市郎太，你变得强壮，已经是一个出色的男人了。”

“千草，只有你一个吗？我的母亲和姐姐现在怎么样了？”

千草面带愁容，摇着头：“我不知道。很早以前就分开了，和家族的其他女孩子分开了。”

“果然如此。就千草你一个吗？”

“市郎太，我哥哥呢？哥哥现在怎么样，你知道吗？”

“辰四郎现在已经出人头地了。现在应该在信浓。他现在已经是一名出色的武士了。之前和我一直在甲斐的黑川金山做苦力，趁着户石城合战的时候，我们逃出来了。”

这个时候，从千草的后面传出一个声音：“千草，你要磨蹭到什么时候？”

市郎太看着声音传来的方向。一个女衒[①]模样的中年男子

---

① 江户时代介绍妇女给妓院的人贩子。

站在那里。圆盘脸，脸色惨白，只有嘴唇特别红。

女衒与市郎太目光相接，说道："客官，不要光聊不进来啊。进来再聊怎么样？"

市郎太着急地说："不了。我并不打算进去。"

千草的脸红了起来，辩解似的说："我在跟了饭富源四郎以后，被人贩子卖掉了。就成了现在这副模样。"

市郎太一边斟酌自己的话语一边说："我现在也不是武士了，是修石墙的石匠。在一个穴太的师傅手下做事。"

"为什么会在堺城？"

"这边有一个沟渠的工程，我们在这里砌石头，暂时待在堺城。"

女衒说："客官，你打算怎么样呢？要进来吗？"

从远处走过来一个中年男人，看着千草停了下来："这位兄弟，如果没有钱，那么就换我来吧。"

市郎太慌张地对女衒说："我只是想带她离开一会儿。"

女衒粗鄙地笑着："没关系。只要给钱你就可以带走这个女人了。"

市郎太拉着千草的衣服，小声地说："找个地方说话吧。我有好多话想要跟你说。"

"嗯。"

市郎太与千草并排着，向御陵方向走去。

市郎太一边走一边说自己的情况：志贺城陷落以后，过着怎样的生活，以及这八年的岁月。

“我。”市郎太总结道，“自从三浦老师在信浓过世以后，我本想成为某位兵法家的弟子的，却意想不到地认识了穴太的石匠，现在已经是一名石匠了。一个月前才来到这里。”

千草问:“哥哥呢,为什么他无论如何都要夺回佐久的中尾？”

“是的。他说总有一天要夺回我们的土地凯旋。”

“自从志贺城陷落以后，我已经习惯了和大家的分离。我被带到了饭富源四郎的家里。城主大人的夫人则被小山田信有占有了。听说作为谢礼,小山田信有给了武田晴信二十贯钱。其他的女孩子则在古府中被卖给了人贩子。”

二十贯钱也就是一匹名马的价格。但是这样的情况下，小山田信有应该是觉得笠原清繁的夫人值这个价格吧。即便如此，也不过是和马的待遇一样。

市郎太问:“所有的女人都被卖了吗？”

“是的。听说如果哪位女孩子有家人在甲斐，且家人愿意交付赎金，还是可以赎身的。但是，似乎没有一个人被赎身。”

“赎身大概需要多少钱？”

“三贯到十贯。”

“那么,不是因为拿不出钱,而是因为没有家人在甲斐吧？”

“或许是吧。因为大家都在信浓所以在甲斐也没有亲人。否则这点钱即便是很困难也会想办法凑齐的。”

“你在饭富身边待了多久？”

“一直到两年前才离开。”

也就是说，市郎太刚刚回到信浓的时候。

千草继续说:“饭富喜欢上了一个从安云抓回来的女孩子，就嫌我是个累赘，所以两年前我从他家被赶了出来，和妈妈她们一样，被卖给了古府中的人贩子。”

“之后一直这样吗？”

千草看着市郎太，悲哀地笑着:“我连自杀都不能。”

“不，不要说这样的话，活下来就好了，这样我们才能见面啊。”

千草的眼里又盈满了泪水。

“是吗？这样好吗？真的吗？即便我是如此堕落？”

“总会有办法的，你是一个人吗？”

“是的，连愿意和我结婚的人都没有，市郎太。”

千草似乎意识到说话语气和小时候一样，亲昵过头了，于是纠正语气:“市郎太，你呢？”

稍微犹豫了一下，市郎太回答:“我在穴太娶了妻子了，还有一个孩子，是个男孩。”

“这样啊。”这次的笑容是发自内心的笑，“真好，中尾家族是绝不会绝后的。”

“辰四郎或许在越后也娶妻了吧，他应该是一名出色的年轻武士了吧。如果是他的话，绝不会放过周围的漂亮的女子的。”

“我想见哥哥，总有一天会见到的吧。”

“肯定会见到的。而且，你和我回佐久的那一天也一定会到来的。”

千草轻轻地把头偏向一边说:“总有一天会回去的，虽然这只是希望。”

“千草。”市郎太突然想到什么说，“如果要帮你赎身的话需要多少钱？”

“这个，应该和马的价格一样吧。现在我也过了十八岁，不值什么钱了。”

“虽然我没有养活妻子、孩子以外的人的能力，但是我会想办法救你出去的。我要帮你赎身。”

“真的吗？市郎太你真的要帮我吗？”

“来吧。”

市郎太站在千草面前，然后走到路上。既然决定了，早点说更好。虽然自己现在还没有钱，但是也没有必要在筹到钱之前保持沉默。

回到看起来像市场模样的繁华的村子里，市郎太一个人走进千草的女衒所经营的饭馆。

“师傅。”市郎太重新叫住女衒，“如果要给千草赎身，要多少钱？”

女衒愉悦地说：“你喜欢千草吗？她的眼光很高哦，这位小哥。千草又能干活长得也不错。虽然已经十九岁了，不过只是宝玉上的一点瑕疵而已。”

“多少钱？”

“她的话，可是要费点钱哦。我从甲斐的人贩子那里买来可是花了大价钱的哦，所以实际上我都是亏本的。”

“我问你多少钱。”

“五贯。”

“五贯？”

市郎太看着他。

的确，价格并不是很离谱。但是，武田晴信所捕获的女人们的价值从三贯到十贯。对消瘦而容貌渐衰的千草，五贯并不是很高的价钱。不，对自己而言，千草就算值一百贯，都不会觉得高，问题是自己现在并没有什么钱。

市郎太知道自己并没有讨价还价的本事，于是说：“那个女人，五贯有点高啊。”

女衒摇头说：“如果你不想买的话就走开吧。说要赎身的可是你啊，不是我强迫要你买的啊。”

“三贯的话可以吗？”

“女人嘛，这个时候可不是讨价还价的时候啊，而是体现男人的度量的时候啊。”

或许是这个道理吧。市郎太说：“我要帮她赎身。但是，钱能不能稍微等一下。我是负责这边的水渠工程的作兵卫手下的人，我叫市郎太。”

“市郎太是吧，我等着呢。但是在你把钱凑齐之前，千草还是得替我工作哦。”

“我会尽快把钱凑齐的。”

市郎太垂着脑袋走到店外，千草走过来抓住市郎太的双手。

“市郎太，只要能够看到你我就很开心了，我会忍耐的，所以，你不要太勉强了。”

市郎太对千草说："再忍耐一段时间，我再也不会让千草受这样的委屈了，我再也不会让你难过了。"

"我会等着你的。在市郎太帮我赎身之前，我都会一直等着的。"

市郎太下定决心，无论多么困难都要做到。即使把自己卖掉也无所谓，或者杀掉一两个强盗获得奖赏也行，总之要尽快筹到五贯钱。

天空渐渐暗了下来。如果稍微晚了点回到工棚的话，大家会担心的。他不得不暂时回到自己的工棚。

市郎太紧紧地握着千草的双手说："我每天都会来的，哪里都不要去。"

"好，市郎太。"

市郎太不停地回望一直挥手的千草，回到了工棚。

那天晚上，市郎太躺在被窝里反复回味着与千草的再次相遇，陷入了沉思：自己身上只有一件东西可以换钱，就是汉书兵法典籍。因为这个工程的时间很长，想着或许有时间读一下，所以带到堺城来了。在一乘谷的时候，和贺溪谷想买都没有卖给他。那个时候兵法书对自己而言就如同长枪对武士一样重要，但是现在只有放手了，为了千草。对自己而言，兵法书已没有必要留在身边了。堺城应该没有想要买汉书的商人吧，有一个也不会很稀奇吧。

第二天，下雨了。从早上开始就下了很大的雨。理所当然，工程也暂停了。石匠们没有离开工棚，躺在房檐下休息。

下午的时候雨势稍微小了点，有几个石匠说要出去玩一下。一起去玩啊，喜欢玩的几个工匠一边开着同伴的玩笑一边走出了工棚。

听着他们的对话，市郎太再次下定决心，不能再磨蹭了，一定要在这几天把千草赎回来。

那天等到雨完全停下来的时候，市郎太抱着装有汉书的包裹，走出了工棚。途中虽然路过千草工作的饭馆，却没有看到千草的身影，千草应该在饭店里面，市郎太摇着头，想要把自己想象的事情从脑子里甩出去。

穿过堺城的城门，走在大小路上，寻找着合适的店家。有一家貌似自己要找的店铺。铺面很狭窄，里面摆着毛笔、书画、茶具之类的东西。这里或许能买下他的兵法书吧。

市郎太穿过门帘走进店里，对店主人说："你要买汉书之类的书吗？"

看上去四十岁左右的消瘦的店主，用疑惑的目光打量着市郎太。

"是什么样的书呢？"

"孙子、墨子之类的书。"

"兵法书啊？孙子的书很常见，但是墨子的书很少有人读啊。"

"不买吗？"

"给我看看。"

市郎太打开包裹，把书摆在店主的面前。

店主拿着一本书粗略地看了一下，简短地说："一贯。"

“难道，”市郎太说，“兵法书应该和一副马鞍的价值差不多，一贯的话似乎太……”

“不。时下，比起一卷兵法书，更多的武家愿意买一副马鞍或者一副铠甲。不，应该说比起一匹马，现在一把火枪才是时下的潮流。兵法书是多余的。”

“那么三贯呢？”

“如果这位客官实在很想卖的话，也行，那我再多出一百文钱。”

“这样的话就不卖了，我需要的是五贯钱。”

“但是你的东西并不值你说的那个价钱啊。”

“我知道了，那就算了。”

市郎太包好汉书，离开了这家店。

这些兵法书难道只值一贯钱吗？

市郎太一边走一边发出深深的叹息。

自己下了好大的决心才决定卖掉的书籍，仅仅只值一贯钱，也就够买三个修石墙的铁锹。现在的世道，难道兵法书就这么不值钱吗？还是现在读兵法书的人越来越少了呢？难道自己曾经想要成为兵法家的梦想，对世人而言仅仅就值这么点钱吗？

因为之前下了雨，道路泥泞不堪。市郎太低着头走在路上，突然“咚”的一声撞到了一个人。

“对不起。”抬头一看，是日比屋了珪。

“怎么了？”了珪看着市郎太，担心地问，“遇到什么麻烦的事情了吗？”

市郎太问：“这么明显吗？”

“看上去像是好不容易修好却崩塌的石墙一样。”

“不是这件事。”

“那是丢了什么东西吗？”

市郎太犹豫了一下问道：“日比屋大人，您知道堺城有卖兵法书的商人吗？”

“你要买书吗？”

“不，我想卖书。”

“发生什么事了吗？”

“我急需用钱，打算把师傅留下来的兵法书卖掉，但是并不值钱。”

“的确如此。都城暂且不说，堺城也很难看到有卖兵法书、四书之类的书籍的店铺。”

“这样啊。”

市郎太低头正打算离开此地，了珪一下拦住了他。

“你看起来很困扰啊，你为什么需要钱啊？不妨说给我听一下。如果事情很急的话，你可以把兵法书暂时放在我这里。”

“日比屋大人。”市郎太还是决定说出来，“实际上我想帮一个女孩子赎身。”

“我还以为是什么事情呢，原来是女人的事情啊，应该是个很漂亮的女人啊，不惜卖掉师傅的遗物也要赎身啊。”

市郎太慌忙解释说：“是我的表妹。八年前在信浓与她分开了。表妹成为了武田晴信家臣的战利品，后来又卖给了人贩子。现在在堺城又偶然遇到了她。”

日比屋了珪又换上一副认真的表情说：“真是对不起。那么你表妹现在在哪里？”

“城门外的一家饭馆里。”

“就是要替你的表妹赎身吧？”

“他是我的家人，我不可能放任不管。”

“把你的书给我看看吧。”

市郎太打开手里的包裹给他看。

了珪粗略地扫了一眼，然后抬起头。

“你想要多少钱？”

“五贯。”

了珪吃了一惊，这是超出他想象的一个数字吧。

“这是需要赎身的价钱吗？”

“是的。虽然这书值不了那么多钱，但是我现在身上也没有什么钱。到了盂兰盆节的时候，应该可以拿到半年的工资。”

“看来预支的钱不多啊。这样吧，这些书暂时交给我保管，我先帮你垫上这笔钱吧。”

“这样可以吗？”

“但是，关于价钱方面，就交给我去交涉吧。商人有商人的办法，比起你，我更擅长讨价还价哦。”

这样的话当然感激不尽了。如果是堺城的商人的话，应该不能接受那个女衒提出的价钱，可以杀杀价。

市郎太带着日比屋了珪来到城门外的村子的饭馆里。

站在店门前的千草立马就看到了市郎太。

“市郎太。”

千草嫣然一笑朝着市郎太奔过来。在了珪的面前，千草就像纯真的孩子一样抱着市郎太。

了珪假咳几下说：“这就是你的表妹吧？”

千草离开市郎太的怀抱，歪着头想，眼神询问着市郎太：这人是谁？

市郎太向千草介绍说：“这是堺城的日比屋大人，他是来商量赎身的事情的。”

千草似乎明白了一样微笑着，对着了珪低了一下头。

了珪的脸上表露出赞叹的神情。或许比他想象得更漂亮。在市郎太的记忆里，千草比现在漂亮十倍。即便如此，虽说现在消瘦了，但是当时的容貌还留在脑海里。

“把老板叫出来吧。”市郎太对千草说，“我们要重新商量价钱。”

女衒一出来，了珪就说：“我想要添一个府里的婢女，想要十五六岁的女孩子，这个女孩子多大了？”

女衒说：“十九，但是很能干活，很值得哦。”

日比屋了珪突然拿过千草的手腕，撩开衣服的袖子，抬起她的胳膊，千草的白皙细长的胳膊露了出来。

“胳膊真细啊，干不了什么力气活吧，这样也没办法在我家里做事啊。”

“如果你要强壮的女孩子的话，我还有其他的。”

“不。如果价钱合适的话这个女孩子也行，多少钱？”

“五贯。”

“你是白痴吗？十九岁，还这么瘦。”

“那边的那位小哥说五贯他也买的。”

“你觉得他身上有钱吗？他的生意能做吗？”

了珪放开千草的手腕，挠了挠头把头偏向一边，装出打算离开的样子。

女衒慌忙地说：“四贯五百钱怎么样？”

“你应该知道行情的吧。在堺城，无论是东西也好女人也好，价廉物美的东西堆积如山。”

“你在胡说八道。”

了珪催促市郎太说。

“没办法，走吧。”

“等一下。”女衒焦急地说，“那就四贯，再不能少了。”

“三贯五百文。”了珪似乎决定了一样，从怀中掏出一个荷包，“用银子可以吗？”

“三贯五百？”

“不够吗？”

了珪已经把银子放在手里。

女衒看着手里的钱说：“算了，就这样吧。”

“决定了。”

日比屋了珪把钱放在女衒手里以后，小声地对千草说：“刚刚说了很失礼的话，请原谅。”

千草抓着了珪的手，深深地鞠了几躬。

“谢谢，谢谢！”

“赶快收拾行李吧。”

千草和女衒走进去以后，日比屋了珪问：“恕我失礼，市郎太你打算跟她结为夫妇才为她赎身的吗？”

市郎太摇摇头。

“我在穴太已经有妻儿了，再说千草是我的表妹，并不是为了娶她才替她赎身的。”

“如果是表妹的话，据说可以成为关系很好的夫妻哦。”

“我并没有这个打算。”

“那么，你打算怎么安排千草呢？”

“我完全没有考虑过，在堺城给她找个可以糊口的工作吧。”

“作为垫付的三贯五百钱，就让她到我家里来做事怎么样？我的府里确实缺一个婢女。千草在我这里工作，市郎太你也会放心吧？”

这是再好不过的提议了。日比屋了珪是一个经营各国商品的商人，也没有做什么不正经的买卖。无论是在他家还是他的店里，都有适合千草的工作。

市郎太问：“你的提议让我感激不尽。但是三贯五百钱都算我借的钱的话，有点太不好意思了。我的兵法书能卖多少钱呢？”

“我不需要。”了珪摇摇头，“即使换了钱，最多也只有一贯钱，还是市郎太你自己拿着好一点。”

千草回来了，脸上神采飞扬。昨天看到的她一脸死气仿佛没有生气一样，看到现在的模样才明白，千草终于复苏了。

千草只带了一个草笠和手杖，以及一个包裹。

了珪对千草说：“我可以叫你千草吧。”

“是。”千草用力地点点头，“这就是我的名字。”

“那么，千草，从今天开始你就到我家里来做事吧。”

千草吃惊地睁大双眼。

市郎太点点头。

“我觉得这是个不错的建议，我也会经常去看你的。”

千草再次对了珪深深地鞠了一躬：“您的大恩大德我不会忘记的。”

从那天以后，市郎太每当天气不好工程暂停的时候，都会到日比屋了珪的家里去见千草。了珪知道市郎太过来以后也会让千草暂时休息一下。市郎太和千草每次见面都会聊半个多小时。这八年的时间，两人都有很多离奇的遭遇，想要说的话堆积如山，无论怎么聊都好像没有尽头。

初夏的一个雨天，市郎太又打算去看千草而正准备离开饭馆，就被作兵卫叫住了。

“市郎太，你过来一下。”

市郎太被带到饭馆的里面，作兵卫问市郎太：“最近，工程停工的时候，你好像去了堺城啊，你去那里是做什么啊？”

市郎太还没有把千草的事情跟作兵卫讲。如果说替酒家女子赎身的话，肯定会遭来误解的，即便说是自己的表妹也不一定会取得他们的信任，自己也刚刚才和作兵卫的女儿成亲。虽说是表妹，但如此频繁地和别的女人见面，并不想让作兵卫知道，也不想让苗知道这件事。

但是作兵卫直接问起来，只有如实回答。

“事实上我又遇到我的表妹了。八年前，在信浓佐久分别的表妹。”

作兵卫眼睛睁得圆圆的。

“表妹？订婚了吗？”

“没有，我们只是兄妹，是我们家族仅存的亲人。在甲斐被卖给人贩子以后又被带到堺城来了。”

“东国的确有很多战争过后被卖掉的女人。”

“是的。前些日子出乎意料地重逢以后，我替她赎了身。”

“现在那个女子怎么样了？”

“他在日比屋了珪大人的家里做事。我偶尔也会去看一下她。”

“这样啊？”作兵卫露出稍微放松的表情，“因为我听传闻说你在堺城有了其他女人。原来不是这样的啊。”

“不是的。”

“因为是年轻人,所以有些担心。你近期也回一趟穴太吧。”

“和大家一起回去吧。”

市郎太对作兵卫点了一下头，走出了工棚。市郎太很在意是谁跟作兵卫说：市郎太在外面有了别的女人。可以想到的也就一个人，但是他为何一定要如此中伤呢？市郎太也不知道原因。

七月的时候，包围堺城的水渠已初现端倪。底部是平坦的箱漕，城门左边延伸的直线部分，挖掘工作已经结束了。开始堆砌内侧岸边的石墙了。石墙虽然只完成了六尺高，但是现在已经可以想象完成以后的壮观景象。

城市东南边的钩手形的水渠部分，刚刚开始挖掘。这是超出作兵卫想象的大工程，全部完成的话时间恐怕会延迟。今年要完成包围城市的水渠工程应该不可能吧。就连外侧的水渠，明年能不能开工现在也不能确定。

某个炎热的夏日的午后，市郎太他们正在水渠崖上把箭楼上的石头放下来，十多个骑马武士排成一队向工地走来。离开了大小路，慢慢靠近正在作业的工匠们，后面还跟着二十多个步兵。

市郎太停下手中的工作，伸直了腰杆。武士们也停下马来。

两个骑马武士从队伍中稍微往前走了一点。两人都身穿最近很流行的南蛮铠甲，没有戴头盔。两人的年纪都在四十五岁左右。

一个人坐在马上对市郎太大声地说："工程的工头是你吗？"

市郎太轻轻地对他解释说："不是的。工头现在在其他地方。"

"为什么要修石墙？有什么作用吗？"

市郎太看着修砌的石墙回答道："为了使水渠的岸边更加坚固。另外，与单纯地把土挖出来的沟壕不一样，这可以延伸到岸边。"

“意思是可以击退敌人的进攻？”

“即使船可以进来，也要看与石砌的水渠合不合适。”

日比屋了珪也走了过来，他是为了跟作兵卫商量工程今后的进展情况而来的。

“这不是松永大人嘛。”了珪对着马上的两人恭敬地鞠了一躬，“两位前来是要去宗久大人的府里吧，又是参加茶话会？”

其中一个骑在马背上的人说：“才刚离开堺城一小段时间，工程已经进展这么多了啊。用石头砌石墙，这些不是南蛮那边的城市的做法吗？”

“的确，这是我们从南蛮和尚那里学到的。”

“要修这么一个结构所需的财力物力，是堺城的商人们联合起来资助的，是这样吧？”

“没有的事。”

那个武士把脸转向旁边的骑马武士说：“长赖，等哪一天我们也做了城主的话，也像这样用石墙把城围起来，你觉得怎么样？”

那个叫长赖的骑马武士赞同地说：“山下修水渠。石墙就充当城壁，然后在石墙上修箭楼，肯定会是个特别坚固的城楼。”

两个武士拉了一下马首，眺望着水渠和石墙的工程，往城门方向离开了。

市郎太问日比屋了珪：“那两位是谁？”

了珪说：“松永久秀大人和他的弟弟长赖大人，三好长庆大人的家臣。”

市郎太听说过这个名字。

弟弟长赖是以武勇著称的武士。哥哥久秀以前也是三好长庆的右笔[1]，据说是一个对新奇事物很感兴趣的武士。

三好长庆前年的时候率领家臣和兵卒进入了堺城。在这段时期，民间流传着河内的畠山高政对这里起了贪念，想要夺下堺城而准备出兵的传闻。堺城的商会只雇用了流浪武士来守护堺城，所以拉拢三好长庆，借助了他们的军事力量。

三好长庆是阿波的豪门，他们的父亲元长是足利义维和细川晴元的靠山，他与近江的足利义晴政权对抗，一段时期内把堺城作为管理所的有力掌权者。三好长庆十岁前也是在堺城长大，是一个与堺城有着很深渊源的武将。

三好长庆童年时期被赶出堺城以后，在阿波忍辱负重地度过了一段时间，终于重新登陆畿内，趁战乱巩固了自己的地位。前年天文二十二年（1553 年）的时候，把将军义辉赶到近江，掌握了畿内的实际权力，成为畿内第一的掌权者。堺城寻求的能与畠山高政相对抗的伙伴，实际上只有三好长庆。

包括松永久秀、长赖兄弟在内的三好长庆家臣当中，据说是长庆最讲信用的男人。

了珪说："坦白来讲，与三好大人合作对堺城来讲是不是好事，现在还不知道。从现在的情形来看，也可以这样理解：正是因为堺城不是任何人的领地，三好大人认为还有利用价值。"

---

① 日本武家担当文书。记录职位的人。

市郎太说："我终于明白了为什么会合众这么急于兴修水渠和石墙了。"

日比屋了珪笑着说："尽管如此，这也是个出乎我们意料的费事工程啊。总之把内渠修好了，可以暂时休息一下。"

"是要暂时停止外渠的工程吗？"

"只是暂时的，或者说要一点一点慢慢地修。"

了珪带着一脸满意的表情离开了工地。

这一年直到十二月，堺城城内的水渠的工程才基本结束。但是人造陆地的工程却只进行了一半，外渠的工程结束了，挖出来的泥土已经用完但工程还没有结束。内渠也刚刚完成大城门左右十町宽的石墙。工程最起码还要持续三年。

腊月的时候，穴太的石匠们决定暂时回穴太。日后再次回来估计是第二年的二月了。

还有几天就要离开堺城了，作兵卫带着市郎太和源八去拜访日比屋了珪。今年的工作就算结束了，在回穴太前礼节性地去打个招呼。

了珪说："既然明年还要来，就待在这里不也很好吗？"

作兵卫挠挠头说："我离开穴太这么长时间，那边也堆积了很多工作。趁着冬天还要修壑山的堂坊的石墙和石阶啊。"

"师傅你不回去，交给他们不就可以了？"

"不，再说穴太的妻子和孩子还等着呢，我就离开两个月。"

"干脆把你们的妻子叫过来吧？工程还要三年多时间。"

"我们都是穴太的人。"

“有很多不方便的地方吗？”

“如果今后的十年都要在堺城工作的话，不得不考虑很多问题。”

“很有可能啊。”

“真的需要十年吗？”

“今年好不容易完成了一圈内渠，全部完成也差不多吧？”

“今年城内的水渠的石墙工程结束了。明年开始就是人造陆地和周围的水渠了，我觉得进展应该会很顺利。”

“会合众的人也有这样说的，按照这个进度的话，每一年都会有接踵而来的工程需要你们。绝没有不需要穴太众的情况出现。”

“那时，我会让替代的人来堺城的。”

“这样啊。”

作兵卫又跟了珪寒暄了几句，然后离开了他家。

出了他家，源八说：“父亲，替代的人，是什么意思？”

作兵卫说：“再过四五年的话，你们也到了独当一面的时候了，把这里交给你们任何一个人都可以。”

“任何一个人？不是我吗？”

“你和市郎太，你们当中的任何一个。”

“要继承父亲事业的肯定是我吧？”

“的确。”作兵卫点头道，“你是我的儿子，理应继承我的衣钵。但是，你能否取代我的位置，现在还不知道。”

“只有我可以胜任不是吗？”

市郎太插了一句:“师傅，我想去跟表妹打个招呼。”

作兵卫点点头。市郎太迅速离开了，他不想在这里看到两父子因为自己而争吵的场面。

绕到日比屋了珪的房里，他请人去叫千草。千草很快就出来了。

千草现在与刚刚赎身出来的时候相比，脸颊饱满了一些，肤色也红润了很多，渐渐恢复了之前的美貌。如果行走在大小路上，大概也会引来男人们的阵阵回头吧。

市郎太告之自己要回穴太的事情以后，千草说:“有两个月不能相见，我会感到孤单的。”

市郎太说:“我们八年没见不都过来了。现在不过才两个月。”

千草开玩笑说:“你的妻子在等你吧。”

“妻子和孩子。”

“孩子健康就好。名字想好了吗?”

“叫太一。”

“继承了市郎太的字呢。”

“也不完全如此，我妻子喜欢而已。”

“孩子像市郎太吗?”

“不，他其实不是我的孩子。”

千草吃惊地睁大了眼睛:“没搞错吧?为什么?”

“这个说来话长。”市郎太微笑着说，“再过不久，我自己的孩子也要出世了。”

“她是寡妇吗?”

“差不多吧。”

“像市郎太吧？”

“什么？”

“没什么，只是不自觉地想到了。”

“我要回去两个月，这段时间，你要保重。”

“你也是，市郎太。”

出了大小路，市郎太正想往大城门方向走，却突然被人叫住了。

“那边的石匠。”

市郎太停下来看向声音传来的方向。

站在那里的是前几天看到过的武士，日比屋了珪说那个男人叫松永久秀。他今天没有穿铠甲，好像是要去参加某种仪式，穿着一身黑色的武士礼服，只带了两个随从。

“这是松永大人。”

市郎太低头行礼。

松永久秀说：“你是石匠吧？”

“是的，我是穴太的作兵卫师傅的弟子市郎太。”

市郎太近距离看着松永久秀的脸。曾做过右笔的他眼中流露出智慧的光芒。但是，同时也能感受到他的眼里还隐藏出一丝傲慢和不逊，仿佛在嘲笑自己。

松永久秀说：“工程已经完成了吗？”

“没有。今年的部分完成了。”

“这样的话，现在有时间吧。”

“啊？”

“你是武士出身吧？”

“我们家族是信浓佐久的国民。”

“你会茶道吗？”

“完全不懂。”

“寺里待会儿会奉茶，你陪我去吧。”

“是茶会吗？”

“不，都是自己人。”

“我完全不懂茶道。”

“我沏茶，你只要喝就可以了。”

客厅里，开水已经准备好了。

松永久秀让市郎太和随从们坐在一起，整理好衣服，脱下头盔。市郎太身子僵硬地看着久秀的动作。

久秀拿着勺子，把开水舀到茶碗里。用茶刷刷了一遍茶碗，然后将水倒入水桶里。这一系列动作没有半点犹豫，看来手法纯熟的他已经掌握了茶道的秘诀。

市郎太很意外，久秀这样的男人，与他的粗野的外表和言谈给人的印象完全不一样，没想到是个兴趣高雅的人。

久秀一边清扫着温热的茶碗一边说：“那个石墙是南蛮人研究、会合众的人修的吗？”

市郎太回答：“是的，一个叫沙勿略的南蛮和尚说堺城会成为像西南蛮的繁荣港口城市一样，所以建议修筑石墙。”

“西南蛮的工程也大多使用石头。我听说不仅修建了代替土墙的石墙，就连房子和箭楼都用石头修砌而成。”

“沙勿略大人的确是这样说的。”

久秀用茶刷把茶沏好以后，把茶碗递了过来。

“谢谢。”

市郎太接过茶碗。虽然不知道方法，但是之前被告知只要大口喝就行了。这个举动是要他喝茶的意思吧。市郎太把茶碗放到嘴边。

久秀问：“你们可以用石头建造房子或箭楼吗？”

市郎太喝了口茶回答道：“不。我们只是修石墙。”

“如果以后我要拜托你们修城楼的话，你们可以用石头修房子吗？我听说西南蛮的主殿是很高的房子。”

市郎太吃惊地看着久秀，一脸认真的表情。

市郎太说：“不能。我不知道怎么用石头堆砌。”

“你师傅也不知道吗？”

“或许还没有传到穴太。”

市郎太把茶碗放在膝盖的前面。想着或许应该赞扬一下茶具，却不知道怎么赞扬。没办法，只能行个礼把手放开。

“嗯。”久秀开始表露出厌烦的表情，“不可以吗？”

市郎太反过来问：“城楼的工程什么时候开始？”

“不知道。”久秀没好气地回答，“我想会在四五年的时间里成为城主。不，一定会成为城主的。”

“您打算修一座南蛮那样的城楼吗？”

“我想要坚固的城楼，而且要是一座漂亮的城楼。我要修一座让世人称道‘不愧是松永殿下’那样的夺人眼球的城楼。”

“如果拿国内的城楼举例的话，是怎样的城楼呢？”

“这样啊，我作为使者去过观音寺城，那是一座拥有很多石墙的城楼。虽然只有一道城墙，但是靠近山顶的地方，修了一座两层的房子，那是一座让人很感兴趣的城楼啊。”

那座观音寺城，去年跟着作兵卫去修过石墙。的确，那是一座在国内都很罕见的大量运用石头的城楼。两层的主殿也有很别致的想法。

市郎太说："我们前年的时候也去观音寺城参加了工程。那是穴太众花了很长的时间慢慢修起来的城墙。"

“这样啊。即便是在我手里我也会觉得是很不错的城楼。但是，在山麓完全看不到高楼。我要修一座从城下看都能看得很清楚的高楼。”

市郎太突然想到一点说："我虽然不能用石头修建箭楼，却可以修建高楼所需的城墙。在台上要修建两层高的房子的话,如果要从下面看到上面,那么需要一座相当高的楼才可以。"

“要怎么修？”

市郎太端起茶碗，反过来拿在左手上，然后在上面放上一个茶叶罐。

“就像这样，石砌的巨大的地基上面，修一个两层或三层高的房子。这样就可以修一座西南蛮一样高度的房子了。”

“嗯。”

松永久秀看着重叠在一起的茶碗和茶叶罐，双手交叉点了点头。

终于到了第二天，离开堺城的那一天，有一个人到工棚里来找市郎太，是一个和市郎太年纪差不多的年轻男子。

“我是主人日比屋了珪派来的。”这个眼睛清澈的青年说，“如果方便的话，麻烦跟我一起过去好吗？”

市郎太整理好衣服走出工棚。

“正好我想要去拜访你家主人。”市郎太说，是应该去还为千草赎身向日比屋了珪借的三贯五百文钱，“今天刚从作兵卫那领了工钱，正打算去还钱。是这件事吗？”

“我不知道。”青年说，“或者有特别的事情想要与您商量吧？”

那么，应该不是钱的事情。市郎太先把钱收到荷包放入怀中，跟在那个年轻人后面。

刚走到日比屋了珪的房子，就被带到了里面的仓库里。了珪正在清点着瓶子、袋子等的商品。

市郎太说：“我来还您的三贯五百钱，利息也都算在一起了。”

日比屋了珪停下手中的工作说：“我正有此意，市郎太。另外，你真的不打算娶千草吗？”

“没有。千草只是我关系很好的表妹。”

“实际上，我想让她跟我府里的年轻人结婚，如果市郎太不反对的话。”

“让千草出嫁？”市郎太的心脏一瞬间剧烈地收缩，“对方是个什么样的人？”

“就是刚刚去请你的伙计，松古，一个伙计。你觉得怎么样？”

“哦，他给人感觉不错。”

“那么就这样决定吧。”

市郎太自言自语道：这是件让人高兴的事。我有苗了，我已经和苗结婚了。千草怎么说都是让人疼爱的表妹，我应该为她的姻缘感到高兴。

市郎太说：“如果千草乐意的话。”

“我想千草知道市郎太很高兴的话，应该也不会讨厌的。”

“千草知道这件事吗？”

“我这就去告诉她。”日比屋了珪说，“请去店里的账房吧，你还的三贯五百钱我就收下了。”

市郎太离开堺城之前虽然还想见一下千草，但是因为被派出去了，所以也没有实现。

第二天，市郎太他们离开了堺城。经过了淀、京和大津，回到穴太已经是六天后了。

终于，堺城的环城水渠规模已初现端倪。

堺城现在已经被注满水的深深的水渠包围着，就连外侧也已经开始进入了第一道水渠的修砌工程。只要在八町长的岸边修一道石墙就可以了。这个石墙结束以后，整个浩大的工程就完成了。

“今年就可以结束了。”作兵卫眯着眼睛眺望着水渠，“这真是一项伟大而漫长的工程啊。”

市郎太也眺望着还没引水的外围水渠说：“第五年了。修了五年，终于要结束了。”

永禄二年（1559 年）的二月四号。

这一天，以作兵卫为工头的穴太人们，回到离开了两个月的堺城，开始清理工程的最后部分。九月的时候，整个工程就应该全部结束了。那时，堺城拥有两道大规模的环城水渠，这在日本都是首例。这将成为无论什么军队都无法自由攻打的坚固之城，也将是堺城更加繁荣的有利保障。

作兵卫回头对市郎太他们说:“这四年我们都忙于堺城的工程。山上的工程也没怎么理睬，这种情况到今年为止。你们离开家这么长时间也辛苦了。就再辛苦一段时间，再努力一下，拜托了。”

石匠们全部点头赞同。因为这个工程让他们每年都离开家，这一两年里，越来越多的人对此很不满。留在穴太的家人也明确地对作兵卫表示心中的不平。对此，作兵卫只能让工匠和他们的家人平心静气，偶尔也会低头道歉，今年又来到了堺城。他保证这是最后一次。

如果工程还要延期一年的话，有半数的石匠都会公然反叛作兵卫吧。他们再也不想离开穴太，也厌倦了去堺城。

市郎太也是如此。虽说和苗结婚了，但是这四年里，只有冬天才能一起生活。工程开始前苗生下的男孩太一今年已经四岁了，第二个女儿也已经两岁了，最小的孩子刚刚出生，却没有在孩子身上倾注足够多的感情。虽然作为父亲他也想跟孩子们多亲近亲近，但是就这样过去了四年也没有时间，再过不久这样的生活就将暂时结束了，到时候就得找那些在穴太周围的工作。

作兵卫也已经五十二岁了，也渐渐厌倦了到其他地方接工程的生活。苗说他似乎有隐退的意思。源八在可以继承作兵卫衣钵之前应该还有好几年吧。

市郎太他们因为要回工棚，正打算离开工地，日比屋了珪走了过来。

“师傅以及各位，今年也要辛苦你们了。”

作兵卫低头回礼，了珪说：“终于到今年了，就要完成了。”

“干得漂亮。”作兵卫说，“城外真的修了两道水渠。”

了珪仿佛自己的穿衣品位被人家赞美一样表情很放松。

“我自豪的不只是城外的水渠，还有城内引入的水渠，人造陆地的石墙，每一个都是按照西南蛮的港口城市的样子修建的，连南蛮人都这样说。他们说这样出色的港口，南蛮以外也没有几个城市如此。”

了珪的胸前有一个闪着白光的东西，好像细长的银锁，或者说是十字架？市郎太不由得看着了珪。这个商人现在改信天主教了吧。因为让那个叫沙勿略的和尚在家里待了一段时间，所以对南蛮的文化有了一定的理解。当然市郎太也并不确定了珪是不是真的基督教徒。只是因为它是个罕见的东西所以特别留意了一下。

日比屋了珪没有注意到市郎太的视线说道：“说起来，这几天，尾张的年轻城主要来堺城。城里的商人大家都在盘算着可以卖多少火枪或者他会买点其他什么东西。”

尾张的年轻城主？

市郎太问了珪：“难道是那个叫织田信长的城主？”

“正是，就是织田信长大人。他要去拜见将军大人，前两天好像进京去了。”

“进京？我三天前去了京城，为什么没有听说织田信长大人呢？”

“两天还是三天前吧，好像去了京城，大概带了五百个随从。”

市郎太想起了在尾张的那古野见到的那个青年城主。那个时候才十六岁，留着胡须，看起来不过是个调皮倔犟的少年，却有很强的好奇心，对各国的国情、战争的状况、城楼建造的诀窍之类很感兴趣，积极地向三浦雪幹提问。现在不是那古野城，好像把城迁到了清州。

这个织田信长在织田一族里崭露头角，在尾张渐渐得势。这些事情在这之前已经听过好几次了。就连他在北近江的国有村定制大量的火枪，也是好早以前听说的事情了。

那个青年进京拜见将军，应该是请求正式补任尾张守护一职吧。既然能进京，也就是说织田信长已经平定了尾张。

日比屋了珪说：“大家都期待着织田信长一行人的到来，就连仓库都空了一些。想必大家都期待着他能在堺城买些东西吧。”

作兵卫说：“堺城物价突然上涨了吧？我们都不敢买了。”

“请放心。”日比屋了珪笑着说，“师傅你是用平常的兼职的钱去买的东西吧？”

物价好像确实上涨了，市郎太苦笑着。

传来一阵马蹄声。市郎太回头看，在外渠的外侧有三个骑马的武士正向这边走来。

日比屋了珪看着骑马武士们说：“是松永久秀大人啊。”

市郎太他们这四年经常会看到他。他这几年也迅速地成为一个拥有权力的大人物之一。但是，与织田信长相比，还是年老了很多。松永久秀现在有五十多岁了。

了珪说:“三好长庆大人今年开始进攻筒井大人，就快要成为大和的掌权者了吧。松永大人也越来越有总大将的风范了。”

松永久秀停在了市郎太他们的面前。

松永久秀从马上俯看着作兵卫和市郎太说:“我等着呢，堺城的工程今年就要结束了吧？”作兵卫走到马的旁边，按着头络[1]说:“是的，今年九月就可以结束了。”

“那接下来我想请你们去修我的城楼的石墙。”

作兵卫吃惊地问松永久秀:“请恕我无知，松永大人的城在哪里？”

“我现在还不是城主。但是，我将在大和[2]的某个地方筑城。”

“还没决定好地方吗？”

“大人接下来就会拿下大和。我要得到大和。”

“今年吗？”

“不。今年平定大和，城楼的工程应该是明年吧。反正今年秋天之前，你们也没办法抽身吧？所以明年怎么样？”

作兵卫遗憾地皱了皱眉，摇头说:“或许很无理，但是明年我可能也无法去大和。”

“为什么？我拜托你去修石墙也不去吗？”

---

① 为了管教动物所使用的网状或皮状的束缚工具。

② 大和市，日本本州东南地区城市名，此处非指日本。战国时期，此地是交通要道，与镰仓街道相通。

“现在堺城的工程完成以后，我必须暂时回比壑山修堂坊的石墙。离开穴太去大和有点困难。”

“这可是很大的工程哦。”松永久秀指着面前的水渠说，“要用石头修一圈宽阔的城墙，然后在城墙上修箭楼。还要修一个从任何地方看都能看到的高楼。我要修畿内第一，不是，是全国第一漂亮的城楼。我觉得这也是一项对你们而言很有意义的工作。”

市郎太想起了三年前松永久秀所描述的理想中的城楼的样子，要修一座像南蛮一样高的箭楼或是房子的城楼。说要修国内第一的城楼的松永久秀是认真的。如果这里有南蛮的石匠的话，他肯定会把工程交给他们，因为他无论如何也要修建一座南蛮风格的城楼。

市郎太虽然觉得有点过分，但还是说了出来：“的确，如果是我们可以做出来的工程的话，可以去大和试一下。之前您说的话，我很感兴趣。”

作兵卫睁大双眼看向市郎太，但是这双眼睛里并没有责备的意思。市郎太自己也为出口的话吃惊不已。就在刚才，还不是这么想的。自己期望的不是明年就要回到苗和孩子的身边一起生活吗？

松永久秀说：“看吧。你的弟子都说要试一下。”

源八在市郎太旁边说：“我暂时不想离开近江，我要待在穴太。”

作兵卫对松永久秀说：“这件事情过一段时间我再回复您

吧。松永大人在攻下大和之前，也不会开始修城楼吧？”

“我也不想强迫你们。我也不知道比穴太众更好的石匠队伍。”

“等我们闲下来了，我再认真考虑一下您说的好吗？”

“好啊。”松永久秀看向市郎太，“你叫市郎太是吧。”

“是的，正是在下。”

“如果你师傅反对的话，我拜托你来可以吗？”

市郎太困惑地说：“我只是个徒弟，师傅说什么就是什么。”

作兵卫说：“连同这件事情我后天再回复你，可以吗？”

松永久秀好像没有听到作兵卫的话一样说：“你明年来我那里帮我修城楼，可以吗？”

市郎太沉默地低下了头。

松永久秀的人马离开以后，源八看着工匠们说：“为了堺城的这个工程，我们一群人已经离开家好多年了，几乎没怎么回穴太。我们是比壑山的穴太众，明年其他的工程就让其他的建筑队去做吧。”

一个上了年纪的工匠说：“刚才的拒绝也不是客套话，是吗？”

是那个叫仁作的工匠，虽然很少说话，却是一个很了解石头的男人。但是或许动作有些蠢笨，经常被源八大吼、嘲笑。

作兵卫看着市郎太说：“看你很感兴趣啊，你是真的很想试一下吗？”

源八说：“让市郎太一个人去就好了，近江的工程让我们做吧。”

仁作说："我要去大和，大和的城楼似乎很有趣。"

一个年轻的工匠也说："我也想去修松永大人的城楼的石墙。如果市郎太去的话，可以带上我哦！"

"我也要去。"又有两三个人说道。

作兵卫呆呆地看着工匠们。

"你们之前不是说不想离开穴太了吗？"

仁作说："因为这个工程看起来很有趣。"

源八说："如果你们都跟市郎太走了的话，那我负责的工程怎么办？"

作兵卫看着源八，断然地反驳道："人家不是来拜托你的。"

源八缩着脖子。

工匠们也全部避开了作兵卫和源八的视线。

第二天，市郎太正在工程现场展开工作的时候，一群武士和步兵走了过来。骑在马背上的有五六个，后面跟着七八十个随从。

附近的人夫[①]或是路人突然大喊："那不是织田信长大人吗？"

"好像是尾张的城主大人。"

市郎太也停下手中的工作，看着水渠岸边。队伍刚刚停下来，马上的男人们好像都看着水渠里的石墙。

如果说这一行人是织田信长的话，应该是要回畿内吧。

---

① 服劳役的人。

二号进京拜见将军大人，然后今天到堺城。或许明天就去奈良，然后回尾张。

这个时候，武士们跑到水渠的岸上，排成一列，沿着水渠跑远了。步兵们就停在原地。

骑马武士们很快就到了水渠的转角处，没多久就不见了。是去南门那边了吗？市郎太思考的一瞬间，他们又回来了。和离开的时候一样，先是走到水渠的岸边然后转了回来。似乎在确认水渠可以延续到什么地方。

骑马的武士们从岸上穿过通向水渠底部的坡面，然后走了下来。向市郎太他们这边走了过来。

市郎太和作兵卫相互看着对方。来堺城买东西的织田信长他们为什么会来到工程现场呢？

骑马武士们在市郎太他们面前停下了。

市郎太寻找着之前见过一面的青年面孔。正中间那个细长脸、肤色白皙的武士好像就是织田信长。现在没了茶刷似的胡须。弯曲的胡须，头发剃成月代形①，嘴上长了一排浅浅的胡子，感觉是一个气质非凡的武将，这就是织田信长吧。

信长旁边的武士对作兵卫说："这是尾张国的织田信长大人。工头是哪一位？"

市郎太还记得这个年轻的武士的容貌。他是织田信长的家臣中的一位，丹羽长秀吧。

---

① 室町时代之后，男子将额头至头顶中央的头发剃掉的发型。

作兵卫稍微放低身段解释说:“我是穴太的石匠，作兵卫。”

“我想问一下。”

“是，什么事？”

织田信长骑马往前走了一步，问作兵卫:“这个石墙全部是你们修建的吗？”

作兵卫回答:“正是。内渠和外渠，两道水渠大概修了四年之久。”

织田信长接着问:“你是穴太的人吗？”

“是的。我们在近江的穴太的比壑山修了很多石墙和石阶。”

“近江的人，不远万里来到堺城是为什么？”

作兵卫没有半点炫耀的意思说:“这样的一个工程，除了我们穴太众，其他人都做不了。”

“这是真的吗？”

“最起码在畿内没有第二个。东国和九州的情况我不是很清楚。”

织田信长从水渠的底部看了左右的石墙说:“水渠的岸边修成石墙的话，进攻一方很难攻进来吧？”

“因为前面放了一个石头做的屏障。”

“外渠也能注满水吗？”

“听说可以。”

“即便如此，为何要修两道水渠？如果要击退敌人，修一条水渠就足够了。”

“关于这一点，我也不是很清楚。只是有人告诉我要这么修，我才修成这样的。”

“那么堺城的这个工程是谁设计的？建造城楼的人吗？”

“我不清楚。”

关于这一点，自己可以回答，市郎太觉得自己说出来也没什么不合适。

市郎太走上前说道：“这个源于南蛮的和尚给堺城的会合众的建议。这个和尚是一位精通城楼设计的人。”

织田信长探究地看着市郎太。

“你的意思是说这个堺城是南蛮的和尚设计的吗？”

市郎太回答道：“是的。两层的水渠围城这一建议是那个和尚提出的。”

“你是？”

“对不起，我是穴太众，作兵卫师傅的弟子，市郎太。”

“你怎么知道这是南蛮和尚的建议？难道你当时在现场听到的吗？”

“当时我在现场。”

织田信长睁大眼睛，旁边那个叫丹羽长秀的武士也是惊讶的表情。

织田信长觉得不可思议，怀疑地问道：“这是什么时候的事情？那个南蛮和尚是什么样的人？还有，你当时为什么会在现场？你说你是石匠工人，怎么会在会合众和那个和尚设计堺城的现场？”

“是的。南蛮和尚的名字叫沙勿略大人，曾经是西南蛮的某地的领主。八年前，沙勿略大人来到堺城，提出了一些关于港口建设和城市防守方面的建议。当时我作为兵法家的随从待在堺城，有幸听到了这些。”

织田信长眉毛皱在一起，一脸好像记起了某件事情似的表情。

“十年前，我见过一个从信浓来的兵法家。那个兵法家也跟我提了一些城楼建造方面的建议，你主人的名字是？”

“他叫三浦雪幹，现在已经去世了。”

“三浦雪幹，我好像听说过这个名字。”

“我跟着雪幹老师，在那古野城见过织田大人。”

“这样啊。你那个时候是兵法家的随从吧？”

“在那之后也周游了几个国家，后来成为了作兵卫师傅的弟子。”

作兵卫感叹似的看着市郎太，为市郎太曾经见过织田信长这一事实感到吃惊不已。

织田信长立即认真地问:“那么,为什么堺城要修两道水渠？”

市郎太犹豫着要如何回答这个问题。这是堺城的秘密，只有堺城的会合众才知道这个原因。但是，又重新想了一下。如果是精通战争和城楼建造的人，可以很轻易地回答出来吧这不可能成为永远的秘密。即便是自己说了出来，也不会被责备的吧。重点是织田信长是一个擅长听取别人的意见的人。如果他问起来，还是有回答的价值的。

市郎太看着搬运石头的坡面说:“在这里是看不出来的，

上去以后我再跟您讲吧。”

“好啊。”

织田信长踢了一下马肚子，再次登上了坡面。丹羽长秀和其他家臣也跟了上去。市郎太也跟着登上了坡面。

织田信长一走到水渠的上面，就下了马，其他的骑马武士也跟着下了马。

市郎太跑上前去，织田信长指着两道水渠说：“如果是为了保护堺城的话，一道水渠就足够了，没错吧？”

正对面，内渠的石墙上砌了一道墙，这道墙沿着水渠一直延伸开去。墙上每隔一间的间距，开了一个枪眼。

内渠和外渠之间的距离大概有八十间那么宽，中间是一块平地。平地上既没有房子也没有树木，就连乱木桩子和鹿寨[1]都没有。看起来可以用作马场，像带子一样延伸开去。

市郎太说：“因为火枪的引入，所以城楼战的形式发生了改变。沙勿略是考虑到堺城被攻击的时候，对方肯定会使用大量的火枪，所以建议修建两道水渠。”

织田信长迫切地问：“所以，这是为何呢？”

这时，作兵卫和源八他们也跟了上来，似乎也想听一下市郎太会跟织田信长说些什么。

市郎太指着前方说：“从这里到内渠对面的墙大概有一百间的距离。用弓箭的话很难，但是如果用火枪的话却是可以

---

① 为防御敌人，将削尖的树或枝竖立起来建造的栅栏。

射击到对方的距离。但是在打仗的时候，堺城的守兵有了这道屏障的帮忙，进攻一方则完全暴露在敌人的枪口下。攻城时无论是长枪队还是弓箭队，或者是冲在前面的火枪手们，在这里都会成为堺城的火枪手的靶子。如果强行渡过外渠，到达对岸的话，则更容易成为攻击目标。在平坦的土地上进行攻击，有了这道墙的帮助，对火枪手来讲是绝对有利的。”

织田信长重新看着水渠说：“如果是这样，那么以后的城楼就不能修在山上了？”

“沙勿略说，如果用火枪来守城的话，就要修建这样的水渠。”

旁边的丹羽长秀说：“战争，不是只靠火枪来决定胜负的。城楼必须建在山上，这是自古以来的筑城术的根本所在。”

织田信长交叉双臂，看了一眼隔着两道水渠的堺城的城市布局，说：“城楼应该是被仰望的。如果只从火枪方面来考虑的话，那个南蛮和尚的话也在理，但是城楼只有建在山上才是城楼。城主必须站在俯视人们的地方。”

丹羽长秀说：“堺城的会合众，特地修了两道水渠，在善于攻城的武将面前，也不过是瞬间就可以摧毁的东西。两道水渠似乎也是个没用的东西。”

市郎太并没有提出异议。的确如织田信长所说，现在的战争未必只是靠火枪。虽说火枪的传入已经有十多年了，但是现在以弓箭为主要武器的战争局面并没有改变。以火枪为主的攻城战，对大多数的武将而言，并不能称之为常识。堺城也只是因为制造了很多的火枪，才能想到总有一天会引发一场依靠火枪进攻堺城的战争。

眺望着外渠的工程的织田信长的视线突然停在了某一点上。市郎太也顺着织田信长的视线看了过去。织田信长现在所看的是已经砌完石墙的内壁。这不是作兵卫作为工头所修建的石墙，而是源八负责修建的部分。

织田信长指着那道石墙说："看起来只有那一部分与石墙的堆砌方法有点不一样。"

作兵卫和源八也顺着织田信长所指的方向看过去。

的确，那一町半宽的石墙，与两侧的石墙明显不一样。两侧的人小不一的石头的重合看起来很协调。石头的壁面整体感觉很整齐，让人百看不厌。这一部分是市郎太代替作兵卫负责修砌的石墙。看起来和作兵卫修砌的石墙完全没有区别。

与之相对的是源八负责的部分，壁面上张弛无度。整体的石头的大小很不协调，看起来就像一幅平庸的风景画。

作兵卫谨慎地说："根据石头的不同，砌出来的东西多少会有些差别。而负责的工匠不一样，所砌出来的形状也多少有些差别。"

源八说："那一部分是我修建的，因为父亲忙不过来了。"

织田信长看都没看源八一眼，只是哼笑着说："让人乏味的石墙。"

源八因为他的话羞红了脸，低下了头。

织田信长看着市郎太和作兵卫说："如果我说要在尾张修城楼的话，你们来帮我吗？"

作兵卫说："什么时候？"

"就是这一两年吧。我看了很多京城和奈良的城楼和寺庙，让我也很想修一个好的城楼或府邸，所以来堺城看看，看到了这样出色的石墙。我的城楼今后要建成什么样子，我现在已经有点眉目了。水渠姑且不论，想要修建代替土墙的石墙。"

"说实话，这四年我几乎没回过近江，所以我暂时不想离开近江。"

织田信长转向市郎太："你呢，怎么看？"

这样类似的对话，昨天刚刚和松永久秀说过。市郎太虽然对穴太众可以受到这样的邀请很意外，但还是说："师傅去哪里，我就跟着去哪里。"

"你是穴太的市郎太吧。"

"是的。"

"南蛮和尚的话，很有趣。"

织田信长走近他自己的那匹马，右手抓住缰绳，踩上马鞍骑上马。

其他的武士也跟着上了马。

以织田信长为首，骑马武士们向着大小路的方向离开了。外渠上的桥旁边，七八十个跟着织田信长的步兵停在那里休息。织田信长一离开，步兵们也立刻站了起来。

目送着这一切，作兵卫对市郎太说："你刚刚说话的样子，与其说是石匠，不如说更像工程的负责人。"

市郎太低垂着头对作兵卫说："我模仿得太过了。"

“算了。但是，最近邀请我们的人太多了。如果我有分身术就好了。”

源八说：“不是还有我吗？”

作兵卫悲哀地看着源八说：“你修砌的石墙连外行人都看得出有多么糟糕。”

源八辩解道：“都是收集过来的石头不好。但是，坚固程度却不输父亲修建的部分。”

“所以我说把这些交给你还是太早了。反正水渠里注入水以后，大部分会在水下，所以没关系。现在回去工作吧。”

作兵卫走向通向水渠底部的坡面，市郎太也跟在他身后。

回到堺城以后的第一个下雨天，市郎太去拜访日比屋了珪，为了见千草。

千草嫁给松吉以后，两夫妇都在了珪的店里工作。现在还没有孩子，或者正如千草所说的那样不能有孩子。可能是当饭盛女[①]的时候，生过病。可能就是因为那场病，导致自己不能拥有孩子。丈夫松吉虽然很想要孩子，却怎么都不行。

因为千草很忙，市郎太就站在店里面说话。

“这样啊。”千草听了市郎太讲的话，有点悲伤地摇头说，“明年你就不来堺城了吧。也就今年可以这样见面了吧。”

市郎太说：“如果师傅接受了松永久秀的城楼的修建工程的话，或许还可以偶尔见一面。大和比近江还要近得多。”

---

① 江户时代在旅店为旅客盛饭或干杂物的女人，也从事卖淫。

“下雨的时候就不会走了吧？”

“这是不可能的。”市郎太笑着说，“但是，千草现在有丈夫了。也不是可以和我随便见面的年龄了，也不是什么悲伤的事情。”

“市郎太，你和我都是信浓佐久的人。如果不能见你的话，那我就跟佐久完全没有关系了。”

“你在堺城结婚了，佐久或许只停留在你的记忆中。”

“市郎太，你已经不想回佐久了吗？”

“我之前作为兵法家的随从一直过着旅行的生活。现在作为石匠，也是哪里需要我，我就去哪里。我想以后的生活也会是这样。”

“为什么？”

市郎太脑海里浮现出松永久秀和织田信长的脸，说道：“很多想要修建坚固城楼的武将们觉得穴太人的石墙是完美的。我现在觉得被那些武将们叫去修建石墙是一件很有趣的事情。本来我之前的愿望是修建一座久攻不破的城楼，现在似乎可以继续这个梦想。”

“即便是要离开佐久，离开你妻子所在的近江？”

“为了生活，这也是没办法的事。”

“你的妻子真可怜。”

这时日比屋了珪出现了。

似乎心情很好。

“这不是市郎太吗？”了珪高兴地说，“那位尾张的织田信长，是很豪放的人啊。”

“发生了什么事吗？”

“他定了一百把火枪。尽管如此，现在无论哪一个锻造屋两年前就被客人定下来了。总之先收集二十把让他带回去。”

“最近要打仗了吗？”

“好像是争夺尾张的守护一职，就连今川也加入抢夺土地的战争中来了。接下来的战争，或许就是和今川的战争吧。这样的话应该会急需火枪吧。”

“这是堺城所期望的吧？”

“是的。无论哪里的店，都希望客人来买东西吧。铠甲、弓箭、茶器、布匹，我们还得准备硝石。”

火药制造所必需的硝石，并不是日本本国生产的，全部是从明国进口的。

了珪说：“哪怕是想尽办法我们也要做硝石生意，这样的话生意也会多起来的。”

市郎太说：“只要有火枪出售，硝石也能卖出去。”

“看起来那位织田信长大人还想要买更多的火枪。”

旁边的千草抿嘴笑着。

市郎太告别了日比屋了珪，离开了店里。

八月，外渠的石墙也接近尾声了。

一个闷热的午后，靠近南边城门的外渠的工程，发生了一起事故。

三根圆木组成的箭楼的石墙上，工人们正准备把一块石头放在指定位置的时候，吊起石头的一根绳子突然断了。石头剧烈地摇晃着，作兵卫正站在那里。他用手牵着绳子想要控制住，结果却让石头直接落在了作兵卫的左膝上，然后夹在了后面的两块大石中间，压住了作兵卫的脚。

站在作兵卫旁边的市郎太立即对着箭楼下面的工匠怒吼道："闪开。"

工匠们急忙躲开。市郎太掏出小刀迅速切断了残留的绳子。那块石头刚刚摇晃一会并没有再碰到其他东西，笔直地落到了箭楼的下面。

源八他们抱起作兵卫，把他搬到墙上的那块平坦的空地上。

被放平的作兵卫，大张着嘴巴，喘着粗气闭着眼，一脸忍耐剧痛的表情。左脚的膝盖，就像蝾螺[①]被压碎一样。肌肉和骨头碎成一片混在一起，甚至完全看不出膝盖的样子。

市郎太抬起作兵卫的膝盖，掏出手帕迅速包扎腿的下面部分，现在所要做的就是止血。

工匠们也赶到了作兵卫的旁边。桥那边的行人们也过来看发生了什么事。

源八用手碰了一下作兵卫的左脚，作兵卫惨叫着扭曲着身体。

源八吓得尿湿了裤子。

"啊，这样，是不行的。"

市郎太怒吼道："你在说什么？"

---

① 一种螺类。

年长的工匠仁作说:“搬到城里去吧，那里有医生。”

从别处找来木板和簸箕做成了一副担架，包括市郎太在内的四个石匠把他抬上担架。

源八说:“我去找医生。”接着立刻跑开了。

市郎太他们抬着担架穿过南边的城门，进到城里。向路人一打听，才知道大小路旁边的一角有几个医生。市郎太他们穿过大道,向大小路方向走去。作兵卫渐渐没了意识。途中，与一脸迷茫的源八会合了。

走到大道上，从正面走来一个男人，是日比屋了珪。

了珪跑过来说:“搬到我那里去吧，那里有医生。”

市郎太问:“您家里有医生？”

“我家有南蛮来的和尚，他们精通医术。”

房间的客厅里，有一个南蛮的传教士和一个国人的基督教信徒。南蛮人叫加斯帕・比利亚，国人的基督教信徒的教名叫罗连索。

比利亚看了作兵卫的脚以后，小声地对罗连索说了一些。

罗连索把市郎太他们叫到旁边，小声地说:“很遗憾，这位师傅的左脚已经没得救了。如果放任不管的话，就会坏死，本人也会死去。”

源八说:“如果你们医生都这么说的话，那么就让他没有痛苦地死去吧。”

罗连索对着源八摇头说道:“比利亚大人说的是如果把腿的下面锯掉的话或许还有救。你们觉得怎么样？”

“那个南蛮人会锯腿？”

“在丰后的府内，从一个叫阿尔梅达的南蛮医生那里学了一些医术，随身携带了去除痛苦的药和手术过后的软膏，当然也是治疗灼伤伤口的火药。”

市郎太对源八说：“就这样吧。如果能救下一条命的话即便是失掉一条腿也没关系。”

源八困惑地说：“那就不能做工头了。”

“总不能让父亲丢了性命。”

源八皱了皱眉，停了一会儿说：“虽然我不是很高兴让南蛮人锯掉父亲的腿，但是现在也没有其他办法了。”

市郎太低头对罗连索说：“拜托了，请保住师傅的性命吧。”

“我并不能保证锯掉腿就一定能保住性命。但是，这是最好的办法。”

“我明白。”

罗连索了然地点点头。

作兵卫恢复意识，能进行简单的对话已经是手术三天后的事情了。

在治疗好作兵卫之前，日比屋了珪把客厅让他们随意使用。作兵卫在客厅里安歇期间，市郎太无微不至地照顾着他。偶尔千草也会过来，帮忙照顾作兵卫。

第三天的早上，作兵卫微微睁开了眼睛，看向市郎太，无力地问：“这是哪儿？”

市郎太回答：“这是日比屋了珪大人的客厅。南蛮人帮您治了伤处。”

“我的脚没有了吧？”

“是的，为了挽救师傅的性命，锯掉了一只脚。”

“那天真热啊。”作兵卫自嘲地说，“我稍微放松了警惕，石头就撞了过来。”

“是绳子太脆弱了。”

“我应该注意的。过去几天了？”

“已经三天了。”

“你一直在照顾我吗？”

“我和千草轮替着照料您。”

“工程进展得怎样了？”

“源八带着工匠们在修呢。”

“他啊？”

“最后的工序，师傅你去吗？”

“我什么时候才能走路？”

“听说要一个月左右。”

“这样啊，要借助拐杖吧？”

“听南蛮人说可以在脚上装上一个拐杖。”

“如果一个月都这样的话，无论如何也完成不了，市郎太。”

“在。”市郎太看着作兵卫。

“把源八叫过来。我有话要说。你们一起听。”

“是。”

市郎太立刻走到工程现场，把作兵卫的话告诉了源八。

然后和源八一起回到了日比屋了珪家的客厅，作兵卫说：“源八，你来照顾我。就在这里照顾我的起居。”

源八吃惊地睁大双眼说：“那工程怎么办？”

“交给市郎太。”

“这怎么行？”

源八看向市郎太，表情似乎在说你也说一些反对的话啊。

作兵卫说：“你的父亲失去了一条腿，怎么能把照顾的责任交给其他人。你是儿子，那就应该尽一下孝道。”

“但是……”

“市郎太和千草都没有照顾我的责任，知道吗？”

源八闭着嘴点点头。

一个月以后，堺城外渠的石墙也完成了。安放工程最后一块石头的是市郎太。巩固好旁边的泥土，清扫完表面，整整耗时五年的工程终于结束了。

为了把水引入外渠，开了一道水门。海水慢慢流了进来，半天后，外渠就储满了水。堺城，作为拥有两重水渠的环渠都市，开始向世人展现新的面貌。

日比屋了珪和会合众的商人们，看着储满水的外渠，满意地点点头。

日比屋了珪对市郎太说：“这样我们也可以安心睡觉了。暂时也没有要进攻堺城的人。穴太的工匠们的工作完成得很出色啊。”

一部分穴太的工匠，在水渠引入水的第四天就离开了堺城，回穴太了。市郎太和源八等六人一起留在了堺城，等待着作兵卫腿脚康复。

作兵卫好不容易可以使用拐杖站起来的时候，已经是十月初了。市郎太同千草告别以后，用马队的马驮着作兵卫回到了穴太。

市郎太他们一回到穴太，从寺领代官里来了一个传唤的人来找作兵卫。说是要作兵卫从堺城一回来就立马去代官所。

"有什么事吧？"

作兵卫在回去的第三天就带着源八和市郎太去坂本的代官所。

寺领的代官对作兵卫说："有人让我允许你称姓带刀[①]，怎么样？"

作兵卫满脸吃惊地问："感激不尽，为什么是现在？"

"很合适啊。"代官不是很高兴地说，"最近近江多了很多自称带刀的人。就连坂本和穴太也有这种事情，即使责备他，然后他出一大笔钱，也不得不承认他们的苗字。"

最近，近江的大部分百姓们都越来越富有了。一部分富裕起来的百姓把姓擅自更改成本来应该从领主那里受封的苗字，想要逃脱作为领地居民应尽的劳役义务。即使不承认他们的苗字，可他们已经是有一定力量的人，拥有大笔的财富。

① 此时日本只有少数人，如贵族、武士才有姓氏。也有少部分农民和手工业者因受赏或有功可以称姓，即后文所说的"苗字"。战国时称姓带刀是武士的特权。

他们可以出钱雇用临时工代替他们去服劳役。面对这样的富农，只有以追认的方式来承认他们苗字带刀。

代官说:“就连穴太，今年也允许了一个人称姓带刀。”

“是谁？”

代官说出了一个人的名字，市郎太也知道这个名字。

“是他啊？的确他最近穿得越来越好了。”

“所以，有人就说作兵卫如何。他说你为当地做了很大的贡献，那个人都有苗字了，而你还是个普通的平民未免有点奇怪。”

“我只是个石匠而已。”

“你是石匠的工头。如果你想要称姓带刀的话，我允许。这也是我的一个想法。”

作兵卫顿时明白了，问:“那要出多少钱呢？”

代官似乎等着这个问题，爽快地回答:“二十贯文。”

“您特意跟我讲这件事情我也不可能不同意,我感激之至。”

“叫穴太吗？”

“不。这太狂妄了。”作兵卫稍微考虑了一下说，“可以叫我喜欢的姓吗？”

“一般冠当地的名字不是很普遍吗？”

“可以叫户波吗？”

“户波？这是附近的地名吗？”

“不。不知为何，我们家世代流传着与户波这块土地有着某种渊源。虽然我不知道是哪里，既然有这么个传说，那我就自命名为户波吧。”

“很好啊。作兵卫，从今天起你就叫户波作兵卫。你知道怎么写吗？”

“这位年轻人，”作兵卫把脸转向市郎太，“他知道。”

离开代官所回穴太的途中，源八对作兵卫说：“那我就叫户波源八了吗？”

作兵卫说：“因为你是户波家的长子。”

“源八这个名字没什么分量，我是有苗字人家的男人，我想换个名字。”

“怎么能更改名字呢？”

“户波源太郎这个名字怎么样？比源八感觉分量重一点吧。”

“你和武士不一样，源八很适合你。”

“我是长子，应该叫源太郎。”

作兵卫转向市郎太说：“你是我的女婿，叫户波市郎太吗？”

市郎太吃惊地说：“我很乐意。”

从那天起，市郎太就成了穴太的户波市郎太。

十天后，作兵卫把工匠和村民们聚集在一起，庆祝苗字带刀。同时，也宣布作兵卫隐退的事情。

作兵卫看着聚集在一起的各位说：“我的这条腿，已经不能砌石头了。源八将继承我的事业。”

作兵卫在宣告的时候没有半点遗憾的语气。

作兵卫看向市郎太说：“市郎太，你也继承了户波的苗字。以后你要在旁边帮助源八。源八如果没有你以及其他工匠的支持的话，是成不了工头的。可以吗？”

“是。”市郎太回答道。

其他的工匠们也跟着点点头。

接着就是酒宴。一个客人走到作兵卫的面前，敬酒。作兵卫虽说是特地举办的庆祝酒宴，但是看起来并不是很高兴。偶尔，还会表露出对失去的一条腿的痛心的表情。

席间来了一个到访的人。

“抱歉打扰你们的酒宴。”进来的是一个商人模样的男人，“我从大和来。特地来拜访穴太的作兵卫师傅。”

作兵卫说：“我就是，有什么事？”

“是。”商人说，“这里有一封松永久秀大人的书信。”

市郎太接过书信开始念。

松永久秀这样写道。

明年，要在大和眉间寺山上修建城楼。想要拜托穴太的石匠前来修砌城楼的石墙。希望能在三月份的时候带着工匠们来奈良的眉间寺。

源八急忙说：“我不会去的。我是不会把父亲留在这里去大和的。”

工匠们的视线一下子会聚在源八的身上。源八说：“我们暂时要留在这里，重修山上堂坊的石墙。明年没有时间去大和。”

作兵卫说：“你在这里也好。堂坊的石阶也很重要。”

市郎太说：“我想去。我想去修松永大人的城楼。”

“你要去吗？”作兵卫关切地问，一脸等着市郎太回答的表情。

市郎太回答道:“是的。”

工匠仁作说:“我也要去大和。”

接着,“我也要去”的声音此起彼伏。

作兵卫看着工匠们说:“好吧。源八明年就留在穴太修山上的石阶。”

源八说:“是源太郎。爸爸,我是户波源太郎。”

作兵卫并没有答理他。

“源八和一半的工匠留下。市郎太,你带着仁作他们,明年去大和,到奈良修松永大人的城楼。”

“是。”回答以后,市郎太看着刚才那些想要去大和的工匠们。

以仁作为首,他们都是技术很好的石匠。人数虽然只有堺城时候的一半,但是应该也差不多了。

作兵卫问那个商人:“松永大人需要回信吗?”

商人说:“应该是吧。五号的时候我也要回堺城了。那时,你把写给松永大人的书信交给我家里的人就可以了。”

作兵卫转过身对市郎太说:“你写一封回信吧。”

市郎太准备好纸和笔以后,作兵卫说:我接受这个工程,但是户波作兵卫没办法去。代替他的是一个新的工头户波市郎太以及一群工匠,承包费多少。

当说到工头的时候,源八的眉毛皱了起来。

市郎太写完书信以后,源八说:“市郎太是工头吗?”

作兵卫说:“要负责一个工程，没有工头肯定不行的吧？”

“不是我继承父亲您的事业吗？您刚刚不是说让市郎太辅佐我吗？”

“你不想去大和，这可是难得的工程，没有道理不接受啊。只有让市郎太作为工头去负责完成了。”

“这样的话户波一族就有两个负责人了？”

“你如果有这点心力的话，早就出人头地了。”

作兵卫把书信交给那个商人，然后掏钱给他说:“松永大人看这封信的时候麻烦帮我说一声。这个新的工头是我的首席弟子。”

源八不服地说:“那我算什么？”

作兵卫看着源八，有点遗憾地说:“你是我的长子。”

第二天，市郎太带着苗和孩子们出发去坂本城。

走在商店林立的大道上，看到前方有一团僧兵。七八个人并排着走在大路上，粗鄙地笑着看向这边。路人们都慌忙左右走开，为这群僧兵们让路。

市郎太突然察觉到什么，发现这时不见了苗的身影，市郎太看着周围。在店与店之间的狭小的空间里，苗双手抱着孩子们蹲在那里，背对着大路。

“怎么了？”市郎太问，“什么事？”

僧兵们很快从市郎太后面走了过去，传来其中一个人的声音，声音粗犷洪亮，好像是在取笑同伴中的某一个人。

这个声音很耳熟。

回头看的时候，刚好与那个僧兵目光相接。想起来了，之前在坂本的时候，与马夫们大打出手的男人，名字好像叫宽是坊吧。即便在比壑山的僧兵里，也是一个很有力量的男人吧。而且看他的样子也像是个很有能力的人。

宽是坊的视线从市郎太身上转移到里面的苗的背上。

市郎太想起来了，苗的第一子或许就是宽是坊那些僧兵们干出的坏事。长男太一的亲生父亲可能就是他们其中的一个。

宽是坊的视线在苗的背上只停留了一小会儿，然后迅速地离开了这里。

僧兵们的哄笑声越来越远，苗终于站了起来。

苗的眼里渗出几滴眼泪。市郎太看过来的时候，苗摇摇头说:“没什么，我们走吧。”

市郎太也点点头，再次离开了大道。

市郎太到达大和国的奈良城的时候，是永禄三年（1560年）的三月末。

他们被指定去一个叫眉间寺的庙宇。这里距离东大寺西北不到半里，旁边还有几个陵墓。眉间寺本来应该是建在这里的一个小山丘上，但是市郎太他们到达这里的时候并没有看到半点寺庙的痕迹。只看到小山的顶部并排着一群服劳役的人。

小山最高的地方，迎风飘扬着一面幡和旗帜。上面的旗印在远处看都很显眼，分别染着黄色、紫色和红色三种颜色。紫色的旁边，白色拔染了一个花菱的图案。那是松永弹正久秀的旗印。

市郎太对山麓的武士一说出自己是从穴太来的，就被带到一个山麓旁边修建的小屋里。

里面四五个男人正围着一个沙盘，其中的一个就是松永久秀。他今天穿着一身华丽的描金铠甲。或许是刚从合战的途中赶过来，又或者是正准备出战的样子。因为这段时间三好长庆正忙着攻打河内。久秀看着市郎太说："你终于来了，市郎太。"

市郎太说："我带了九名穴太的工匠过来。"

久秀瞥了一眼市郎太的装束说："你越来越有工头的风范了啊。"

"您过奖了。"

"看这个。"

市郎太走到沙盘的前面。装满泥土的沙盘上，放着几个用木头削好的建筑。没有看到石墙的踪迹，也没有看到水渠。

市郎太问："不用挖水渠吗？"

"不挖了。"松永久秀说，"相反，城楼的城墙完全用一道石墙包围住。也不修做成像观音寺城那样的石墙。拥有这样的石墙的城楼，你在其他地方看到过吗？"

"没有看到过。"

从沙盘上看，这个城是把小山丘削平，要建成一个整体靠一道巨大的城墙包围起来的城楼。一般都是在山脊上修几个阶梯状的小城墙。这样的城楼构造，目前为止还没见过。

松永久秀说："这位是室井久兵卫。他是工程的监管人，一些细节问题你跟室井讲就可以了。”

那个叫做室井久兵卫的男人有五十多岁，与其说是武士，倒更像是身怀技能的男人，感觉很温柔。

市郎太低头报上自己的名字以后，室井久兵卫说：“大人想要一座看起来既漂亮又大气的城楼。我虽然在庭院建造方面有自己的见解，但论起修建城楼，却并不擅长。”

松永久秀说：“不管怎样，南部以这个大佛殿为首，并不是不适合修建一个大型的府邸或者建筑。我想要修建一个不输给其他寺庙的、外型美观的城楼。”

这也是市郎太自己所期望的事情。但是，这样就与防守的坚固性对立了起来。

松永久秀说：“把小山丘用一道城墙围起来，全部修成石墙。可以吗？”

市郎太直视着沙盘上应该修石墙的位置回答说：“想这样完全用石墙围起来，很容易。”

“我打算在石墙上修一圈箭楼。怎么样？这样就可以弥补没有水渠的缺憾吧？”

在石墙上修一圈箭楼，市郎太还没见过这样的建筑形式。原来如此，这样的话，防守就变得很坚固了。即使在低矮的山丘上修一座城楼，也可以充分拥有与火枪的军队交锋的坚固性。

“的确如您说的那样。”

“我还想修几座高楼，就像西南蛮的高墙一样的高楼。我之前跟你讲过的方法，你觉得怎么样？”

市郎太确认道:“您说的是在类似小型方形的石墙上修建楼宇吧?”

“正是，三层或四层的高台。这样的话，从下面往上看，就会成为超过法隆寺的五层塔的建筑了吧。”

室井久兵卫拿起木刻的四层高台建筑问:“可以用石头修砌一个和这个底层一样宽的石墙吗?”

市郎太思考着。从下面往上砌石头的话，要追求和上面完全一样宽，很难。石砌一般是由下面的位置决定的，不可能反过来。更何况，要建方形的高台，这样的话四角必须是完全的直角。这与南蛮的石砌不一样，对使用自然的石头堆砌的穴太工匠而言，这是不可能的事情。

市郎太摇摇头说:“不可能。无论如何都要修砌一圈大的石墙。”

“不可以吗?”松永久秀略感遗憾地交叉着双手。

久兵卫说:“在城墙的中间光是修一个四层高台就已经够惹眼了。而且不止一个。”

久兵卫看着市郎太，仿佛在说，你觉得怎么样?

市郎太点头说道:“光是石墙和箭楼的组合，就已经很醒目了。如果还要在上面修几个四层高台的话，一定会成为国内其他地方都没有的一座特别的城楼。”

“那会是震惊世人的杰作吧。”

“毫无疑问。”

“好。那明天就开始动工吧,你们的工棚我已经准备好了。”

“好。在这之前，我想先看一下采石场，是在附近采石头吗？”

久兵卫说：“用附近的寺院里石阶上的三笠山的石头。待会我带你去山上。”

市郎太他们被带到附近的民居。整个民居都可以作为他们的工棚用。

放下行李以后，市郎太和仁作一起，在室井的带领下奔赴三笠山。

三笠山是东大寺东侧的一座山，也叫若草山。采石场就在山的东侧，从东大寺一侧看的话在山的背面。距离眉间寺有一里多的距离。

市郎太站在露出岩石的河岸边，认真地检查石头。

一个个石头就像厚板一样，或者像柱子一样成块状重叠在一起。

“这叫三笠石。”久兵卫说，“四角形的，这样的石头很容易堆砌吧？”

比起全是远的川原石，这的确是易于堆砌的石头。市郎太蹲下来，拿起旁边的一个小石头碰了一下石头表面。

颜色全部呈深灰色，白色的辉石散落在四处，石头坚硬细密。

比壑山的石头是暗绿色的，被称做椽木石。和这里的三笠石形状和质地很相似。总之是穴太的工匠们习惯堆砌的石头。

市郎太站起来对室井久兵卫说：“首先要把这里的石头搬到山麓，工程才能开始。可以把这里的石头搬到眉间寺那边吗？”

“你需要多少石头？”

“很多，足够多的石头。”

“一千块石头还是两千块石头呢？”

“我只能说要很多石头。一座小山，要用石墙围起来，可不是一点半点的石头啊。”

第二天，就开始了松永久秀的新城建造工程。

第三天市郎太正和久兵卫围绕沙盘讨论的时候，松永久秀突然到访。

“城的名字决定好了。”松永久秀说。

久兵卫问：“是叫眉间山城吗？”

“不，那样的名字会像寺庙一样衰亡的。从今以后，这里就叫多闻山了。城的名字就叫多闻山城。”

“多闻是取自毗沙门天[①]吗？”

“正是，取自多闻天。听上去是个很有分量的名字。”

市郎太也点头表示赞同。

工程开始两个月后的五月末的时候。

松永久秀和室井久兵卫来到工程现场，两个人的兴致都很高昂。

松永久秀凑近市郎太说：“石墙什么时候可以结束？”

“最起码也要明年一整年吧。不，应该是到后年。”

---

① 又叫多闻天王，日本七福神之一。

“快点，尽可能快点。”

“发生了什么事吗？”

“尾张的织田信长来了。”

“织田信长大人为什么会来这里？”

松永久秀一脸苦楚地说：“织田信长说是击败了骏河的今川义元。明明传闻是尾张的混账,却取下了骏河守护义元的首级。”

市郎太想起了织田信长的不逊和傲慢，说道：“是从正面开战的吗？”

“具体情况我不清楚。但是，今川义元有两万五千的军队，而织田信长只有不过两千人，可能是迎战也可能是突袭。”

“这是什么时候的事了？”

“就是十天前的事情。据说骏河的武士们夹着尾巴四处逃窜。”

久兵卫说：“前年那个男人带着手下去京都的时候，只去到了堺城。因为一直与斋藤一龙打仗，不知是无谋还是不合常理，他是一个完全看不出在做什么的男人。”

“那么织田信长大人现在瞄上多闻山城了吗？”

松永久秀说：“没有。还没到这地步。只是不知道什么时候就会冒出他的伏兵。昨天以前，还不知道织田信长是个什么样的男人，不过是尾张田间的一个小孩子。但是现在信长是无人不识的麒麟①。”

① 日文中比作杰出青年。

久兵卫说:“就连畿内，也不知道信长何时会出现。大人的城楼，只有尽快修好。”

松永久秀现在所居住的城楼，在大和和河内的国境上的信贵山城。从位置上考虑的话，与其说是居城，倒不如说是一座可以监视河内的有利据点。但是现在松永久秀所觊觎的应该不只河内。或许松永久秀想要整个畿内，所以要修建这个多闻山城。

市郎太低头说:“我明白了。”

多闻山城的石墙工程在第二年的秋天就结束了。

多闻山城的工地上，来了一个旅行的武士，是个看起来有二十多岁的年轻人。

这个武士指着正在工作的一个工匠说:“我听说这里有一个叫户波市郎太的工头。”

市郎太走出去，武士长满褶子的脸上表情放松了一些，说:“我是尾张国，织田信长大人派来的。我叫木下藤吉郎。”

市郎太递给他一把折凳，那个叫木下藤吉郎的武士坐下来以后说:“大人想要修一个新的城楼，想要请您过去负责这个工程。”

这一天是永禄四年（1561年）九月末。市郎太二十七岁。

（未完待续）